Jamil Nasir

Né à Chicago, américain d'origine arabe, Jamil Nasir est le fils d'un réfugié palestinien et de la fille de l'inventeur américain du chariot élévateur. Il a passé une grande partie de son enfance au Moyen-Orient puis est retourné aux États-Unis à l'âge de 14 ans. Jamil Nasir a obtenu un diplôme de droit en 1983 et travaille depuis, à mi-temps, pour un cabinet juridique de Washington. Quand il n'écrit pas, il se consacre à la méditation et à son passe-temps favori : la cuisine.

Depuis la publication aux États-Unis de ses romans *La tour des rêves* (Pocket n° 5758) et *Distance Haze*, Jamil Nasir est considéré comme l'une des voix les plus originales, les plus mystérieuses et les plus intéressantes de ces derniers temps.

LA TOUR DES RÊVES

SCIENCE-FICTION

Collection dirigée par Jacques Goimard

JAMIL NASIR

LA TOUR DES RÊVES

POCKET

Titre original :
TOWER OF DREAMS

Traduit de l'américain par
Dominique Haas

Si vous souhaitez recevoir régulièrement notre zine **« Rendez-vous ailleurs »**, écrivez-nous à :

« Rendez-vous ailleurs »
Service promo Pocket
12, avenue d'Italie
75627 PARIS Cedex 13

PRESSECO
PAPIER RECYCLÉ
NATURE PROTÉGÉE

ISBN 2-266-10770-4

La concurrence vous occupe
Jusqu'à ce que vous trouviez votre tombe.

Le glorieux Coran,
Sourate CII

1

Vers onze heures du matin, les feuilles rêches des figuiers qui frémissaient dans la brise s'étaient figées. Un silence brûlant pesait sur toute chose. Le chant des coqs, les transistors qui vomissaient de la musique arabe, les cris des enfants du village, à la fois clairs et distants dans le calme de l'oasis abritée par les montagnes, tout ce qui faisait la rumeur de l'aube avait laissé place au crissement occasionnel des pneus d'une voiture sur la route, derrière le mur du jardin, et aux bruits de la villa voisine : tintements de pots entrechoqués, claquements de semelles de plastique sur le carrelage, battements de la porte moustiquaire et voix de femmes vaquant à leurs tâches. Blaine Ramsey transpirait dans un fauteuil en plastique *made in Israel*, à l'ombre d'un citronnier aux feuilles d'un vert cireux, dans l'espace de deux mètres séparant le mur de ciment du jardin et la façade badigeonnée à la chaux bleutée de sa maison de location. C'était l'endroit le plus frais du jardin, mais la chaleur de juin était écrasante. Derrière la petite maison, l'allée dallée de pierres passait entre des touffes de gombos, de concombres, de thym et de lavande. Malgré le soleil presque aveuglant, l'air avait encore la pâleur poudreuse du matin. Au fond du jardin poussaient des orangers et des figuiers, et le long du mur de ciment se dressait un grand jacaranda croulant sous les bourgeons pareils à des oiseaux écarlates perchés sur les feuilles dentelées comme des fougères. Le jardinier avait ouvert le tuyau d'arrosage aux premières lueurs de l'aube, et Blaine entendait goutter l'eau, il sentait la chaleur humide qui montait du sol, aspirée par le soleil.

Ç'aurait été un soulagement de rentrer, de retrouver l'air glacé soufflé par le climatiseur, mais il n'était pas venu à Kraïma pour cela. Son travail, durant la journée, consistait à s'imprégner de l'ambiance locale — dans le cas présent, celle du mégavillage qui s'étendait à perte de vue le long de l'autoroute tracée entre les montagnes désertiques et les cultures du Jourdain. Et l'atmosphère était étouffante, morne, poussiéreuse.

Un bruit de savates traînant sur l'allée de pierre annonça l'apparition d'Abou Saleh au coin de la maison. C'était un petit bonhomme moustachu, noueux, à la peau presque noire, grillée par le soleil, comme la plupart des paysans du coin. Il portait des vêtements de travail et il avait les avant-bras gris de poussière car il avait lentement, méthodiquement, arraché les mauvaises herbes. Il tenait un petit gobelet de thé qu'il avait fait chauffer sur un réchaud à pétrole.

— Que Dieu vous donne la force, Abou Saleh, dit Blaine, selon la forme de salut arabe appropriée avec les gens au travail.

— Puisse-t-il accroître votre force, répondit machinalement Abou Saleh.

Il s'accroupit à l'ombre du mur et but son thé à petites gorgées en regardant Blaine. Blaine, qui était grand, mince, rasé de près, et « faisait » vraiment américain avec son jean et sa chemise de coton. Pourtant il n'utilisait pas le logiciel de traduction de son palmtop. Il parlait l'arabe comme si c'était sa langue maternelle. Il l'avait appris à l'Université, et son père était d'origine arabe. C'est d'ailleurs à cette double origine qu'il devait d'avoir été envoyé par l'Ikôn au Moyen-Orient : on pensait que l'affinité génétique accroissait la sensibilité du système nerveux à l'environnement local, et qu'il avait, grâce à ses racines mixtes, d'autant plus de chances de capter des images dotées d'un fort impact poly-culturel. Sauf que ni son origine étrangère ni ses atomes crochus avec la région n'avaient paru beaucoup l'aider lors de cette mission.

— L'eau a été coupée, lâcha Abou Saleh entre deux gorgées de thé.

— Encore ?

Blaine réalisa qu'il n'entendait plus goutter le tuyau. Le Jourdain n'était qu'à un kilomètre de là, mais les voies des stations de pompage locales et de ceux qui les faisaient marcher étaient impénétrables.

— Tout est dans les mains de Dieu, soupira Blaine avec la pieuse résignation de mise dans ce genre de situation.

Il lui était d'autant plus aisé d'afficher ce fatalisme qu'il pouvait toujours acheter des bouteilles d'eau minérale à la petite boutique, le long de la route. De toute façon, que l'eau soit rétablie ou non, il serait probablement reparti d'ici une semaine ou deux. Sans avoir capté une seule Image, après avoir passé deux mois dans cette région théoriquement fertile.

— Tout est dans les mains de Dieu, acquiesça Abou Saleh en trempant ses lèvres dans son thé, les paupières plissées pour se protéger les yeux du soleil qui baignait le jardin.

Malgré la chaleur, à l'heure du déjeuner, Blaine sauta sur le premier prétexte pour sortir. Il mit son chapeau de paille — avec lequel il faisait encore plus étranger, mais sans lequel il aurait attrapé une insolation —, souleva le loquet de la porte de métal peinte en vert et s'engagea dans la rue poussiéreuse, écrasée de soleil. Au coin du mur du jardin, d'un bon mètre quatre-vingts de haut, il tourna à droite, dans une rue tout aussi poussiéreuse mais moins étroite, qui descendait en pente douce vers l'autoroute Shuna-Tibériade, cinq cents mètres plus loin. De là, il voyait une bonne partie du village : des rues de terre battue, des maisons à un ou deux étages, aux murs de mâchefer ou de béton préfabriqué, festonnées de cordes à linge. Les toits plats étaient couverts de panneaux solaires poussiéreux et d'antennes paraboliques ternies par la lumière intense. Çà et là, dans un jardin entouré de murs, poussait un palmier ou un jacaranda. Un aqueduc épousait le soubassement rocheux de la rue, les fuites des joints alimentant de petites oasis teigneuses de menthe, d'angélique sauvage et d'orties.

Blaine marchait lentement, le soleil coulant sur ses épaules comme du plomb fondu. L'appel à la prière de midi tombait des haut-parleurs du minaret à trois niveaux de la mosquée locale, éveillant de sombres échos sur le paysage vibrant de chaleur. Plus près de la route, les maisons étaient minuscules, sans vitres, sans écrans de fenêtres. Dans de minuscules cours poussiéreuses, entourées de murets de pierre ou de mâchefer, des poules, parfois un âne entravé, grignotaient des chardons rabougris.

L'autoroute était une quatre voies pleine d'ornières. Les rayures orange et noires du terre-plein central étaient presque effacées et le béton ressortait sous la peinture. Le fleuve était invisible derrière les plantations de citronniers et de bananiers, de l'autre côté de la route, mais on sentait sa présence à l'odeur de terre mouillée et à la vague humidité, oppressante par cette chaleur. Depuis vingt-cinq ans, les habitations avaient poussé comme des champignons le long de la bande d'asphalte, les limites des villages se rejoignant de telle sorte que la route était maintenant bordée, sur sa quasi-totalité — quatre-vingts dix kilomètres — par une débauche de béton qui échappait à toute planification, un cauchemar d'urbaniste : des maisons, des boutiques fermées par des portes roulantes de garage, à l'entrée desquelles étaient accrochées toutes sortes de marchandises, des petits cafés, des jardins entourés de murs que les Arabes appelaient des « villas », de petits bâtiments officiels en pierre de taille, parfois une petite mosquée, une église ou un cinéma orné de guirlandes multicolores. Les plantations d'arbres fruitiers limitaient l'expansion vers le fleuve, à l'ouest, de sorte que la population de la Région Semi-Autonome de la Vallée de l'Est du Jourdain vivait avec l'autoroute pour toute perspective.

Blaine prit à gauche, le long du soubassement. Des voitures, des camions bringuebalants passaient à toute vitesse, en donnant de grands coups de volant, projetant des gerbes de poussière sur les petits enfants qui jouaient tout près de la chaussée, dans les cailloux et les chardons du bas-côté. Quelques paysans en djellaba assis sur le terre-plein central regardaient tranquillement la circulation. Un jeune Arabe coiffé à l'américaine passa au volant d'une énorme Buick, dans un vacarme assourdissant. Il s'envoyait en l'air au *gut-thump* européen illégal. Blaine en eut, l'espace d'un instant, les organes internes en émoi.

Le rideau métallique de la boutique du coin était baissé au tiers de la hauteur pour empêcher la chaleur d'entrer. Blaine se baissa et passa par en dessous. Il faisait sombre, dans le cube de béton sans fenêtre, et il fut saisi par l'odeur d'épices où dominait le cumin. Derrière le comptoir en aggloméré, les murs étaient couverts de haut en bas d'étagères de fortune où l'on trouvait de tout : des conserves de légumes, des bocaux d'olives locales, des radios fabriquées en Palestine, du savon et des boîtes de biscuits hollandais aux couleurs passées. De grands sacs de toile posés par terre contenaient du riz, des haricots, des lentilles. À côté de la porte, un piège à mouches électronique crépitait presque sans discontinuer. Une fillette de sept ou huit ans, très noire de peau, portant une jolie petite robe rose, était perchée sur un tabouret, au bout du comptoir. Elle apporta timidement à Blaine le pain, la boîte de sardines et les deux œufs qu'il lui demanda, et accepta le script qu'il imprima sur son terminal bancaire de poche.

— Dieu te bénisse, lui dit Blaine, et il remonta péniblement en haut de la colline, se terrer dans sa villa.

C'était un jour comme les autres, comme tous les autres, depuis deux mois qu'il était là.

Ce soir-là, l'air doux et frais entrant par la fenêtre à barreaux de sa petite chambre aux murs chaulés lui apporta une bouffée de jasmin et le chant d'un rossignol. Blaine était assis au bord de son petit lit et buvait la décoction d'herbes amères qui aidait à susciter les rêves d'Image, en murmurant les invocations archaïques à des divinités hindoues dont les neurosociologues de l'Ikôn avaient découvert qu'elles potentialisaient le pouvoir des herbes. Il récitait les paroles mécaniquement, les mêmes depuis cinq ans, en se demandant où on l'enverrait la prochaine fois.

Probablement pas au Maroc. La zone était chaude depuis plus d'un an déjà. Il avait vu des pubs réalisées à partir d'Images rêvées dans les antiques cités de Fez et de Meknès : elles étaient belles, primitives et puissantes, mais le filon devait être à peu près épuisé, depuis le temps. Les Images, de quelque registre qu'elles soient, ne restaient pas longtemps actives ; elles finissaient par perdre leur potentiel attractif, elles cessaient d'inspirer des fantasmes et de pousser les gens à acheter les produits que leur associaient les publicitaires. Elles étaient vidées de leur noumène par l'exposition à la conscience de masse du public consommateur. C'était leur principe même. La publicité psychoactive était, en effet, basée sur un principe comparable à celui de la psychanalyse qui s'efforçait d'éliminer les éléments dérangeants en les amenant à la conscience : sa démarche consistait à faire vendre des produits en utilisant les Images hypnotiques de l'inconscient collectif. Elles devaient être rejetées dès qu'elles avaient perdu leur pouvoir, raison pour laquelle l'Ikôn et les autres grandes multinationales du secteur de la pub dégageaient d'énormes budgets de recherche et développement, et finançaient l'envoi de centaines de prospecteurs dans le monde entier afin de rêver de nouvelles Images profondément enracinées dans la psyché humaine.

Peut-être serait-il ensuite affecté au Caire, songea Blaine en posant sa tasse vide sur la table de chevet, une chose de rotin bancale. Il avait entendu dire, à l'Ikôn, qu'il y avait eu des grèves, récemment, dans la zone. Et il y avait d'autres rumeurs, parfois étranges. Il espérait ne pas être envoyé au Caire. Même la vallée du Jourdain, si torride, si monotone qu'elle puisse être, valait mieux qu'une ville du Tiers-Monde en pleine déliquescence avec ses trente-cinq millions d'habitants et ses tremblements de terre à répétition.

Mais il était temps qu'il reparte. Il était là depuis deux mois et il n'avait eu que des rêves et des fantasmes personnels, pas le moindre rêve d'Image lucide. Soit il avait des problèmes de connexion, soit les têtes chercheuses de l'Ikôn qui considéraient la vallée du Jourdain comme potentiellement fertile en matériau inconscient avaient mal interprété leur lecture des feuilles de thé.

Il éteignit le plafonnier, se glissa entre les draps rêches, séchés au soleil, et appuya sur l'interrupteur d'une console reliée à un cadre de fils tendus au-dessus de son lit comme un châssis de moustiquaire. Une petite diode verte s'alluma ; son capteur de rêve — un dispositif d'ancrage électroneural relié au-dehors, aux arbres, aux pierres, à la terre du jardin — était activé.

Quelques minutes plus tard, Blaine s'endormait, bercé par le chant liquide du rossignol.

Il se réveilla spontanément, aux premières lueurs de l'aube. Le rossignol chantait toujours. Il faisait frais. Il se leva dans la lumière crépusculaire, d'un bleu intense. Le carrelage était froid sous ses pieds. Il s'habilla, sortit. La porte à moustiquaire de la cuisine se referma sans bruit derrière lui. L'air était juste un peu humide, sans un souffle de vent. Une vague lueur rosâtre faisait pâlir les étoiles au-dessus des montagnes, à l'est. En dehors du chant méditatif, comme suspendu, du rossignol, le monde était parfaitement silencieux.

Blaine suivit l'allée de pierre qui passait devant les figuiers et les orangers. La lumière bleu foncé, légèrement violacée, coulait comme une eau fraîche sur le jardin. Au fond, un mur d'un mètre quatre-vingts séparait sa villa de la voisine. Il était debout là depuis une minute à s'étirer, bâiller, se frotter les yeux et boire à grandes goulées l'air délicieux quand il entendit un bruit, de l'autre côté du mur.

C'était le léger claquement, le frottement des sandales de plastique bon marché, aux vives couleurs, que portaient les gens de la campagne, dans cette partie du monde.

En entendant ce bruit, Blaine fut pris d'une étrange excitation. Il savait qu'il y avait des femmes dans la villa voisine. Il les avait entendues, le matin, rire et bavarder en vaquant aux activités domestiques. Une fois, il en avait vu trois sortir de leur jardin avec des cabas en plastique. Des musulmanes intégristes, à en juger par leurs robes longues et leur foulard.

— *Sabah el khair*, dit-il en direction du mur. Bonjour !

Il avait parlé bas, mais dans le silence absolu du matin, on n'avait pu que l'entendre, derrière le mur.

Le bruit de pas cessa. Il lui avait fait peur, pensa Blaine, tout en s'étonnant de son audace : après tout, il risquait la colère de ses voisins intégristes en parlant à leurs femmes, même derrière un mur.

Il y eut un bruit de raclement, comme si on traînait

quelque chose par terre, puis des chocs sourds, un soupir, et deux mains apparurent en haut du mur. Une fille se hissa par-dessus et s'assit sur le faîte, sa longue robe noire remontant jusqu'au genou sur une jambe lisse, à la peau claire.

Sa robe était boutonnée sous le menton et lui couvrait les bras jusqu'aux poignets, mais elle était tête nue. Et d'une beauté poignante, si belle que Blaine fut secoué comme par une décharge électrique. Il comprit avec un mélange de surprise et d'exaltation que c'était une *Image*, qu'il était en train de rêver — de rêver enfin le rêve lucide, le fantasme astral profond de l'inconscient collectif que les têtes chercheuses de l'Ikôn avaient pressenti, qu'elles savaient enfoui quelque part, dans la vallée du Jourdain.

Il essaya de se détendre, de relâcher la pression esthétique de l'Image afin de ne pas se réveiller et de pouvoir explorer toutes les facettes du rêve, de le mémoriser dans ses moindres détails : la belle musulmane qui lui souriait, à califourchon sur le mur, l'aube couleur de fumée violette qui ciselait avec une netteté surnaturelle chacune des feuilles du jardin tropical, le chant liquide du rossignol canalisé par le silence.

— *Sabah el noor*, répondit doucement la fille.

Matin de lumière ; la réponse rituelle à son salut.

Elle était mince et se tenait très droite. Elle avait les cheveux noirs et ses yeux étaient des lacs de ténèbres plus profondes que la nuit. Bien qu'elle eût l'air à la fin de l'adolescence, son sourire avait quelque chose d'enfantin : un sourire ravi et en même temps dans l'expectative, timide, comme si elle n'était pas très sûre d'avoir vraiment le droit de lui sourire. Le petit pied nu, cambré, passé par-dessus le mur était parfait.

— Qui êtes-vous ?

Cette voix ! Douce, sans malice, juste interrogative… Il fut pris d'un frisson. Il n'aurait su dire si elle était mentalement retardée ou simplement innocente, une villageoise qui n'avait jamais rien vu, à qui tout faisait ouvrir de grands yeux innocents.

— Je suis votre voisin, ma sœur. Et vous, qui êtes-vous ?

— Je m'appelle Buthaïna. Oh ! votre jardin est si beau !

De sa gorge magnifique montait un souffle un peu haletant, ses cheveux cascadaient en lourdes mèches sur ses épaules alors qu'elle tournait la tête à droite et à gauche, les sourcils noirs haussés sous le front haut.

C'était bon, comprit Blaine en essayant de contrôler son excitation. Cette scène d'aurore, dans la vallée du Jourdain, avec cette princesse-enfant musulmane valait largement tout ce qu'ils avaient capté au Maroc.

— J'ai un jardinier qui s'en occupe, répondit-il pour qu'elle continue à parler.

— Un jardinier ? fit-elle en étouffant une exclamation de surprise, ses grands yeux rivés aux siens. La paix soit sur vous ! Que ce doit être joli !

Blaine balayait la scène du regard, ses sens oniriques exercés enregistrant tous les détails : l'odeur de la terre humide, le parfum du jasmin, le chant du rossignol, l'aube qui soulignait de rose la chevelure de la fille, le ciel d'un bleu encore profond derrière elle. Et vaguement, dans le jardin, derrière le mur, le claquement d'une porte moustiquaire.

Impulsivement, il fit un pas en avant et prit le pied de la fille dans sa main. Il était frais et lisse, comme de la soie.

— Que faites-vous, là ? demanda-t-elle en riant.

Blaine se mit à rire, lui aussi, empli, à ce contact, d'un sentiment de joie et de plénitude.

Soudain, une secousse agita le pied de la fille, comme si quelqu'un l'avait tirée de l'autre côté du mur.

Elle se retourna brusquement, manquant perdre l'équilibre.

Une autre traction, terrible, arracha le pied de la fille à la main de Blaine, et elle partit à la renverse.

Il l'entendit tomber de tout son poids par terre, derrière le mur, puis, mêlés à ses halètements, les chocs, les frottements d'une lutte désespérée dans les graviers, et le souffle épais, bulleux, d'une tierce personne.

Et puis il y eut le bruit écœurant d'un coup brutal.

La fille poussa un cri.

Blaine resta planté là, en proie à une horreur vertigineuse. *Ce n'est qu'un rêve*, se rappela-t-il. Ce n'était pas vrai, juste un rêve lucide. En même temps, c'était un rêve d'Image. Or il ne lui était jamais rien arrivé de pareil dans l'euphorie programmée du rêve d'Image. La fille poussait des cris inarticulés, et il y eut encore des coups, les chocs meurtriers de poings et de bottes sur un corps vivant, dont l'intensité diminuait comme s'ils s'éloignaient.

Blaine essaya de crier, mais les paroles restèrent coincées dans sa gorge. Était-ce un intrus, un violeur ? Un parent intégriste qui la punissait pour son impudeur ? Allons, ce n'était qu'un rêve ! Il n'y avait rien à craindre. Et pourtant, il y avait quelque chose qui clochait. Les rêves d'Image ne faisaient pas ça. Ils ne se changeaient pas d'un seul coup en cauchemar…

Un homme se mit à pousser des hurlements de rage démente dans la maison, derrière le mur, et puis il y eut un claquement de fouet, visqueux, sifflant, mordant, interminablement répété. Les hurlements de la fille s'étaient mués en cris de bête, exprimaient une indicible agonie, entrecoupés de grands sanglots et de quelque chose qui ressemblait à une sorte de rire, comme si elle avait perdu l'esprit.

Soudain, sans transition, il se retrouva non plus au fond de son jardin de Kraïma, mais dans une cour crasseuse, pleine de détritus, dans la nuit grisâtre, âcre et brumeuse, qui stagnait dans les canyons formés par des immeubles de rapport décrépits. Et là, sous ses yeux, dans un bruit de tonnerre, les immeubles se mirent à trembler, à se désagréger, s'effondrèrent au ralenti, tombèrent en morceaux, telle une pluie de milliers de tonnes de béton...

Son propre cri le réveilla. Blaine se redressa d'un bond dans son lit, tremblant de tout son corps, luisant de sueur, le cœur battant. La lumière jaune de l'aube entrait par la fenêtre, des oiseaux chantaient et un coq célébra la naissance du jour quelque part, dans les environs.

C'était la première fois que Blaine faisait un cauchemar d'Image. Il était de notoriété publique que des Images dérangeantes remontaient parfois à la surface, se dit-il ce matin-là, planté devant le mur du fond de son jardin. En dehors du soleil radieux qui lui brûlait déjà les épaules, le mur, le jardin étaient exactement comme dans son rêve. Il écouta avec soulagement les bruits du matin : la radio qui gueulait, les voix, les rires, les bruits de batterie de cuisine dans la maison voisine. En fait, réfléchissait-il, on faisait probablement tout le temps des cauchemars d'Image, mais pour des raisons évidentes — l'Ikôn larguait ses prospecteurs sans ménagements, au moindre signe d'instabilité mentale — les gens se gardaient bien d'en parler. Il éprouva une nouvelle vague de froid soulagement. La meilleure chose à faire était de sauvegarder la partie nouménale du rêve et d'oublier le reste. Il avait déjà passé une heure à enregistrer vocalement tous les détails de l'Image sur son palmtop, en réponse aux sollicitations de l'IA. C'était vraiment formidable, se dit-il, emporté par un sursaut d'exaltation. Ça s'imposait à vous, exactement comme il l'avait pensé sur le coup, avant la partie cauchemardesque.

Il rentra pour travailler sur le projet de package qu'il allait télécharger à l'Ikôn.

Vers la fin de l'après-midi, assis dans la petite chambre du devant, dans le frais bourdonnement du climatiseur, portant son masque à projection rétinienne et caressant l'écran tactile de son palmtop, Blaine acheva de documenter l'Image et commença à travailler sur les visus. Il avait sauté le déjeuner et n'avait été interrompu qu'une fois, dans la matinée, par Abou Saleh qui, s'étonnant de ne pas le voir assis dans le jardin comme tous les jours depuis qu'il était arrivé à Kraïma, était venu voir s'il allait bien. L'intense concentration, la certitude d'avoir capté du beau matériel brûlant avaient dissipé le malaise provoqué par le rêve — et, bien sûr, il n'inclut pas la partie cauchemardesque dans le package qu'il téléchargea.

Un bip annonça l'arrivée d'un appel audio. Émanant apparemment de Chan Ju Yen, sa Responsable de zone.

Il cliqua sur l'icône « répondre », enleva son masque, tourna vers lui la minicaméra de son palmtop et ouvrit l'écran à nanotube qui se déploya comme un éventail. Une fenêtre s'ouvrit dans les visuels de son Image, et Jenny apparut depuis un gratte-ciel de Los Angeles, avec ses cheveux blonds, lisses, élégamment coiffés, et ses perles d'argent aux oreilles. Elle riva ses yeux en amande sur lui avec une expression flatteuse, et il se demanda si cette attitude était censée lui rappeler son invitation à passer quelques semaines avec elle plus tard, dans l'été.

— Alors, quoi de neuf ? Tu en as enfin tiré la substantifique moelle ou c'est le plantage ? demanda-t-elle avec un sourire qui lui mit des fossettes au creux des joues. Prêt à repartir vers de nouvelles aventures ?

— Tu aurais dû appeler hier, Jenny. J'ai eu une touche, cette nuit. Maintenant, je dois rester et peaufiner un peu tout ça.

Souvent, un grand rêve initial était suivi par des « chocs différés », qui pouvaient éclairer des zones restées obscures, fournir des détails complémentaires, ajouter de la profondeur à l'Image.

— Sans blague ? Et moi qui leur disais qu'on t'avait envoyé dans ce cloaque pour des prunes. J'ai un joli petit coin pour toi, au Yémen : on a vu des ovnis, des suicides de touristes, du garanti surchoix.

— J'aurai fini d'ici moins d'une semaine, Jenny. Ce que j'ai eu, hier soir, c'était très fort. Garde-moi le Yémen au chaud.

Blaine partagea l'espace de travail et lui montra quelques plans fixes de l'Image. Elle parut assez impressionnée. Il lui annonça l'envoi des visus par satellite d'ici huit jours maxi, elle répondit qu'elle lui réservait le Yémen, et Blaine coupa la communication en se disant que, décidément, le fait d'avoir une responsable de zone qui en pinçait pour vous présentait des avantages.

Il travailla encore plusieurs heures sur les visus, et, le temps qu'il fasse nuit et assez frais dehors pour qu'il coupe la clim, il avait esquissé une silhouette assez ressemblante de Buthaïna. Ce n'était pas génial. Elle avait quelque chose… d'insaisissable. Mais il avait porté le casque toute la journée et il avait la tête comme un melon. Bref, il ne tenait plus en place. Il se rendit compte qu'il avait hâte de replonger dans le rêve. Il espérait la revoir. Ça n'avait rien d'inhabituel : de ses Images, il en était tombé amoureux des douzaines de fois. C'était le métier qui voulait ça. Il avait des effets indésirables, comme de vous porter à un certain cynisme envers le véritable amour de chair et de sang. C'était peut-être ce qu'une fille décadente, postmoderne comme Jenny Chan voyait en lui : un cynique postmoderne, décadent, fascinant.

Il dîna d'un reste de sardines et de légumes du jardin, et sortit faire un tour au village, pas loin, dans la fraîcheur du soir que trouaient, çà et là, des ampoules électriques alimentées par des batteries solaires. En rentrant dans sa chambre, il prépara soigneusement sa décoction d'herbes, l'avala en psalmodiant l'incantation rituelle, brancha son capteur électroneural et s'endormit.

Il se réveilla juste avant l'aube, et n'en fut pas étonné. Cette fois, il savait qu'il rêvait. Et cette fois, il commença à scanner dès qu'il sortit de la maison, referma sans bruit la porte derrière lui et suivit l'allée dallée de pierre. La même lumière bleutée, violacée, semblait inclure le jardin dans une clarté cristalline, presque hallucinatoire. Blaine, à nouveau transporté de beauté, eut l'impression de tout englober d'un seul regard, quasi divin : une araignée qui tissait sa toile dans un citronnier, une taupe qui fouissait le sol près de l'abri à voitures, le lent goutte à goutte du robinet au coin de la maison…

Et dans la fraîcheur de l'air qui sentait légèrement la terre humide, il entendit le claquement, le frottement des sandales de plastique.

Son cœur se mit à cogner contre ses côtes, comme s'il avait peur. Il se rendit compte qu'il n'était pas prêt à ça, il n'était pas prêt à entendre à nouveau cette belle fille se faire battre comme un animal, si cela devait se reproduire. D'un autre côté, pourquoi cela arriverait-il ? La dernière fois, c'était accidentel, un cauchemar personnel greffé sur l'Image, l'obscurcissant. D'où l'importance, pour lui, de revoir le rêve jusqu'au bout, cette fois. Sans l'élément cauchemardesque, il en tirerait davantage, il en obtiendrait du matériel susceptible de l'enrichir.

— *Sabah el khair*, dit-il tout bas, en tremblant.

Pourvu que la tension ne le réveille pas…

Il y eut les raclements, les bruits d'escalade, puis la jeune beauté se retrouva à califourchon sur le mur et le regarda avec son sourire éclatant, juvénile.

— Qui êtes-vous ? demanda-t-elle doucement avec un soupçon, à peine, de coquetterie enfantine.

— Blaine. Votre voisin.

— Blehn, dit-elle, répétant mal son nom à consonance étrangère. Je m'appelle Buthaïna. Oh ! Vous en avez, un beau jardin !

Il y eut le claquement assourdi d'une porte-moustiquaire, dans le jardin, derrière le mur.

Blaine la regarda, sentant le poing glacé de la peur lui nouer l'estomac.

Une violente secousse la fit se retourner d'un bloc, délogeant quelques petits cailloux du mur.

La seconde traction la fit tomber à bas du mur et elle poussa un cri de douleur et de terreur.

Cette fois, dans le décor cauchemardesque de ville envahie par la crasse et le brouillard, la cour était un peu dégagée. Une puanteur de cadavre, d'ordures, d'excréments, monta vers Blaine. Et cette fois, lorsque les bâtiments s'écroulèrent, il sentit le sol trembler et se cabrer.

Dès que le soleil apparut au-dessus des montagnes, à l'est, allongeant d'interminables ombres sur la vallée badigeonnée de jaune, Blaine sortit prendre son petit déjeuner. Malgré l'heure matinale, les rayons obliques du soleil tranchaient comme des lames de sabre chauffées à blanc l'air qui sentait déjà la poussière soulevée par les voitures et les camions. Un pick-up cahotant, minutieusement orné de fleurs, de cœurs et d'yeux passa sur la route. Le plateau était plein d'hommes à la peau tannée, vêtus de hardes poussiéreuses — des journaliers ou des ouvriers qui allaient au travail, certains tenant de grosses visières antiultraviolets. Quelques-uns le regardèrent en souriant. Le mystérieux étranger, toujours enfermé dans sa chambre, faisait maintenant partie intégrante du paysage, à Kraïma, et appartenait à la communauté dont la cohésion est si grande dans les villages arabes.

Le pick-up s'éloigna dans un nuage de poussière et il hocha poliment la tête en essayant de leur rendre leur sourire malgré le mauvais pressentiment qui lui nouait l'estomac. Il avait entendu parler de prospecteurs d'Image qui craquaient, bien sûr, mais il n'avait jamais eu de problèmes, personnellement. Si on l'apprenait, à l'Ikôn, il serait obligé de démissionner, et non seulement il perdrait un revenu confortable et le prestige attaché à sa situation de Prospecteur de Terrain Neurosocial Senior, mais encore il pourrait dire adieu à l'exaltation de l'exploration, à l'enthousiasme des rêves astraux, la tension des délices nouménaux quand on effleurait une veine de vérité, et ça, c'était pire que tout. Cela dit, aucune des histoires de dépression subite dont il avait eu vent ne ressemblait à ce qui lui arrivait. Elles étaient généralement provoquées par le stress, par le manque de sommeil, la fatigue du voyage ou la drogue, pas par des rêves d'Image liés à des cauchemars récurrents.

Un petit garçon monté sur un âne sortit d'une allée entre les maisons de mâchefer et les jardins entourés de murs.

— *Ka'ek !* lança-t-il, et les rues de la ville se renvoyèrent l'écho de son cri. *Ka'ek !*

Blaine l'appela d'un geste et acheta un grand pain au sésame, en forme de beignet, tout chaud sorti du four, et un petit sachet graisseux de falafel.

Il passa le reste de la journée à travailler intensément sur les visus de l'Image. Il redessina minutieusement la séquence du jardin qui planait autour de lui dans son masque, la recolora, en souligna les détails, l'anima si bien qu'il eut, au bout d'un moment, et malgré le bourdonnement du climatiseur, l'illusion qu'il était vraiment assis au fond de son jardin, dans l'interminable silence de l'aube. Quoi qu'il ait pu arriver, il était un professionnel, se rappela-t-il. Il livrerait cette Image à la boîte, quoi qu'il arrive. Pendant un moment, il fut galvanisé par cette résolution, par l'aisance avec laquelle son logiciel manipulait les sons et les images du rêve, lui donnant l'impression de contrôler, de dominer les visions de l'inconscient collectif de cet obscur coin de la planète qui s'étaient insinuées en lui. Après tout, c'était lui le psychoformeur, ici, c'était lui le manipulateur, le séducteur, celui qui façonnait froidement les émotions brûlantes et les scènes primordiales qui pousseraient des centaines de milliers ou des millions de gens à acheter les produits et les services des clients de l'Ikôn.

Mais au fur et à mesure que les heures passaient, le sentiment qu'il avait de tout contrôler devint plus diffus. D'abord, il n'arrivait pas à saisir les traits de la fille, Buthaïna. La ressemblance lui échappait. Peut-être le fait de savoir ce qui lui arrivait après, dans le rêve, interférait-il avec ses tentatives pour rendre son air innocent, heureux, son propre inconscient sabotant le visu. Il avait l'impression de plus en plus frustrante que toutes les images d'elle qu'il esquissait exsudaient, d'une façon subtile mais indéniable, une sorte de menace, d'angoisse, et il était sûr que cela nuirait au potentiel attractif de l'Image, à sa capacité d'attirer les clients vers le produit auquel les publicitaires décideraient de l'associer.

Vers la fin de l'après-midi, la frustration s'était changée en une vague crainte qui lui nouait l'estomac. Et s'il n'était pas en mesure d'envoyer l'Image à Jenny Chan d'ici une semaine ? S'il n'y arrivait jamais ? S'il avait perdu son don de prospecteur d'Image, ou même carrément perdu l'esprit ?

Finalement, dégoûté, il rangea son palmtop, son masque et son écran tactile dans les alvéoles de sa mallette de cuir, s'étira et sortit faire un tour.

2

Le soleil était descendu depuis une heure derrière les plantations, à l'ouest, laissant une lueur bleue sur l'horizon. Il faisait bon, mais la poussière de la route avait emmagasiné la chaleur de la journée et semblait la renvoyer. C'est à peine si le lointain aboi des chiens troublait l'immense silence qui régnait sous les montagnes arides. De temps à autre, une voiture passait sur l'autoroute, à cinq cents mètres de là. Dans les maisons de mâchefer s'ouvrait le pâle rectangle jaune de fenêtres éclairées par des ampoules en sous-tension, parfois par la lueur bleue, vacillante, d'un téléviseur. Blaine passa devant une de ces petites boutiques installées dans un cube de béton fermé par une porte de garage. Devant, quelques hommes en djellaba, assis sur des chaises déglinguées, fumaient en silence, le regard perdu dans le soir. Les maisons s'arrêtaient au pied des collines qui montaient en pente douce vers la montagne. Dans un champ entouré de barbelés bourdonnaient doucement des transformateurs reliés à des rangées de grands panneaux solaires, d'un noir poussiéreux à la lumière de la lune encore basse dans le ciel. Au-delà, la nuit régnait à perte de vue sur les collines désertes, rocailleuses. La route s'arrêtait cinquante mètres plus loin, devant des rochers blanchis à la chaux. Le silence était tellement absolu que Blaine avait les oreilles qui sifflaient. Au bout de quelques minutes, il eut l'impression que sa tension, ses frustrations et ses soucis s'évacuaient. Il les laissa se dissoudre lentement dans le silence, dans la pierre de ces collines antiques, immuables, jusqu'à ce qu'il se sente l'esprit aussi léger que l'air.

Il se retourna enfin et redescendit vers les lumières du village. Il avait refermé et verrouillé la porte de son jardin et n'était plus qu'à quelques pas de la maison lorsqu'il entendit les sanglots.

Il avait laissé l'ampoule allumée au-dessus de la porte-moustiquaire de la cuisine. Une forme sombre était appuyée contre le mur de la maison, dans l'ombre.

Blaine se figea. Il sentit ses cheveux se dresser sur sa tête, son cuir chevelu le picoter. La forme ne bougeait pas, ne disait rien. Il n'y avait que ces sanglots étouffés.

Il s'approcha lentement.

Il la reconnut d'abord à ses cheveux, cette masse de cheveux noirs, épais, maintenant emmêlés, feutrés. Son visage était un magma tuméfié de plaies et de bosses. Du sang avait coulé de ses lèvres fendues et séché sur son menton. Elle avait les bras étroitement serrés autour de son corps.

— Oh, voisin, hoqueta-t-elle lorsqu'il s'agenouilla à côté d'elle. Oh, voisin…

— Buthaïna ? dit-il en tremblant. Ce n'était pas possible… Buthaïna ?

— Buthaïna ? répéta-t-elle dans un hoquet, et son

corps fut secoué par une quinte de toux déchirante. Il n'y a pas de Buthaïna. Il n'y a plus de Buthaïna. Elle est morte, vous ne savez pas ? Vous ne savez pas, ô voisin ?

Ses belles mains fines étaient poissées de sang. Il les prit dans ses propres mains tremblantes, les attira vers lui.

Elle devait avoir les bras cassés. Elle poussa un cri de détresse. Ses yeux étaient deux mares noires de trouble et de confusion.

Et puis, l'instant d'après, elle avait disparu.

Blaine se releva d'un bond, le cœur battant à tout rompre. Le sol se soulevait sous ses pieds. Les maisons du village, la roche des montagnes, les champs plongés dans les ténèbres se renvoyaient encore l'écho de son cri, mais elle avait disparu. À l'endroit où elle se trouvait, il n'y avait rien, que la grisaille des pierres et le béton plus clair de la maison. Il balaya désespérément les environs du regard, très vite, mais il savait qu'elle était incapable de bouger.

Tout était calme et silencieux dans la nuit, en dehors de quelques grillons et des chiens qui aboyaient au loin. Deux papillons de nuit voletaient autour de l'ampoule accrochée au-dessus de la porte de la cuisine.

Blaine avait les jambes qui tremblaient si fort qu'il avait du mal à se tenir debout. Il entra, ferma la porte derrière lui, alluma toutes les lumières de la petite maison, déploya l'écran de son palmtop, accrocha un faisceau téléphonique et appela un numéro à Karachi, au Pakistan.

Au bout de huit sonneries, un visage apparut sur l'écran : très brun de peau, avec un bouc, des yeux de jais, très brillants, et des cheveux à hauteur d'épaules. Il commença à parler en ourdou.

Blaine sentit le cœur lui manquer. Il appuya sur une touche et le message repartit, cette fois en anglais, teinté d'un fort accent ourdou. « Vous êtes en communication avec le système expert de Haseeb Al Rahman. Je ne suis pas joignable pour le moment, mais… »

Blaine articula soigneusement un mot de passe et le visage cessa de parler pour esquisser un sourire à l'air naturel, sans doute extrait d'une conversation téléphonique en direct et intégré par la suite à son IA. Haseeb avait encore amélioré son système expert. Conformément, sans doute, aux directives que l'Ikôn avait adressées à ses cadres : s'encoder en cas de décès, de retraite ou de débauchage par un concurrent. Blaine subodora aussi que l'IA tournait au moins en partie sur les nouveaux circuits bioanalogues dont Haseeb proclamait qu'ils remplaceraient les digitaux d'ici moins de cinq ans.

— Où est Haseeb ? Vous pourriez le réveiller ?

— Il n'est pas à la maison, répondit l'IA.

— Où est-il ?

— Je ne sais pas. Vous ne pouvez pas laisser un putain de message ?

— Haseeb n'aurait pas… euh, indexé quelque chose sur des prospecteurs qui verraient des Images à l'état de veille ? demanda Blaine d'une voix tremblante.

Le système de Haseeb parut le regarder pensivement pendant deux secondes, puis il y eut un infime sursaut, le visage s'anima à nouveau et demanda :

— Avez-vous vu des éléments d'Image pendant la journée, à un moment où vous étiez sûr d'être vraiment éveillé ?

— Ouais. Ça vient de m'arriver.

Le visage changea d'expression, grâce à la magie

du montage, et un Haseeb plus humain que nature répondit :

— J'ai une rubrique indexée : ça veut dire que vous avez besoin de R & R. Ça veut dire que vous avez bu trop de sperme du diable yogi et que vous avez besoin de faire un petit break.

Ça lui allait bien, se dit Blaine. Haseeb était un musulman fervent, mais l'un des premiers prospecteurs d'Images de l'Ikôn. Il avait probablement bu plus de décoction d'herbes, dans sa carrière, que trois prospecteurs moyens.

— Ça veut dire, poursuivait Haseeb, que vous avez besoin de prendre un peu de recul et de vivre comme un être humain normal pendant quelques semaines, ou vous allez devenir aussi dingue que les yogis et vous mettre à adorer leurs démons. Alors voilà ce que vous allez faire, mon ami : vous n'allez plus toucher aux herbes pendant quelque semaines, jusqu'à ce que ça se tasse un peu. Vous allez vous mettre sous niacine et ignorer les effets secondaires, s'il y en a. Vous allez appeler la direction et leur dire que vous partez en R & R. S'ils font des histoires, dites-leur de m'appeler. Et allez passer quelques semaines sur la plage. Exo-zone, vous comprenez ? Écartez les cuisses de quelques filles blanches et vautrez-vous dans le Grand Satan. Allez manger chez McDo.

Blaine ne comptait pas sur l'IA pour obtenir de vraies réponses, mais la rubrique enregistrée était de Haseeb en personne. Il répondait manifestement à quelqu'un qui lui avait posé la même question que Blaine. Ce qui signifiait que ce genre de chose était arrivée à d'autres prospecteurs. Donc il n'était pas fou, se dit Blaine avec soulagement.

Il ne remarqua qu'après avoir coupé la communication qu'il avait sur les mains des traînées d'une chose qui ressemblait à du sang séché.

Des marques de rouille, se dit-il en frottant les taches, les mains tremblantes, dans la petite salle de bains badigeonnée en vert. Le miroir écaillé, au-dessus du lavabo, lui renvoyait l'image d'un grand gaillard au regard hanté. Un tuyau rouillé courait le long de la façade, juste à l'endroit où il avait cru, rêvé voir Buthaïna. Il refusa d'y réfléchir davantage. Dès qu'il aurait suffisamment repris le dessus pour offrir un front serein à Jenny Chan — mettons demain matin — il l'appellerait et poserait une demande de R & R. Il n'allait pas craquer. Ce serait juste un bref congé. Il ne pourrait probablement pas aller au Yémen, mais dès qu'il serait reposé et désintoxiqué, il rentrerait dans le circuit et recommencerait à déterrer ces Images qui valaient des millions pour la boîte.

Cette nuit-là, toutes portes closes, alors qu'il avait avalé une poignée de comprimés de niacine au lieu de la décoction d'herbes, et que son capteur de rêve était éteint, il refit le rêve lucide de Buthaïna.

— Buthaïna, descendez du mur, dit-il d'un ton implorant.

Il essaya désespérément de se réveiller, mais n'y parvint pas. La porte écran claqua dans le jardin voisin.

— *Buthaïna, descendez !*

Elle le regarda, effarée.

— Comment connaissez-vous mon nom ?

Une violente traction la fit tomber, hurlante, à bas du mur, et il se retrouva dans la cité de cauchemar ébranlée par un tremblement de terre, alors il ferma les yeux de toutes ses forces et éleva au ciel des prières ferventes, désespérées. Les prières des enfants musulmans que lui avait apprises sa grand-mère, les seules qu'il connaissait.

Il fallait plusieurs jours à l'organisme pour éliminer les herbes, se dit Blaine, le lendemain matin, lorsqu'il sortit, hagard, dans le jardin réchauffé par le soleil éclatant. Ça le démangeait d'appeler Jenny Chan, mais après s'être regardé dans son miroir, il y avait renoncé. Quand on demandait un R & R imprévu, surtout quand on était en train de travailler sur un package audiovisuel, il valait mieux que ça ait l'air normal, ou on risquait un examen psychologique.

Pourtant, l'activité matinale et la lumière du village lui remontèrent le moral, et après un petit déjeuner tardif il se dit que, en dehors de quelques vilains rêves et d'une hallucination fugitive, les derniers jours avaient été fructueux du point de vue de la prospection. Le coup de fil à Chan attendrait un ou deux jours. Il allait éviter les herbes et l'électronique, évidemment, et se bourrer de niacine pour se nettoyer les neurones. Ensuite, en travaillant d'arrache-pied, il devrait arriver à lui envoyer ses visus dans les délais prévus, et il paraîtrait d'autant plus normal qu'il pose un R & R. Il ferait peut-être encore des rêves, mais les rêves, c'était son domaine. Il tiendrait le coup.

Il s'installa dans son jardin et travailla sur l'Image jusqu'à la fin de l'après-midi, à l'ombre des citronniers, coupé de tout derrière son masque, de la chaleur et du vacarme des radios, de l'odeur des bougainvillées, du soleil qui faisait briller les grains de poussière et les feuilles, coupé de tout en dehors de la fraîcheur bleu violacé de l'aube, du corps et du visage de la femme du rêve, de sa voix, de ses gestes. Il ne pouvait empêcher ce regard hanté de revenir, encore et toujours, s'inscrire sur son visage, et pour gagner du temps, il n'essaya même pas. Lorsqu'il se décida enfin à arrêter, la nuque raide, les yeux rouges et l'estomac dans les talons, il avait accouché d'une séquence potable de trois minutes qu'il pourrait toujours envoyer telle quelle s'il le fallait.

Le rideau métallique de la petite boutique qui ressemblait à un box pour voiture, le long de l'autoroute, était partiellement baissé pour protéger ses occupants des rayons obliques du soleil. Cette fois, c'était le propriétaire qui était assis derrière le comptoir, un vieil homme grisonnant, mal rasé, en djellaba grise et keffieh. Blaine remarqua ses mains crochues. De l'une il tenait une cigarette roulée à la main et de l'autre il égrenait un chapelet.

— *Mesa' el khair*, dit-il d'une voix râpeuse, les paupières papillotantes, en levant les yeux au ciel comme s'il essayait d'y voir malgré sa cataracte.

Blaine s'apprêtait à répondre… et resta sans voix. L'espace d'une seconde de confusion, il crut qu'il avait une nouvelle hallucination, puis il se rendit compte qu'il regardait une affiche de cinéma scotchée aux étagères, derrière le vieil homme, masquant partiellement un rayon de bouteilles d'eau. L'affiche représentait une femme aux longs cheveux noirs. Ses yeux étaient deux lacs plus noirs que la nuit.

Blaine s'avisa que le vieil homme le regardait d'un drôle d'air en faisant passer entre ses doigts les grains de son chapelet.

— Qui… qui est-ce ? demanda Blaine, le souffle court, en indiquant, d'un geste, l'affiche.

Il voyait pourtant bien le nom inscrit sous la photo, en lettres arabes ornementées : *Aïda* !

— Qui ça, mon père ? demanda le vieil homme. Ah, la photo ? Je ne sais pas, moi, je ne m'intéresse pas au cinéma. C'est un nouveau film égyptien qu'ils m'ont envoyé, dit-il avec un rire rauque.

Le film s'appelait *Madame Taya*. C'est ce que Blaine découvrit en le téléchargeant à partir du site Web indiqué sur l'affiche. C'était un mélodrame égyptien de la même veine que tous ceux qu'il avait eu l'occasion de voir : surchauffé, clinquant, une intrigue filiforme, conçue pour fournir aux masses des villes et des campagnes arabes des images glamour, délectables, d'une société huppée, fortunée dont ils n'auraient jamais l'occasion de découvrir qu'il s'agissait de purs fantasmes. C'était une *virtu* — une bande virtuelle avec des acteurs digitalisés — fauchée, pratiquement pas interactive, avec juste quelques ébauches de scénarios alternatifs et sans fonction « en coulisses » permettant de déshabiller et de programmer soi-même les vedettes, comme dans les *virtus* occidentales. Le personnage interprété par « Aïda », la vedette, était une pauvre mais honnête fille séduite et abandonnée par un riche fils de famille — c'était encore le summum de la tragédie romantique pour le public des campagnes. Mais pour Blaine Ramsey, qui était assis, haletant, dans sa petite pièce de devant, dans la fraîcheur de l'air conditionné, et qui voyait tout ça dans son masque, l'intrigue scandaleuse et les dialogues ampoulés n'évoquaient rien. L'actrice Aïda était à l'évidence, sans aucun doute possible, Buthaïna, la fille dont il avait rêvé trois nuits d'affilée, celle de son Image. Ses yeux, ses cheveux, son visage, sa voix, ses belles mains fines, même, étaient bien les siens. Il était incapable d'apprécier son jeu, la *virtu* ne mettant en scène qu'une distribution virtuelle — des photoclips digitalisés, animés, des acteurs —, mais Blaine s'aperçut qu'il était en sueur à la fin du film lorsque, comme il fallait s'y attendre, le fait d'avoir été séduite la condamnant inévitablement à sombrer dans la prostitution, la pauvre fille incarnée par Aïda mettait fin à une vie de dépravation en sautant par la fenêtre du quatrième étage d'un commissariat. Après quoi la caméra recadrait son corps inerte, gisant dans le caniveau, ses yeux brillants grands ouverts dans la nuit, contemplant la mort, jusqu'à ce qu'un passant compatissant dépose des feuilles de journal sur elle. Un coup de vent découvrait une dernière fois ses yeux levés sur une ultime interrogation, ses yeux qui ne voyaient rien.

Le soir tomba, chaud, sec, sans un souffle de vent, et Blaine installa son fauteuil sur l'allée dallée au coin de la maison. Les pierres et le ciment, autour de lui, renvoyaient la brûlure du jour. Une odeur chaude, végétale, montait des touffes de gombos, à ses pieds, dans la terre humidifiée par le tuyau. Il avait essayé de rappeler Haseeb, mais il était encore tombé sur son IA. Il essayait de réfléchir, de remettre de l'ordre dans ses idées. Ce qui n'était pas facile, parce que ce qui lui était arrivé était théoriquement impossible.

Pendant des siècles, la psychogenèse avait reposé sur les notions de l'esprit conscient quant à la façon de manipuler l'inconscient, et puis les services de recherche et de développement de l'industrie publicitaire avaient découvert la publicité psychologiquement active, autrement dit une façon de vendre des produits à l'aide des Images captivantes de l'inconscient collectif. Cela dit, pour cette raison même, les

Images ne pouvaient théoriquement pas mettre en scène des gens célèbres. Si l'on pouvait voir les Images en rêve, c'était précisément parce que l'énergie psychique inconsciente s'était investie en elles — la même énergie qui leur conférait leur puissante emprise sur les consommateurs lorsqu'on les utilisait dans la publicité. Mais une Image ainsi livrée au public ne conservait pas éternellement son pouvoir, l'intérêt conscient des masses la vidant rapidement de son énergie intrinsèque. Selon ce raisonnement jungien abrupt, il y a belle lurette qu'un personnage comme Aïda — dont une rapide recherche sur le Net lui avait appris que c'était l'une des plus grandes vedettes égyptiennes — aurait dû être privé de l'énergie psychique inconsciente indispensable à son apparition dans une Image.

Alors comment était-elle apparue à un prospecteur d'Image en état de rêve lucide, un prospecteur d'Image parfaitement compétent en dehors de cela ? Pourquoi ces rêves lucides étaient-ils des cauchemars ? Et, plus bizarre que tout, comment lui était-elle apparue dans une vision éveillée ?

Il alla vers le fond du jardin dans la lumière bleue qui s'approfondissait, vers le mur sur lequel il avait vu trois fois de suite, à l'aube, grimper Buthaïna. La radio de la maison voisine diffusait des sourates du Coran en sourdine, et de la cuisine n'émanaient que des bruits de batterie de cuisine et une monosyllabe occasionnelle. Il reconnut une odeur d'ail et de *leban kishik*, le lait de brebis caillé, séché, qu'on utilisait dans la cuisine arabe. Il posa la main sur le mur. Les petits cailloux incrustés dans le ciment irradiaient encore la chaleur de la journée. Tout était calme, ordinaire, rassurant. Il devait se raisonner : Buthaïna, la fille de son rêve, n'était pas réelle. Il n'y avait pas vraiment eu d'agresseur, personne ne l'avait brisée, laissée pour morte. Son désir de la revoir, la toucher, la ramener à la vie, tout cela devait être vu pour ce que c'était : l'un des risques de son métier très particulier. Et les spécialistes de la psyché n'avaient pas la science infuse, ils ne connaissaient pas forcément le genre de rêves d'Image qu'on pouvait avoir ou non, ou les gens qui pouvaient apparaître dedans. Leurs théories n'étaient que cela : des théories, et ils n'avaient que quelques années de recul. Le domaine de la neurosociologie archétypale, comme ils aimaient l'appeler, n'avait qu'une dizaine d'années, après tout.

Blaine rentra chez lui, coupa l'air conditionné, ouvrit les fenêtres en grand, plaquant les battants contre les murs. Il alluma son palmtop, se connecta au réseau téléphonique international et composa le numéro de Jenny Chan. Elle ne serait pas au bureau ; il était dix heures du matin à Los Angeles, et Jenny était en poste de minuit à huit heures — aux heures ouvrables dans la région du Moyen-Orient dont elle s'occupait — de sorte que c'était, précisément, le bon moment pour télécharger son Image et demander un congé imprévu. Avec un peu de chance, elle lui laisserait un message disant qu'elle était d'accord et il n'aurait pas à répondre à des questions embarrassantes.

Mais Jenny décrocha à la deuxième sonnerie, et même sur le petit écran à la mauvaise définition de son palmtop, il vit qu'elle avait l'air troublée.

— Blaine ! dit-elle, surprise. Qu'est-ce qu'il y a ? Ça va ?

— Ouais, ça va, ça va. J'ai une Image à t'envoyer. Je ne pensais pas que tu serais là aussi tard.

— Ah oui, ton Image, bien sûr, dit-elle avec ce qui

ressemblait à un soupir de soulagement. Tu sais ce que c'est, le boulot, mon chou, ajouta-t-elle avec un sourire las, préoccupé. Tu n'as qu'à me l'envoyer.

— Oh, à propos, dit-il, profitant du fait qu'elle avait l'air bousculée, préoccupée par un quelconque problème de boulot. J'aurais besoin de quelques semaines de congé. À prendre tout de suite, si l'Image te convient…

— Blaine, je n'ai vraiment pas le temps d'y réfléchir tout de suite. Je suis… Enfin, c'est bon, c'est bon. Prends des vacances, d'accord ? Tu as campo à partir de demain. Maintenant, il faut que je te laisse, là.

C'est ce qu'elle fit, laissant place à un écran encrypté. Et sans même évoquer la question du Yémen, se dit-il avec satisfaction en cliquant sur l'icône de téléchargement.

L'appel à la prière du soir avait retenti sur les maisons et les rues de Kraïma, sur les plaines caillouteuses et les collines, se réverbérant sur les montagnes dénudées, ses vastes cadences apaisantes semblant momentanément suspendre le temps, répandre sur la Terre des effluves de sainteté. Après, l'obscurité était devenue presque totale, quelques étoiles avaient commencé à scintiller au-dessus du minaret de la mosquée du village. Blaine arpentait, en proie à une vive agitation, les rues et les ruelles désertes, lorsque la lune se leva, presque pleine, d'une blancheur crémeuse, au-dessus des montagnes, à l'est, et surplomba la vallée du Jourdain.

La pensée lui avait traversé l'esprit que la Buthaïna dont il avait eu la vision pourrait être à nouveau dans son jardin lorsqu'il reviendrait de promenade, et cette perspective, mi-espérée, mi-redoutée, l'obligeait à continuer de marcher nerveusement, plus longtemps que d'habitude. C'est ainsi qu'il s'était retrouvé devant les rochers badigeonnés à la chaux, au bout de la rue de terre battue, la plus éloignée de l'autoroute, à l'endroit où le sol commençait à monter en pente plus raide vers les montagnes. La lune projetait sa lumière argentée sur la paroi, au-delà des rochers, et la nuit paraissait étrangement silencieuse, comme s'il n'y avait plus, au monde, d'autre bruit que l'écho de ses pas. La température était neutre et il n'y avait pas un poil d'humidité dans l'air. Blaine gravit la pente, entre les rochers, jusqu'à un endroit où elle retombait en une basse falaise, et admira un moment le paysage surréel des montagnes qui se dressaient au-delà des collines, se demandant à quelle distance elles pouvaient être en réalité.

C'est alors qu'il repéra, au pied de la falaise, une forme carrée, blanche, à moitié noyée dans les ombres. Une forme qui ne cadrait pas avec l'antique paysage creusé par le soleil, façonné par les vents.

Il redescendit de la falaise, la pierre chaude, usée, pareille à de vieilles mains rugueuses sur ses propres mains. Arrivé au pied, il reconnut la forme pâle : c'était un corps humain gisant dans la poussière, couvert de feuilles de journal.

Et lorsqu'il souleva l'une des feuilles, le cœur battant, il vit que c'était elle, Buthaïna, ses beaux yeux noirs qui ne voyaient plus rien levés vers la lune dans une ultime interrogation, les narines épatées comme si elle humait l'air. Cette fois, elle n'offrit aucune résistance quand il s'agenouilla auprès d'elle et prit sa main froide, délicate, entre les siennes, en inspirant lentement, le souffle saccadé, le sol tanguant autour de lui.

Et puis, comme les autres fois, elle disparut.

3

Cette nuit-là, bercé par le chant du rossignol dans la douceur de l'air parfumé, il dormit d'un sommeil sans rêve. Ou, s'il en fit, ce n'était pas des rêves lucides. Et s'il entendit la voix de Buthaïna au coin d'une maison du village, son tourment ne le réveilla pas. La niacine avait fini par agir. À moins qu'il n'y ait eu autre chose : peut-être avait-il entendu son appel, tout au fond de lui-même, et décidé de venir à elle.

C'était ridicule, évidemment, il s'en rendit compte en se réveillant, au petit matin, alors qu'un souffle d'air frais caressait doucement ses rideaux dans les premiers rayons du soleil. En fait, un plan avait pris forme dans son esprit. Le Caire appartenait techniquement à l'exo-zone, et ce n'était sûrement pas le genre de villégiature que lui aurait conseillé Haseeb Al Rahman s'il avait été mentalement présent pour parler avec lui de son congé de R & R. Entre le krach économique, l'instabilité politique et les tremblements de terre récurrents, le Caire n'était pas un endroit particulièrement propice au Repos et à la Récupération, ces temps-ci. Et comme c'était la ville où vivait l'actrice

Aïda, l'alter ego de Buthaïna, la fille de ses rêves, c'était même la direction diamétralement opposée à celle qu'il aurait dû prendre pour laisser derrière lui ses rêves obsessionnels.

S'il avait voulu se mentir à lui-même, il aurait pu se raconter qu'il allait au Caire dans le cadre de sa mission, pour remonter la piste soufflée par son subconscient jusqu'à la source et la signification de son Image. Il aurait pu feindre de s'investir dans une quête spirituelle de son moi profond, afin de découvrir pourquoi il avait vu en rêve et pourquoi il avait eu la vision éveillée d'une vedette de cinéma. Ou bien il aurait pu prétexter qu'il obéissait à des raisons purement scientifiques, qu'il menait des investigations sur un phénomène en contradiction apparente avec la théorie neurosociologique établie. Mais il avait passé l'âge de jouer à ce genre de petits jeux. Il savait que la vraie raison pour laquelle il y allait ne résisterait pas à l'examen, et cette raison c'était qu'il avait entendu Buthaïna, la fille de son rêve, se faire tabasser, il avait vu son corps brisé, ensanglanté, il avait tenu dans les siennes ses pauvres petites mains glacées, et il était tombé amoureux d'elle comme un crétin de prospecteur de rêve débutant s'amourachant de son Image. Seulement, par un incroyable coup de chance — ou de malchance —, cette Image était vivante, elle avait une existence réelle. C'était une vedette de cinéma égyptienne, et Blaine irait à sa recherche.

Porté par une vague d'exaltation, il alla allumer la bouilloire, pieds nus sur le carrelage froid de la petite cuisine. Il se souvint qu'il avait éprouvé le même genre de griserie un matin où il s'était réveillé tôt et s'était soudain rappelé que c'était le premier jour des vacances. Il ne s'était pas senti aussi excité depuis très, très longtemps.

Blaine aurait pu prendre un vol EgyptAir ou Royal Jordanian d'Amman au Caire, mais les prospecteurs d'Images s'imposaient le contact avec l'atmosphère locale, et il était habitué à prendre les taxis-services, les taxis collectifs qu'utilisaient les voyageurs arabes de la classe moyenne. Il en prit un dans un parking de Jéricho — une dalle de béton tachée d'huile, coincée entre un hôtel borgne et une plantation d'orangers — où des douzaines de chauffeurs attendaient le client dès l'aube, en annonçant à grands cris le nom des localités qu'ils desservaient. Le vent charriait des odeurs de végétation, d'huile chaude et des cacahuètes grillées vendues par des colporteurs.

À côté de la chaleur du Sinaï, la température de la Vallée du Jourdain lui paraissait rétrospectivement presque clémente. Le taxi que Blaine avait pris, une vénérable Mercedes bringuebalante, fonçait sur la route de Suez, plate comme le dos de la main, vibrante de chaleur. Toutes les vitres étaient ouvertes, et les passagers, serrés comme des sardines, recevaient en plein visage des gifles d'air brûlant. Ils s'arrêtaient à intervalles réguliers aux appentis de palmes et de tôle ondulée qui tenaient lieu de stations-service. Blaine alla satisfaire un besoin naturel dans le sable, derrière l'un de ces appentis. Il eut l'impression que des langues de feu lui léchaient la tête et les épaules. L'air était irrespirable. C'était comme si l'immense silence de la plaine jaune qui s'étendait à perte de vue était un artefact de la chaleur, comme si le soleil tenait toute vie, tout ce qui bougeait dans sa poigne de fer. Après s'être vidés la vessie, les voyageurs retournaient sous l'appentis boire des Pepsis rafraîchis dans les glacières alimentées par des panneaux solaires, et après avoir payé le propriétaire à peu près paralysé de chaleur, ils repartaient, le vent torride entrant par les vitres séchant leur sueur.

Le passage des frontières entre la Palestine, Israël et l'Égypte fut laborieux, empreint de défiance. Son accréditation de l'Ikôn valait à Blaine une immunité qui protégeait son palmtop contre toute investigation, mais ses papiers furent examinés une demi-douzaine de fois, avec une minutie fastidieuse. Les régimes politiques de la zone ne s'étaient jamais vraiment remis des intifadas pro-démocratiques des années 2002 et 2003 qui avaient abandonné dans leur sillage un magma de régions autonomes et semi-autonomes, créant un terrain propice à la contrebande, au lavage d'argent sale et à toutes sortes de trafics contre lesquels les gouvernements s'efforçaient de lutter par un strict contrôle aux frontières. À la fin de l'après-midi, le taxi-service de Blaine était encore dans le désert, de l'autre côté de Suez, et se dirigeait vers le sud. On entrait au Caire par le nord et par l'est en traversant des bidonvilles qui échappaient à la poigne rigoureuse du gouvernement, et parfois dangereux. Le chauffeur conduisait comme un fou, et Blaine était convaincu que la lourde caisse pleine de bosses, qui tanguait et rebondissait sur la route, n'était plus contrôlable. Pourtant, les autres passagers, placidement assis sur leur siège, semblaient inconscients du danger. Au-dehors, la route crevassée, bordée de pylônes électriques, se perdait à l'horizon couleur de sable après avoir traversé l'interminable agonie d'une terre aride, caillouteuse, épuisée de chaleur. La radio retransmettait les beuglements d'Oum Kalsoum, la chanteuse la plus vénérée du Moyen-Orient, quarante années après sa mort comme pendant les quarante années qui l'avaient précédée, et malgré ses cris sinueux et le rugissement du moteur, deux des passagers avaient réussi à se lancer dans une discussion politique.

— Les tremblements de terre, les émeutes, sont le jugement de Dieu, dit l'homme assis à côté du chauffeur, devant Blaine.

C'était un petit homme à la peau sombre, au visage chafouin et aux yeux noirs, brillants, sous une toison crépue. Malgré son costume occidental, sa barbe courte, taillée d'une façon compliquée sur ses joues creuses, avait suscité la méfiance des policiers, des deux côtés des frontières qu'ils avaient traversées : les islamistes portaient souvent la barbe, comme le Prophète Mahomet. Il s'était retourné sur son siège pour regarder l'homme assis derrière le chauffeur.

— Et voilà que l'Occident refuse d'aider les victimes des tremblements de terre. Les projets et les desseins des hommes sont défaits, mon frère, et, en dehors de Dieu, personne ne peut plus sauver l'Égypte.

L'homme assis derrière le chauffeur, qui portait le costume gris, banal, des petits bureaucrates égyptiens, eut un claquement de langue impatient.

— Mon frère, les tremblements de terre résultent de phénomènes géologiques provoqués par des failles dans la croûte terrestre. Quant à l'instabilité politique, elle est provoquée par la pauvreté, elle-même due à la surpopulation. Et l'Occident finira bien par apporter son aide à l'Égypte. Elle est son alliée au Moyen-Orient. Réfléchissez au scandale que ce serait si les nations riches laissaient les tremblements de terre détruire un pays de cent millions d'habitants. Ils finiront bien par nous aider, mon frère.

— Ils nous refuseront leur aide, répéta le barbu. Les Arabes ne peuvent plus compter sur la charité des pays étrangers. Ils doivent se débrouiller par eux-mêmes. Où sont les pays du Golfe et leurs milliards, dans cette crise ? Où sont les savants et les ingénieurs palestiniens, les Soudanais avec leurs excédents agricoles ? Je vous le dis, les Arabes n'ont réussi à tirer leur épingle du jeu qu'à un moment de l'histoire : quand toute la nation arabe a été unie sous la bannière de l'Islam.

L'homme assis sur la banquette arrière, entre Blaine et le bureaucrate, un manœuvre, à en juger par ses vêtements de travail et ses mains calleuses, sa peau brunie par le soleil et ses avant-bras de travailleur de force, interpella le bureaucrate :

— Votre *hadra*, Votre Présence dit que les tremblements de terre sont causés par quelque chose — la biologie, ou quel que soit le nom que lui donne Votre Présence —, pardonnez-moi, je n'ai pas fait d'études comme vous. Mais qu'est-ce qui provoque cette biologie, d'abord ? Moi, je dis que c'est Dieu qui nous l'envoie, cette biologie.

Le chauffeur et le barbu opinèrent du chef.

Oum Kalsoum finit sa chanson d'une heure et la radio diffusa des sourates du Coran. Tout le monde se tut, dans la voiture, s'absorba dans ses pensées, les incantations nasales, sonores, emplissant l'habitacle d'une sérénité de cathédrale, malgré la vitesse, les cahots, le hurlement du vent. Le chauffeur avait l'air détendu. Il tenait négligemment le volant d'une main, l'autre pendant par la fenêtre. L'homme à la barbe pétrissait son chapelet en remuant silencieusement les lèvres, le travailleur se laissait placidement trimbaler, ses grosses pattes rugueuses posées sur ses cuisses.

Ils dépassèrent à vive allure un bédouin tout de noir vêtu et enturbanné, au visage bruni par le soleil. Il gardait un troupeau de chèvres étiques qui fouillaient dans les ordures à peu près imaginaires du désert. À cet instant, les intonations de la radio et les rayons obliques du soleil, toujours implacable, semblèrent s'interpénétrer dans l'esprit de Blaine, et ce fut comme si le soleil était un aspect visible de la grâce divine, descendue sur le grand bédouin droit comme un i, lui conférant la dignité et la noble individualité des enfants d'Adam.

Vers la fin de l'après-midi, de l'immense bol de ciel bleu descendit une fraîcheur apaisante après la chaleur et la lumière accablantes de la journée. Ils allaient de nouveau vers l'ouest, et Oum Kalsoum s'était remise à chanter. Le ciel, au-dessus d'eux, s'embruma, et le coucher de soleil se para des tons violet et orange vifs typiques des tempêtes de sable. Blaine eut l'impression que l'air plus frais qui entrait par les vitres avait maintenant comme une vague odeur de fumée. Le seul signe d'habitation visible à cet endroit était un poste de contrôle, un cube de béton à un étage posé sur l'aridité du désert. Deux ou trois soldats rapprochèrent des mitrailleuses de la route et procédèrent à l'inspection habituelle des voyageurs, en s'intéressant plus particulièrement à Blaine et au barbu. Ils étaient repartis depuis peu lorsqu'un autre signe de civilisation apparut dans le crépuscule : le désert était maintenant jonché d'ordures à perte de vue, des monceaux de détritus, comme si tous les sacs en plastique, mégots de cigarettes et bouts de papier de toutes les décharges du monde avaient été apportés par le vent dans cet endroit perdu, et arrêtés par une pierre ou une ondulation du sable. Et puis, à la nuit tombante, Blaine remarqua que les bas-côtés de la route semblaient bordés de monticules réguliers. En plissant les paupières, il vit que c'étaient bien des monticules — des tas d'immondices et de gravats. Le désert était devenu un immense dépôt d'ordures. Mais des deux côtés de la route, aussi, quelqu'un avait planté de petits sapins, qui paraissaient d'une fragilité pathétique face à la toute-puissance du désert. Blaine comprit qu'ils devaient être irrigués par un système de goutte-à-goutte enfoui dans le sol, et qu'ils constituaient un embryon de coupe-vent en prévision du jour où l'agriculture revendiquerait ce territoire, conformément à un grandiose Plan Quinquennal — indifférent au fait que rien ne pousserait jamais sur ces monceaux d'ordures. Un cas typique de conflit entre la bureaucratie gouvernementale et l'anarchie du secteur privé qui semblait définir l'Égypte. L'odeur apportée par le vent soufflant de l'ouest était plus forte, à présent. Et ça sentait bien les ordures brûlées.

Le ciel obscurci au-dessus d'eux l'était autant par la fumée que par la tombée du jour. Un soudain crépitement de gouttelettes cribla la voiture, dans le noir.

Le manœuvre, qui somnolait, assis, tout raide, sur son siège, se réveilla en sursaut.

— Qu'est-ce que c'est ?

— La pluie, répondit le bureaucrate en jetant un coup d'œil par la vitre.

— La pluie ? répéta le manœuvre, incrédule. Mais on est en juin !

— Eh oui, répondit le bureaucrate. Vous ne regardez pas la télévision, mon frère ? Ils ont mis en eau la

Dépression de Qattara, il y a neuf ans, grâce à un canal qui mène vers la Méditerranée. Ils ont fait une mer intérieure au beau milieu du désert de l'Ouest, et le climat est en train de changer, comme prévu. Il a commencé à pleuvoir en Égypte même en été. Je travaille à la planification, au Ministère de l'Agriculture, et nous avions envisagé ce phénomène. D'ici quelques années, ce sol sera assez riche pour lancer des cultures légères, et un jour, si Dieu le veut, le désert sera un jardin magnifique et l'Égypte sera autosuffisante, ajouta-t-il en illustrant ses paroles de gestes enthousiastes.

Les autres passagers de la voiture eurent des murmures approbateurs et invoquèrent le Créateur.

Après ces propos exaltés, Blaine somnola plus ou moins confortablement, comme le manœuvre, en remarquant dans ses moments de réveil que l'humidité et l'odeur de fumée allaient croissant. Une vilaine lueur orange teintait l'horizon, à l'ouest, comme si l'aube approchait, alors que le soleil s'était couché, dans cette direction même, deux heures plus tôt. Il se secoua. Il distinguait de la lumière dans les ténèbres, devant eux, et ils passèrent à toute vitesse devant une petite structure cubique de mâchefer devant laquelle avait été érigé une sorte d'auvent couvert de feuilles de palmier éclairé par une vague ampoule. Sous la lampe, un groupe d'hommes en djellaba, coiffés de la calotte rituelle, fumaient des argilas, assis sur des tabourets bas, autour d'une planche de backgammon. Au-dessus de l'auvent grésillait une enseigne Pepsi-Cola.

— Bienvenue au Caire, dit leur chauffeur.

D'autres bâtiments apparurent, et puis, soudain, un amas de huttes de torchis, blotties les unes contre les autres, uniquement séparées par d'étroits passages, dans le style caractéristique des villages égyptiens.

Mais ce village n'avait pas de fin : les cabanes décrépites se succédaient, encore et encore, interminablement, à perte de vue, dans le plus grand chaos. Des pylônes électriques géants, supportant des câbles à haute tension, s'élevaient au milieu de ce fouillis d'habitations délabrées, séparées par des ruelles de terre battue, parfois par un espace plus vaste. Des trouées, des zones dégagées, poussiéreuses, caillouteuses, subsistaient çà et là, au gré du hasard. Les points lumineux étaient plus nombreux, à présent. On voyait de petites boutiques et des cafés au sol carrelé, éclairés par des lampes à pétrole ou branchés sur des panneaux solaires, devant lesquels étaient attablés des villageois en djellaba, assis sur ces petits tabourets bas qu'on voyait partout.

— C'est le Caire ? marmonna le manœuvre, étonné. Que s'est-il passé ?

— C'est encore les faubourgs, répondit le chauffeur. Ils gagnent un kilomètre sur le désert tous les ans.

La route du désert était devenue la rue principale de cette mégalopole improvisée, et la voiture roulait maintenant au pas à cause des piétons, des minibus bondés, des petites voitures déglinguées, des carrioles à âne et des motos transportant trois ou quatre personnes, tout ce monde-là se disputant l'étroite chaussée. L'air de la nuit était une cacophonie de bruits de moteurs, de musique tonitruante vomie par les transistors, de rires et des cris d'animaux lancés par des groupes de jeunes en haillons. Les voitures klaxonnaient continuellement, lançant de petits coups d'avertisseur en pointillé, comme un signal sonar. Un hélicoptère ou une limousine volante passait au-dessus de leur tête en rugissant, dans une débauche de feux clignotants.

Ils avançaient à une allure de tortue. Au bout d'une heure, ils arrivèrent sur une route à quatre voies, mais elle était complètement embouteillée, et ils s'arrêtaient constamment. L'air était irrespirable à cause des gaz d'échappement. Ils étaient à présent dans un quartier plus ancien, et les murs sales étaient couverts de graffitis. Des gens dormaient assis le long des murs, ou couchés à même le sol. Il y avait quelques bâtiments de béton ou de mâchefer d'un ou deux étages. Ils passèrent devant une petite mosquée avec un faux minaret orné de pâtisseries en plâtre moulé. Les volets roulants, les rideaux de fer des boutiques étaient pour la plupart baissés, mais les rues grouillaient de monde, de camelots braillards poussant des charrettes, d'enfants qui jouaient au ballon sous les lampadaires, de gens marchant dans la relative fraîcheur de la nuit.

— Il y a une manifestation ? Une fête ? demanda timidement Blaine.

— La fête de la nuit, répondit le chauffeur avec un sourire.

Le temps que Blaine digère l'information, le chauffeur avait propulsé son véhicule sur la voie opposée, face à la circulation venant de l'autre sens, en levant légèrement la main par la vitre pour signaler qu'il tournait à gauche. Ils s'arrêtèrent dans un terrain vague jonché d'ordures où une vingtaine d'autres taxis étaient garés, les conducteurs fumant ou bavardant, les fesses appuyées contre leur voiture, bien qu'il soit plus de minuit. À l'autre bout du terrain vague, de gros bus noircis par les gaz d'échappement allaient et venaient, emplissant l'air d'une puanteur de diesel chaud.

— *El hamdulillah 'a salameh*, dit le chauffeur en arrêtant sa voiture derrière les autres. Remerciez Dieu qui vous a permis d'arriver sains et saufs.

Après avoir roulé tout ce temps, ça faisait tout drôle de s'arrêter, et Blaine sortit du véhicule en titubant, étourdi par la fermeté, l'immobilité du sol.

Un groupe de garçons étiques, en haillons, se massa soudain autour d'eux.

— *Hamdulillah 'a salameh ! Hamdulillah 'a salameh ! Hamdulillah 'a salameh !* hurlaient-ils, le visage pincé par l'espoir et l'avidité, en lorgnant Blaine et ses compagnons, des étrangers assez riches pour venir d'une autre ville en voiture.

— Filez, filez ! cria rageusement le chauffeur en agitant les mains pour protéger ses clients.

Les gamins s'enfuirent en courant, certains pieds nus, l'un d'eux traînant la patte avec ses chaussures en lambeaux, trop grandes pour lui.

Le chauffeur ouvrit le coffre de la voiture et rendit leurs bagages à ses passagers qui l'abreuvèrent de bénédictions. Un homme dépenaillé sortit des ténèbres et s'approcha, mit les mains sur les bagages comme pour aider le chauffeur, mais personne ne fit attention à lui. Il s'éloigna de quelques pas avec un regard torve, honteux, mais incapable de renoncer à la perspective de recevoir un modeste pourboire.

Les Arabes se dirigèrent vers les autobus avec leurs grosses et lourdes valises entourées de cordes qu'ils avaient dû renouer après chaque passage de frontière. Blaine les regardait, sa petite mallette à la main, lorsqu'il réalisa soudain qu'il était au Caire et qu'il n'avait pas la moindre idée de ce qu'il allait faire à présent.

Le chauffeur, qui avait vidé son cendrier par terre et

faisait le ménage dans son taxi en époussetant vigoureusement les sièges, le remarqua.

— Où allez-vous, mon frère ? demanda-t-il.

— Eh bien… Il faut que je trouve un hôtel.

— Quel hôtel ?

— Je ne connais pas le Caire. Vous pouvez m'en recommander un ?

— Le Caire est plein d'hôtels. Ceux où descendent les étrangers sont généralement situés dans le centre-ville, près du Nil : le Méridien, le Nile Hilton, le Nile Marriott. Le premier bus va à Tahrir Square. De là, vous pourrez aller au Hilton à pied.

— Je ferais peut-être mieux de rester dans le coin, pour cette nuit. Et demain je pourrai…

— Non, fit le chauffeur en levant un doigt sentencieux. C'est la nuit qu'il faut voyager. Il y a moins de circulation. Si vous voulez y aller, vous avez intérêt à partir maintenant.

L'autobus que lui avait indiqué le chauffeur semblait bourré à craquer, mais les hommes debout dans le couloir se tassèrent un peu, et Blaine réussit à grimper sur le marchepied, sa mallette coincée entre les chevilles. Quelques autres hommes s'agglutinèrent encore derrière lui et le poussèrent à l'intérieur, de sorte qu'ils se retrouvèrent à sa place en situation précaire. Il y avait surtout des hommes dans l'autobus, mais quelques femmes portant la tenue musulmane locale — la longue robe et le foulard qui les faisaient ressembler à des nonnes, si ce n'est que les tissus étaient imprimés de motifs multicolores — étaient serrées les unes contre les autres, sur les banquettes, des cabas en plastique sur les genoux, malgré l'heure tardive. Lorsqu'il fut évident qu'il serait rigoureusement impossible à qui que ce soit de monter à bord, le chauffeur, un homme pas rasé, en sueur, mit le contact. La carcasse du bus fut prise d'un tremblement, suivi par d'autres lorsque le chauffeur passa les vitesses, puis le véhicule s'ébranla en vibrant de toutes ses tôles, quitta le terrain vague et s'engagea dans la circulation, salué par un concert de coups de klaxon, hommage des véhicules qui avaient dû faire un écart pour l'éviter.

Toutes les fenêtres étaient ouvertes, et pourtant on étouffait à l'intérieur, entre les odeurs corporelles et les exhalaisons du puissant moteur diesel. Blaine était épuisé, mais soulagé de ne plus être assis. Il rêvait d'un bon lit dans une chambre calme, et l'atmosphère locale pouvait aller au diable. Il se demanda s'ils étaient loin de Tahrir Square. L'explosion de la population du Caire avait fait voler en éclats tous les projets des urbanistes, et le gouvernement n'arrivait plus à contrôler ni même à suivre la croissance anarchique des nouveaux quartiers périphériques, des rues et des bidonvilles qui accueillaient tous les mois 150 000 nouveaux résidents arrivant de la campagne… sans parler des nouvelles naissances. Si ça se trouve, se dit-il dans une sorte de torpeur, aucun être vivant au monde ne savait plus à quelle distance ils étaient de Tahrir Square, ou combien de temps il fallait pour y aller.

La rue passait sous la superstructure de résine et d'acier, noire de crasse, qui transportait tous les fluides, et dont les montants défilaient lentement derrière les vitres du bus. Ils étaient englués dans un magma de taxis, de voitures, de motos, de camions et de minibus avançant par trois ou quatre de front sur les deux files qui se trouvaient de leur côté du terre-plein central de béton fissuré. Les coups de klaxon se réverbéraient sur les bâtiments à trois ou quatre étages, couvrant les bribes de musique émanant des petites boutiques brillamment éclairées. Le chauffeur du bus blaguait avec quelques hommes penchés au-dessus de lui, cramponnés aux parois, aux barres, afin de ne pas tomber sur lui. La circulation finit par s'arrêter complètement et ils restèrent bloqués avec pour toute visibilité les feux de circulation qui clignotaient dans l'air étouffant, pollué par les gaz d'échappement qui formaient des halos autour des lampadaires.

Par les fenêtres ouvertes, Blaine crut entendre un bruit de mitraillette, au loin.

Il sentit les autres se raidir ou sursauter autour de lui, entendit leurs exclamations étouffées. Les tirs reprirent.

— Oh, Seigneur ! On en a pour toute la nuit, cette fois, gémit le chauffeur en passant au point mort, dans un grand bruit de boîte de vitesses maltraitée, et les spasmes du bus s'apaisèrent quelque peu.

Il y eut des conversations excitées, à voix basse, dans l'habitacle bondé, et quelqu'un se colla contre le dos de Blaine, doucement au début, puis avec une insistance croissante, jusqu'à ce qu'il pousse à son tour celui qui se trouvait devant lui afin de laisser passer le type, un barbu à la peau sombre, au regard fiévreux.

— Excusez-moi, excusez-moi, dit-il doucement.

Le chauffeur ouvrit la porte pour le laisser descendre. L'homme se faufila rapidement entre les voitures immobilisées et se perdit dans la foule plantée sur le trottoir, qui regardait vers le bout de la rue d'où venait le bruit de mitraillette.

— Dieu soit avec vous, dit le chauffeur du bus, d'un ton neutre.

Difficile de dire s'il était sincère ou si c'était de l'ironie.

Trois autres barbus et un homme au visage glabre sortirent tant bien que mal du bus et se perdirent rapidement dans la nuit.

— Si les agents de la sécurité les trouvent ici, ils vont les interroger, dit le chauffeur, sans s'adresser à personne en particulier.

La plupart des passagers restèrent cois, mais quelques-uns s'engagèrent dans des discussions animées. Blaine écouta, en proie à une certaine tension, les hommes qui se pressaient autour de lui. Ils semblaient plus excités qu'inquiets.

— Ce n'est pas un attentat islamiste, dit l'un. Ils n'attaqueraient pas un quartier *baladi* en pleine nuit. Peut-être les socialistes. Ou les séparatistes du Sud.

Un autre vit que Blaine les écoutait. Il eut un sourire.

— *Il dit que c'est un embouteillage*, traduisit-il en français, avec un fort accent arabe.

— Dieu accroisse vos biens, répondit Blaine en arabe, ce qui lui valut quelques rires.

Ils entendirent, dans le lointain, les hurlements crachotants d'un système de sonorisation public. Puis il y eut le bruit haché des pales d'un hélicoptère, et bientôt ils virent ses lumières clignotantes, ses projecteurs et enfin l'appareil lui-même, un gros engin à double rotor de la police, qui suivait lentement la rue, au-dessus des bâtiments.

Une voix assourdissante tomba vers eux, crachée par un haut-parleur.

— Pas de panique ! C'est la police. Nous contrôlons la situation. Nous déplorons cet incident, mais tout va bien. Ne paniquez pas !

L'hélicoptère passa juste au-dessus d'eux et s'éloigna, le bruit des pales et du haut-parleur les gratifiant d'une brève démonstration de l'effet doppler.

— Dieu vous panique, vous, et ceux qui vous ont engendrés ! fit le chauffeur, et quelques personnes se mirent à rire.

Les discussions devinrent passionnées et il y eut des rires au fond du bus. Le chauffeur poussa un soupir résigné, ouvrit la porte, coupa le contact et chercha une position plus confortable sur son siège.

— Puissiez-vous vous éveiller au bonheur, dit-il à la cantonade, et il ferma les yeux.

— Dieu vous apporte le bonheur, répondit machinalement un homme debout à côté de Blaine.

Peu à peu, le calme revint dans le bus. Quelques personnes descendirent, d'autres semblèrent s'endormir, assises à leur place, ou debout. Il y eut encore quelques échanges sporadiques, à voix basse. La rue, autour d'eux, n'était plus qu'un immense parking. Des automobilistes fumaient, appuyés à leur voiture. D'autres écoutaient la radio ou somnolaient. Deux hommes discutaient en gesticulant. Quelques motos disparaissant sous des grappes de gens passèrent sur les trottoirs dans un bruit de pétarade, en klaxonnant pour écarter les piétons. Blaine était abruti de fatigue. Il scrutait la rue de son mieux entre les gens massés autour de lui.

Au milieu du pâté de maisons, une petite enseigne lumineuse annonçait « Hôtel » en arabe, en anglais, en français et en idéogrammes représentatifs du style graphique pré/postlittéraire. Une flèche indiquait la ruelle séparant deux bâtiments.

Blaine mit un temps fou à parcourir le mètre qui le séparait de la porte du bus, en s'excusant auprès des cinq ou six hommes à moitié endormis qui bloquaient le passage, et à peu près aussi longtemps pour se frayer un chemin dans la foule, jusqu'à la ruelle. Pendant ce temps-là, un autre hélicoptère passa au-dessus d'eux, dans un vacarme assourdissant, son projecteur nimbé par un halo de poussière, de fumée et de pollution.

La ruelle s'ouvrait au coin d'un petit éventaire brillamment éclairé qui vendait des CD de contrebande. Chaque centimètre carré d'espace mural et même l'intérieur des portes métalliques plaquées contre la façade de l'immeuble en était couvert. Une musique de rock arabe sinueuse mugissait dans l'obscurité boueuse. De l'autre côté de la ruelle, un vieil homme assis sur un tabouret montait la garde devant les pains et les *ta'amiyyas*, les falafels égyptiens, empilés sur un plateau de bois carré. À côté de lui, dans un coin sombre, une mendiante de dix ou onze ans vêtue d'une longue robe et d'un foulard crasseux tenait un bébé endormi dans ses bras.

En entrant dans la ruelle, Blaine croisa deux jeunes femmes aux cheveux lisses, coiffés à la garçonne, vêtues à la dernière mode de jeans moulants et de vestes à répulsion optique. Derrière elles venait un paysan en djellaba qui tirait une chèvre bêlante par l'oreille. Le sol de terre battue était jonché de détritus balayés hors des boutiques de la ruelle. Il y avait un café, une petite alcôve au sol carrelé, avec de petites tables d'aluminium où des hommes en djellaba ou vêtus à l'occidentale buvaient dans de petites tasses en fumant des argilas. La pollution entourait toutes les lampes d'un halo. Au-delà, l'allée était envahie de ténèbres, silencieuse, et en partie couverte par des auvents. Du linge pendait à des cordes tendues d'un bâtiment à l'autre. Il n'y avait presque personne. Blaine faillit rater l'enseigne de l'Hôtel de Riyad fixée au-dessus d'une petite porte de métal à double battant, dont l'un était ouvert. À l'intérieur, un vieil homme en djellaba crasseuse et coiffé d'une calotte dormait, la main en guise d'oreiller, sur des cartons posés à même les marches d'un escalier badigeonné à la chaux. L'escalier menait à un palier étroit, éclairé par des ampoules nues qui pendaient au plafond enténébré par la pollution. La lumière vacilla alors qu'il s'avançait sur le palier. L'escalier continuait à monter, à l'autre bout. Devant la volée de marches, deux hommes jouaient aux cartes sur une petite table de bois.

Blaine s'arrêta devant eux.

— Que la paix soit avec vous.

— La paix soit avec vous, répondirent les deux hommes.

— Bienvenue, bienvenue, ajouta l'un d'eux, d'une voix sifflante, un gros bonhomme binoclard, à la chemise ouverte sur un estomac velu. Bienvenue, bienvenue.

— C'est l'hôtel Riyad ? demanda Blaine. Je voudrais une chambre.

Le gros bonhomme murmura de pieuses invocations, des formules de politesse.

— Cent dollars la nuit, ajouta-t-il.

Blaine avait vécu assez longtemps au Moyen-Orient pour réussir à émettre, malgré son épuisement, des protestations indignées et des exclamations frisant l'invective. Entre autres considérations, s'il ne marchandait pas, le propriétaire — que l'autre homme appelait Abou Youssef — se sentirait floué, comme si Blaine l'avait filouté d'une façon ou d'une autre. Il apparut que s'il voulait régler en dollars américains, la livre égyptienne étant à peu près sans valeur, il y avait un supplément, le paiement en devises étrangères étant du marché noir. Blaine pouvait faire des économies en payant en monnaie privée. Sa cause fut aussi favorisée par le fait que la lumière des ampoules du couloir baissa et s'éteignit, les plongeant dans le noir complet, ce qui lui permit de vilipender les hôtels qui ne procuraient même pas d'éclairage de secours à leurs clients. En fin de compte, la lumière revint, et Blaine emporta le marché pour un script de 20 Unités AmEx, que son terminal bancaire de poche imprima sur un bout de papier d'emballage procuré par Abou Youssef.

Celui-ci lui fit encore monter deux étages en haletant et en soufflant. Il puait l'ail et la sueur. Sur l'étroit palier du quatrième étage, un vieil homme et un plus jeune étaient accroupis par terre, adossés au mur et fumaient des cigarettes roulées à la main devant une porte entrouverte par laquelle on entendait babiller des enfants, des femmes, des bébés.

— Entrez, entrez, je vous en prie, dit le vieil homme avec un geste en direction de la porte. C'est un grand honneur…

Blaine et Abou Youssef refusèrent poliment, ainsi qu'il convenait, et Abou Youssef lui ouvrit la porte de la chambre voisine.

C'était une petite pièce aux murs blanchis à la chaux. Par terre, un linoléum usé. Un rideau de douche tendu à un bout de la pièce masquait une cuvette de W.-C., un lavabo et une pomme de douche placée à la verticale d'un trou d'évacuation. La pièce disposait d'une fenêtre dont la partie supérieure s'ouvrait sur la ruelle, tandis que la moitié inférieure était équipée d'un filtre à particules de fabrication indienne, à manivelle. Sous la fenêtre, il y avait un lit avec un couvre-lit jaune sale. Un ventilateur électrique antique et solennel, qu'Abou Youssef mit en marche d'un geste emphatique, était posé sur un petit bureau qui avait reçu d'innombrables couches de peinture, à côté d'une bouteille de plastique vide posée sur le goulot dans la partie creuse d'un bouchon de radiateur.

— Qu'est-ce que c'est que ça ? demanda Blaine en indiquant l'échafaudage.

— Puisse le mal être épargné à Votre Présence, mais au Caire, nous avons parfois de petits tremblements de terre, enfin, pas souvent, Dieu nous en préserve ! fit Abou Youssef pour le rassurer. Mais si Votre Présence entend tomber cette bouteille, que Dieu vous en préserve ! vous voudrez bien vous précipiter dans la rue sans même prendre la peine de vous rhabiller, s'il se trouvait que vous dormiez ou que vous soyez sous la douche. Si une telle chose venait à se produire, Dieu vous en préserve ! vous en verriez beaucoup, dans la rue, simplement vêtus de la tenue dont Dieu les a dotés à la naissance.

Après son départ, derrière la porte fermée, Blaine l'entendit gronder gentiment le vieil homme :

— Père, combien de fois faudra-t-il que je te dise de ne pas fumer dans le couloir ? Tu es dans un hôtel, ici, pas dans la rue.

Le brouhaha des voitures, des voix, de la musique, était envahissant, même au troisième étage, mais il faisait trop chaud, dans la chambre, pour qu'il laisse la fenêtre fermée, d'autant que le ventilateur s'était définitivement arrêté après une nouvelle coupure de courant, de sorte que Blaine n'eut plus qu'à s'allonger et prendre son mal en patience. Il s'endormit peu après deux heures du matin.

Malgré, ou peut-être à cause de son épuisement, il dormit mal, d'un mauvais sommeil agité, plein de rêves. Dans l'un d'eux, la mendiante qu'il avait vue au coin de l'allée semblait le regarder avec intensité dans l'obscurité, tandis que, du sombre dédale des rues du Caire, alors étrangement désertes, montait un murmure, une voix qui lui soufflait à l'oreille des paroles qu'il était incapable de comprendre.

4

Il fut réveillé tôt, le lendemain matin, par le chant du coq. L'espace d'une seconde il crut qu'il était encore dans la maison de la Vallée du Jourdain, mais lorsqu'il ouvrit les yeux, il vit la lumière poudreuse qui s'encadrait dans la fenêtre de sa chambre, et les bruits de la ville montèrent vers lui.

Le coq chanta de nouveau. Blaine s'assit sur son lit et regarda par la fenêtre. L'air pollué sentait le caoutchouc brûlé. Le petit coin de ciel prisonnier entre les bâtiments fissurés, crasseux, n'était qu'une épaisse vapeur lumineuse.

À quatre mètres de là, un étage plus bas, sur le toit du bâtiment de brique décrépit qui se trouvait juste de l'autre côté de la ruelle, quelques poules picoraient dans les épluchures près d'un abri de fortune, réalisé avec des planches de récupération, des boîtes de conserve aplaties et des bassines de plastique découpées. À côté bêlaient deux chèvres attachées à des tiges de ferraille rouillée dépassant du toit. Un petit enfant assis tout près jouait à se recouvrir les jambes avec des poignées de déchets. Sur le toit du bâtiment situé derrière, une autre cabane improvisée abritait un petit potager. Il y avait aussi deux abris en pente, deux tentes, des poules, des chiens, quelques ballots de paille et de vieilles chaises branlantes abandonnées entre des gravats. Une vieille femme en djellaba noire accrochait sa lessive. De vieux bâtiments de quatre ou cinq étages se dressaient encore plus loin. De larges fissures striaient les parois de brique d'une couleur indéfinissable, érodées au point qu'on aurait dit des falaises naturelles dans lesquelles auraient été encastrées des fenêtres sans vitres, festonnées de cordes à linge et couvertes d'affiches et d'enseignes publicitaires. Les traces des dégâts provoqués par les tremblements de terre étaient visibles un peu partout : un échafaudage rudimentaire fait de montants gros comme des poteaux télégraphiques était dressé de l'autre côté de la ruelle, à la hauteur du deuxième étage, et supportait les murs fracturés, disloqués, de deux maisons opposées.

Une grosse limousine volante, noire, passa à une cinquantaine de mètres au-dessus de lui, dans un rugissement. Une jeune femme en haillons sortit de l'appentis, sur le toit d'en face, et prit l'enfant dans ses bras en le disputant, semant la terreur parmi les poules qui s'enfuirent en battant des ailes. Blaine s'écarta de la fenêtre de crainte que la femme ou ses parents ne pensent qu'il la regardait.

Le ventilateur avait redémarré. Blaine s'étira, passa derrière le rideau de douche et tourna le robinet. Il en émana un faible gargouillis. Il attendit quelques minutes, en vain, enfila quelque chose et descendit.

Abou Youssef était toujours attablé dans le couloir, vêtu comme la veille, l'air ni plus ni moins endormi qu'au milieu de la nuit. Ils échangèrent quelques plaisanteries et Blaine lui dit qu'il n'y avait pas d'eau dans sa chambre.

— La pression n'est pas très forte, répondit judicieusement Abou Youssef. Je vais vous en apporter.

— S'il vous plaît. Dieu vous garde. Je vais sortir prendre mon petit déjeuner.

Le vieil homme qui dormait dans l'escalier lorsque Blaine était arrivé, la nuit dernière, balayait maintenant les saletés au-dehors, lentement, méthodiquement, plié en deux sur son balai usé comme s'il examinait la poussière d'un regard de myope. Une pluie de salutations matinales fleuries tombèrent de sa bouche édentée lorsque Blaine passa devant lui. Deux hommes dépenaillés, à la peau sombre, étaient assis dans l'ouverture de la porte. Ils se levèrent précipitamment et se répandirent en excuses lorsque Blaine leur parla. La ruelle grouillait de monde. Avant de sortir, Blaine dut laisser passer un homme monté sur un âne et un marchand ambulant qui poussait une voiture à bras. Puis il adopta la démarche nonchalante de tous les autres, les bousculant involontairement comme il se faisait bousculer par eux, ainsi qu'il s'y était habitué dans les villes du Moyen-Orient, essayant d'éviter les tas d'immondices et les seaux d'eau que les boutiquiers jetaient devant leurs échoppes pour empêcher la poussière de voler. Il s'attira quelques regards curieux, mais son langage corporel était arabe, et rares étaient ceux qui le dévisageaient vraiment.

À cette heure matinale, l'air âcre de la ruelle était encore agréablement frais et un peu humide. La voix océanique de la cité apportait les cris des camelots vantant leur marchandise et les coups de klaxon incessants des voitures, dans le lointain. Un haut-parleur déversait une musique arabe ondulante. Un homme et son fils étaient assis sur des chaises devant une boutique dont l'auvent était décoré de bassines de plastique de toutes les tailles et de toutes les couleurs. Dans l'échoppe voisine, des poules et des canards gloussaient dans des cages de bois à claire-voie empilées les unes sur les autres. Tout près, un vendeur avait arrêté sa carriole chargée de petits citrons verts. Un homme passa, portant sur la tête un grand panier d'osier plein de pains. Une vieille femme en noir dormait sur le seuil d'une échoppe encore fermée, un sac en plastique plein de fourbi en guise d'oreiller. Sa face crasseuse était crispée comme si elle rêvait de sa pénible existence. Il y avait des marchands de fruits et de petites boutiques où l'on trouvait des boîtes de conserve et tout ce qu'il fallait pour la maison, des mendiants en haillons assis, dos au mur, l'air au bout du rouleau, marmonnant des paroles implorantes ou des bénédictions. Il y avait des femmes en robe et foulard islamique, des paysans en djellaba et des gens vêtus à l'occidentale. Un homme en tenue traditionnelle juché sur une mobylette pétaradante poussait dans la cohue une remorque cinq fois plus grosse que son engin. Il avançait au pas en beuglant : « Pardon, Monsieur ! Pardon, Grand-père ! Pardon, Patron ! »

Dans la rue principale, la foule était encore plus dense. Sur la chaussée, un conglomérat de véhicules divers et variés se livraient à une course de lenteur sous la superstructure à partir de laquelle des faisceaux de canalisations et de fils électriques enrobés de plastique se subdivisaient pour alimenter les bâtiments fissurés, crasseux, couverts d'affiches. Les tuyaux d'échappement éructaient une fumée bleue qui formait un brouillard noyé de soleil. Blaine avait du mal à respirer et le gosier à vif à force de se racler la gorge. Un autobus bondé passa laborieusement en crachant des panaches de suie, prêt à se disloquer sous les grappes humaines accrochées aux montants des portes et des fenêtres. Un hélicoptère passa dans un grand bruit saccadé de pales hurlantes.

Blaine joua des coudes jusqu'au coin de la ruelle où le vieil homme grisonnant était toujours assis derrière son plateau de pain et de *ta'amiyyas*. Sa main tremblante à trois doigts — une mutation provoquée par une catastrophe écologique parmi tant d'autres dans la mer de désastres qu'était le Caire — emballa dans une feuille de journal les achats de Blaine qui paya en unités AmEx. Il avait pris la précaution d'en imprimer un paquet avant de quitter sa chambre. La petite mendiante était toujours accroupie dans un creux du mur, derrière lui, la figure cachée derrière son foulard sale. En plein jour, elle avait l'air plus vieille, peut-être quinze ou seize ans, de sorte qu'elle pouvait être la mère du petit bébé étique et crasseux qui hurlait dans ses bras.

Quelque chose lui donna envie de la regarder — peut-être le rêve qu'il avait fait cette nuit-là. Pour se donner l'occasion de l'examiner, il lui tendit un petit script.

Elle le prit lentement, précautionneusement, comme si elle prenait bien soin d'éviter de lui toucher la main avec sa petite patte crasseuse. Elle ne dit rien. Les yeux noirs, la bouche crispée disparurent très vite sous le foulard. Son bébé se mit à hurler. Elle le fit machinalement sauter sur son genou.

Lorsqu'il regagna l'Hôtel de Riyad, Abou Youssef lui dit :

— Je vous ai monté de l'eau. Elle est dans votre chambre.

— Merci, Abou Youssef. Dites, il y a un magasin de vidéo dans le coin ?

— Pas tout près. Je peux y envoyer un garçon pour vous. Il y a une boutique qui a tous les derniers films américains.

— Je cherche des films égyptiens. Et pas des *virtus*, non, des films avec des vrais acteurs. Et plus particulièrement avec une actrice appelée Aïda.

La grosse face de myope se fendit d'un large sourire, révélant un trou à la place d'une des dents de devant.

— On connaît Aïda, en Amérique ?

— Non, mais je m'intéresse à elle. Je suis venu au Caire pour la rencontrer, ajouta-t-il, à sa propre surprise.

Le sourire d'Abou Youssef s'élargit encore.

— Alors, il faut croire que les Américains ne sont pas différents des Égyptiens. Personne ne peut rencontrer de grandes vedettes comme ça, très cher. Vous pouvez rencontrer les vedettes de cinéma, en Amérique ? Eh bien, en Égypte non plus. Chacun, dans le monde arabe, veut rencontrer Aïda. Mais ce n'est pas possible. Ces gens-là sont entourés de gardes, de policiers, de personnalités, de responsables, d'une kyrielle d'assistants, de secrétaires, de domestiques et de serviteurs. Ils vivent dans des grandes villas, dans des quartiers où on ne laisse entrer que les riches. Des millionnaires, des milliardaires se disputent le privilège de s'asseoir à leur table. Alors, très cher, si vous êtes venu en Égypte pour rencontrer Aïda, vous avez perdu votre temps. Mais je peux vous trouver tous les films d'elle que vous voudrez. Et je vous enverrai voir les Pyramides. Considérez mon hôtel comme votre chez-vous en Égypte. Quoi que vous vouliez, dites-le-moi. Dieu vous inonde de son contentement.

Deux seaux d'eau avaient été déposés à côté de la porte, dans la chambre de Blaine. Se baigner avec deux seaux d'eau exige une certaine application. Mais après cela, une fois assis sur son lit, et alors qu'il se séchait les cheveux avec une petite serviette à travers laquelle on voyait le jour, Blaine se sentit un peu idiot, comme si le sermon d'Abou Youssef lui avait remis du plomb dans la cervelle. Il était au Caire, mais il n'avait pas réfléchi à ce qui allait se passer ensuite. Il était venu voir Aïda, et à la place, il avait trouvé trente-cinq millions de gens qui allaient faire s'effondrer leur ville sous leur masse, et il faut bien dire, comme le lui avait rappelé Abou Youssef, que ses chances de rencontrer l'actrice étaient à peu près nulles.

Il fut à nouveau frappé par l'idée que le trouble qu'il avait éprouvé à Kraïma, et qui paraissait si éloigné maintenant, dans la réalité du Caire, pouvait purement et simplement s'expliquer par des cauchemars et des hallucinations sans signification particulière, même si le souvenir de Buthaïna gisant dans son jardin le laissait encore le cœur battant et les mains moites. Quoi qu'il en soit, il n'avait pas eu de rêve lucide les deux dernières nuits. Peut-être le fait d'avoir banni les décoctions d'herbes et changé de décor suffirait-il à résoudre le problème. Peut-être, après tout, avait-il suivi, sans le vouloir et sans s'en rendre compte, le conseil de Haseeb Al Rahman.

Il mangeait son pain et son *ta'amiyya*, accompagnés d'une gélule d'antibiotique à titre préventif, lorsqu'on frappa à la porte. C'était un jeune homme mince, poli, au nez busqué, aux cheveux noirs huilés, à la pomme d'Adam proéminente, et au début de barbe soigneusement rasé : Youssef, le fils du propriétaire de l'hôtel. Il tendit à Blaine un micro CD.

Blaine lui imprima un script comprenant un pourboire que Youssef affirma hautement ne pas pouvoir accepter et accepta quand même avant de partir. La pastille comportait une douzaine de titres répartis sur les cinq dernières années, et pas une seule *virtu*, que des prestations *live* : sept films, trois pièces et deux numéros de chant et de danse pour le Ramadan.

Une puanteur cendreuse finit par attirer l'attention de Blaine. Il leva les yeux vers la fenêtre. Le brouillard lumineux qui diffusait la lumière était devenu gris foncé, comme s'il annonçait un orage imminent. Mais ce n'était pas un orage, il s'en rendit compte lorsqu'il se leva pour voir ça de plus près. Le pâle brouillard du matin s'était épaissi, chargé d'un nuage dense de pollution. L'air était plein de particules de suie, et la manche de chemise que Blaine posa sur l'appui de la fenêtre fut soudain piqueté de petits points noirs. La plupart des gens, dans la ruelle, étaient apparemment rentrés. Les rares attardés portaient des masques filtrants ou se plaquaient des chiffons sales sur le nez et la bouche. Quelques-uns portaient de longs manteaux spéciaux antibrouillard munis de masques respiratoires couvrant tout le visage. L'air puant, brûlant, omniprésent, paraissait étouffer la musique, la rumeur lointaine de la circulation, comme une averse de neige noire, chaude, et lorsqu'il en inspira une profonde bouffée, il fut pris d'une toux déchirante.

Blaine ferma la fenêtre et tourna la manivelle du filtre à particules *made in India*, ce qui eut pour effet de remonter un ressort muni de cliquets. Il versa dans un réservoir se trouvant au-dessus, un demi-litre de l'eau qu'il n'avait pas utilisée pour sa toilette, remplaça le filtre en papier translucide et régla le ventilateur sur la puissance maxi. L'air aspiré par le ventilateur à travers le filtre mouillé sentait encore un peu les œufs pourris, mais il était respirable. Lorsque l'appel à la prière de midi retentit au-dehors, amorti par la fenêtre fermée et le ronronnement du filtre, il brancha son masque à projection rétinienne sur son palmtop, glissa dans le lecteur la pastille que lui avait apportée Abou Youssef et se cala à son oreiller.

Lorsque l'appel à la prière retentit à nouveau, il enleva enfin son masque, en proie à un profond sentiment de désorientation. La pièce était plongée dans l'obscurité presque complète. Il alla ouvrir la fenêtre. L'air au-dehors était toujours enfumé et formait un halo autour du petit café éclairé, un peu plus loin dans la ruelle, mais au moins on pouvait respirer. Il laissa la fenêtre ouverte pour entendre la musique et la circulation et remit son masque à projection rétinienne.

Il avait regardé quatre films d'affilée. Quatre mélos flamboyants, des bandes médiocres, au scénario indigent, mais Aïda, l'actrice, l'avait véritablement captivé. Non seulement elle paraissait à certains moments d'une beauté presque surnaturelle, mais encore il y avait en elle quelque chose d'irrésistible, d'attirant, quelque chose de désespéré qui allait bien au-delà des scènes sordides qu'elle interprétait, une intensité, une vulnérabilité qui amenaient Blaine à la regarder avec une sorte de crainte, comme si elle était à tout moment sur le point de sombrer dans la folie, là, sous ses yeux. Il était évident qu'elle était bien Buthaïna ; tous ses doutes avaient été balayés par des vagues successives d'exaltation et de crainte dès la première moitié du premier film. Sans même tenter d'élucider cette énigme, il était resté assis, pétrifié, rivé aux images, dans l'espoir intense d'arriver à pénétrer son mystère, de comprendre comment et pourquoi elle avait pu lui apparaître en rêve et même alors qu'il était éveillé. C'est dans cet état d'esprit qu'il regarda l'actrice Aïda dans le rôle d'une jeune villageoise mariée à un déséquilibré qui la battait ; dans celui d'une danseuse des rues désargentée, désespérée, qui ondulait et se trémoussait, vêtue d'une tunique rouge et d'un pantalon rayé en lambeaux ; puis incarner une toute jeune mère sombrant dans la misère abjecte et chaotique du Caire, mendiant près de l'éventaire de *ta'amiyya* d'un vieil homme qui lui donnait parfois un peu à manger…

L'appel à la prière tombant de douzaines de minarets étendait sa vaste et fraîche sérénité dans l'obscurité, de l'autre côté de la fenêtre, et s'estompait en vagues échos dans les kilomètres et les kilomètres de canyons de béton qu'était le Caire. Blaine se redressa brusquement.

Il revint au début du dernier film, le repassa, deux, trois fois.

Dans le film — *La Souillure du Sang* —, la mendiante était assise dans un creux du mur dans une rue pleine de monde et elle tenait contre elle un petit bébé étique, vagissant. Le vieux vendeur de *ta'amiyya* avait une barbe blanche, pelée, et trois doigts à chaque main…

Blaine enleva son masque et se leva. Évidemment, des images de misère de ce genre, il devait y en avoir à tous les coins de rue, au Caire, se dit-il. Et Aïda avait un visage typiquement égyptien…

Il descendit en résistant à la tentation de courir, passa devant Abou Youssef qui somnolait, quitta l'hôtel et prit la ruelle en jouant des coudes dans la foule, en évitant les petits éventaires des colporteurs de maïs grillé, de cacahuètes et de thé bouillant.

La fille, son bébé et le vieux marchand de *ta'amiyya* n'étaient plus là. Blaine examina le mur et le trottoir sales, tachés, où il les avait vus, s'engagea dans la rue principale envahie de monde. Il fit quelques centaines de mètres dans un sens puis dans l'autre, entre les ombres et les lumières éclatantes des boutiques. Les trois personnages n'étaient nulle part.

Ne sachant trop que faire, il rentra à l'Hôtel de Riyad et regarda pour la quatrième fois la fin de *La Souillure du Sang*.

Quand l'hiver et ses pluies arrivèrent, la mendiante n'avait nulle part où aller, que la rue. Le propriétaire d'un restaurant local se mit à la poursuivre de ses assiduités, à lui proposer de l'argent en échange de ses faveurs. Elle commença par refuser, mais son bébé tomba malade et, désespérée, elle se rendit dans la maison de l'homme. Pendant qu'il prenait son plaisir avec elle, son bébé mourait dans la pièce voisine. La fille devenait folle et quittait la maison en hurlant. Elle était renversée par un camion qui roulait trop vite et son corps magnifique roulait dans les détritus du caniveau.

Le grand drame consommé, le générique de fin défilait sur un gros plan fixe du visage de la mendiante morte tandis que la musique devenait assourdissante. Blaine se rendit compte qu'il tremblait de tous ses membres. L'espace d'un instant, il s'était retrouvé dans son jardin de Kraïma, à écouter les cris de Buthaïna…

Il chassa ce souvenir, mais il ne pouvait se départir d'une conviction, à présent inébranlable : la fille qui mendiait au coin de la rue, dont le visage l'avait troublé par sa familiarité, était la même que celle du film, la même fille qu'Aïda, et que Buthaïna. Il essaya de se remémorer la mendiante dans ses moindres détails : ses yeux, son visage sous le foulard et la crasse, la silhouette qu'on devinait sous la robe grise, informe, ses mains qui tenaient le bébé sur ses genoux, se tendait pour recevoir l'aumône…

Il revit encore deux fois, en accéléré, *La Souillure du Sang*, et se repassa certaines séquences en boucle. Il regarda avec intensité la mendiante sombrer dans la misère et la folie, comme s'il essayait de déceler un secret caché dans le mélodrame vulgaire. Ensuite, il retourna au coin de la rue. Il n'y avait personne. Il s'endormit, épuisé, un peu après minuit.

Cette nuit-là, il rêva qu'il était dans son lit, à l'hôtel. Derrière le mince rideau soulevé par la brise nocturne, la lumière argentée, silencieuse, de la lune formait une flaque par terre. Soudain, un cri monta de la rue, un cri de souffrance et de terreur. Un cri de folie. Blaine se leva d'un bond en se frottant les yeux. La nuit était calme et tranquille. On n'entendait d'autre bruit que la rumeur distante de la circulation, les coups de klaxon, les rires des gens dans le lointain, la musique émanant d'une boutique. Et pourtant il connaissait ce cri. Il savait quelle gorge l'avait lancé.

Il s'habilla précipitamment, redescendit en courant, repassa devant Abou Youssef, qui dormait toujours, ressortit dans la ruelle. Seules quelques personnes se trouvaient encore dehors. Il n'y eut pas d'autre cri. Blaine courut vers le bout de la ruelle, vers le vacarme, la puanteur des gaz d'échappement, tout en continuant à se frotter les yeux. Le coin de la rue, tel qu'il lui apparut à la lumière des phares, était désert, désolé, et tellement sale.

Lorsqu'il se réveilla, le lendemain matin, dans la brume lumineuse et les premiers bruits de la ville, Blaine était à bout de forces. Abou Youssef avait laissé deux seaux d'eau devant sa porte. Il se leva, s'habilla et redescendit dans la ruelle. Au coin de la rue, à la place de la mendiante et du vendeur de *ta'amiyya*, avait pris place une paysanne qui rangeait des courgettes rabougries, tavelées, sur un plateau en bois, mettant les plus belles sur le dessus.

— Quarante piastres le kilo, dit-elle à Blaine avec un sourire édenté.

Lorsque Blaine revint de son petit déjeuner, composé de fèves, d'olives, de tomates et d'un pain plat, Abou Youssef était assis à sa table, une petite radio jetable collée à l'oreille. Ils échangèrent poliment les salutations du matin, mais alors que Blaine s'apprêtait à remonter vers sa chambre, son hôte le rappela, agitant sa radio dans sa grosse patte.

— Monsieur Ramsey ?

— Oui ?

— Vous avez écouté les nouvelles, monsieur Ramsey ?

— Non.

— Les pays occidentaux disent qu'ils n'apporteront pas d'aide à l'Égypte pour réparer les dégâts provoqués par le *zilzal*, le tremblement de terre.

— Impossible ! Et pourquoi ça ?

— Ils disent que nous avons trop d'enfants. Ils n'ont pas tort, ainsi que vous pouvez le constater, fit-il en écartant les mains comme pour englober toute la cité. Mais enfin…

— C'est peut-être du bluff. Peut-être disent-ils ça pour faire pression sur l'Égypte, pour lui faire prendre des mesures de contrôle des naissances.

— Il y en a qui disent ça, en effet.

— Que Dieu vous entende…

Il remonta dans sa chambre. Il savait que les experts prévoyaient un tremblement de terre majeur dans la région du Caire. Mais il avait beau se creuser la tête, il ne voyait pas quel genre d'aide pourrait empêcher le Caire, cette ville de gravats chancelants et d'étais branlants de s'effondrer sur elle-même en cas de séisme.

Raison de plus pour se dépêcher d'achever ce qu'il était venu faire en Égypte.

Il clipsa l'antenne de son palmtop, un cadre de la taille d'une carte à jouer, au chambranle de la fenêtre ouverte, où elle se conforma en bourdonnant à l'étroite portion de ciel visible au-dessus de la ruelle. Ne pouvant être censuré, le Net était théoriquement interdit dans ce pays, mais le marché noir était tellement omniprésent en Égypte qu'il était souvent difficile à distinguer du marché officiel. Blaine établit la liaison avec un satellite qui le connecta à son serveur de Beyrouth et, deux minutes plus tard, il était dans le Caire virtuel.

Le réseau local — les serveurs qui se trouvaient matériellement au Caire et ceux qui étaient localisés ailleurs mais consacrés au Caire — n'était pas restrictif et grouillait de pubs pour de l'alcool, des spots ardents sur le plan psychologique. Les boissons alcoolisées étant désormais virtuellement prohibées en Europe et aux États-Unis, les fabricants ciblaient la plupart de leurs pubs sur le Tiers-Monde. Les Images frappèrent Blaine par leur nostalgie, leur mystère : un homme nageant dans un fleuve qui déroulait ses méandres vers une cité lointaine, dans un delta plat comme le dos de la main, sous d'immenses nuages bouillonnants, très Art déco. Ou bien une belle femme nue avec un pénis, des cornes et des sabots. Lorsqu'il détourna le regard de ces grands fantasmes occidentaux distanciés, il trouva quelque chose de sale, de petit et de sordide à son environnement rustique. Il éprouva une pulsion momentanée de s'acheter quelque chose à boire.

Il chargea un hypermoteur de recherche sur son palmtop et remplit une demande de renseignement sur Aïda. Lorsqu'il fut satisfait de sa requête, il précisa à l'agent les sommes nettes qu'il était prêt à investir et téléchargea le tout.

L'air chaud, enfumé, du milieu de la matinée entra par la fenêtre, accompagné d'un caquètement de poules, des cris des marchands ambulants, trois étages plus bas, et d'un vacarme plus lointain de klaxons et de musique. Blaine parcourut du regard les toits des maisons, les appentis écrasés de soleil. La ruelle, en dessous de lui, était une plongée dans une relative fraîcheur. Il ne se sentait pas très bien, il n'aurait su dire pourquoi. Il ne pouvait se départir de l'impression qu'une masse de nuages menaçante approchait du soleil, ou plutôt de la tache de clarté aveuglante qui trouait le brouillard. Ses sens intimes, affûtés, de prospecteur d'Images croyaient détecter une sorte de vigilance dans l'air quasi immobile autour de lui, comme la vague pression qui annonçait un orage imminent. Ce n'était peut-être que la perception du désordre qui montait de la ville, où trente-cinq millions de gens se tenaient en équilibre précaire au bord du chaos. Les animaux, sur le toit voisin, semblaient le sentir aussi.

Les chèvres bêlaient en tirant désespérément sur leur longe, les poules couraient frénétiquement dans tous les sens en poussant des cris rauques, se marchaient dessus, battaient futilement des ailes.

Le lien cyberphone de Blaine sonna. L'icône d'origine de l'appel fit apparaître une adresse au Caire.

Il ne connaissait personne au Caire. Il déploya le petit écran et répondit.

Un visage pixellisé emplit l'écran, comme filmé avec un fish-eye, et le scruta sans le voir, la fonction caméra de Blaine étant désactivée. C'était un jeune Égyptien à la peau sombre, sale, luisante de sueur. Un bébé pleurait en fond sonore.

— *Salamu 'aleikum*, dit le jeune homme d'une voix hésitante.

— *'Aleikeum es salam*, répondit Blaine.

Il y eut la seconde de décalage typique des liaisons satellite. La conversation passait par le serveur de Blaine à Beyrouth. Il devait y avoir un goulot d'étranglement ou un problème d'infrastructure quelque part. Bien qu'il soit juste à l'autre bout de la ville, le jeune homme parlait comme Donald Duck et son visage se figeait et sautillait, victime des retards de transmission ou de la dispersion de paquets d'informations digitalisées sur le réseau.

— J'espère que Votre lumineuse Présence ne m'en voudra pas de mon appel. J'ai surpris votre agent en train d'explorer mes fichiers. Quel bel exemple de software ! Ça doit être une nouvelle invention américaine, hmm ? Il s'est effacé quand j'ai essayé de le copier. Puis-je demander le nom de Votre Présence ?

Le jeune homme passa sa langue sur ses lèvres et une main déformée par les travaux de force sur son visage, comme hagard. Il avait les joues creuses et Blaine s'étonna de sa maigreur.

Blaine hésita et brancha sa caméra. Le regard chassieux du jeune homme se focalisa sur lui.

— Je m'appelle Blaine Ramsey.

Si le moteur de recherche avait fouiné assez longtemps dans les fichiers du jeune homme pour se faire détecter, c'est qu'ils avaient quelque chose à voir avec Aïda.

— Docteur Ramsey, bienvenue, bienvenue ! dit le jeune homme, tout excité. Vous êtes américain, hmm ? Vous parlez très bien l'arabe. Vous appelez d'Amérique ?

— Je suis au Caire.

— Au Caire ! Bienvenue, bienvenue, docteur Ramsey ! Je m'appelle Abdeen Mohendis. J'ai un doctorat d'informatique de l'Université du Caire. Je suis passionné par les nouveaux moteurs de recherche américains. Le vôtre est un nouveau produit mis au point en Amérique, hmm ?

— En effet.

— Et il tourne sous Yava ou Intelagent ? insista le jeune homme, d'une voix rendue haletante par l'excitation.

— Je regrette, j'avoue que je n'en ai pas la moindre idée.

Quelqu'un, sans doute une femme, l'appela, couvrant les cris du bébé. Le jeune homme se retourna.

— Excusez-moi, dit-il avant de poser son palmtop, laissant Blaine contempler un plafond de ciment nu couvert de taches d'humidité.

Il entendit la voix du jeune homme et celle d'une autre personne, puis le jeune homme revint. Il avait un regard hanté.

— Je suis désolé de prendre le temps de Votre Présence, dit-il, mais si vous avez besoin d'un expert informaticien, je suis actuellement disponible. C'est moi qui ai écrit le code qui a détecté votre intrusion ! Ce serveur, fit-il avec un geste en direction de l'écran, est un palmtop IBM jetable que j'ai trouvé dans une décharge derrière l'Hôtel Ibis de Tahrir Square. J'ai ouvert le boîtier sans déclencher le système de sécurité. J'ai moi-même bricolé une source d'énergie solaire pour remplacer la batterie. Je me fais un peu d'argent en fournissant l'accès au réseau local par l'intermédiaire de cette machine, mais…

— Eh bien, vous en avez fait des choses. C'est très impressionnant. Dieu accroisse vos compétences, répondit Blaine. Mais pour l'instant, je cherchais — enfin, mon hypermoteur — recherchait des informations sur l'actrice égyptienne Aïda.

— Je sais tout sur elle ! s'exclama le jeune homme avec un enthousiasme quelque peu frénétique. C'est un sujet d'intérêt pour mes abonnés, et j'ai créé un site qui lui est consacré sur ce serveur, basé sur des travaux de recherches énormes, beaucoup de discussions avec ses proches ; son vrai nom est Mona Ghali. C'est l'une des merveilles de l'Égypte !

— Que savez-vous à son sujet ?

— Tout, docteur Ramsey ! Sa mère s'appelait Laïla Sharifa, c'était une danseuse bien connue, il y a vingt ou trente ans. Elle travaillait au théâtre du Caire. C'est là qu'elle a été remarquée par un milliardaire saoudien de passage, qui l'a épousée. Il a demandé le divorce alors qu'elle était enceinte de leur premier enfant. Elle est revenue au Caire pour mettre au monde Mona Ghali, et elle l'a élevée dans le milieu du théâtre. Mais Laïla Sharifa est morte avant d'avoir quarante ans —

dans des relents de scandale —, et Mona, qui n'avait que douze ans, a été emmenée dans la maison d'Abdullah Ghais, le célèbre producteur de films. Il a commencé à la faire tourner dans ses films. C'était il y a quinze ans. C'est lui qui lui a donné son nom de scène, Aïda, et elle l'a toujours porté depuis.

— Et ce producteur, cet Abdullah Ghais, est toujours son mentor ?

— Non, il est mort il y a bien des années, peu après l'avoir emmenée chez lui. Elle a des agents, évidemment, des avocats, des comptables et des amis…

Un autre appel péremptoire, assourdi, l'interrompit, et les hurlements du bébé augmentèrent de volume.

— Écoutez, docteur Ramsey, bredouilla désespérément le jeune homme, si vous avez besoin d'aide dans ce domaine ou dans n'importe quel autre, si vous avez besoin d'assistance informatique ou d'un accès peu onéreux au Net, ou de n'importe laquelle d'une centaine d'autres choses…

Un bruit tout proche fit sursauter Blaine. Il se retourna d'un bloc pour voir ce que c'était. Il se le demandait encore lorsqu'il se produisit quelque chose de bizarre. Sur l'écran, le visage filmé au fish-eye du jeune homme prit une expression paniquée. Simultanément, la chambre de Blaine se mit à vibrer. La bouteille de plastique posée sur le bureau était tombée de son support et tressaillait par terre. Par la fenêtre il entendait gronder un roulement de tonnerre lointain.

Et puis tout fut fini. Pendant l'espace d'une seconde, une unique seconde, la ville du Caire fut plongée dans le silence, un silence d'outre-tombe, comme si la lumière chaude, épaisse, du soleil était une coulée d'ambre dans laquelle elle était tombée, vitrifiant tout mouvement.

Puis il y eut des cris et des hurlements dans la ruelle, en bas, et plus loin, dans la rue, la cacophonie des coups de klaxon, des cris d'enfants, des pleurs de bébés reprit de plus belle. Les gens sortaient de tous les bâtiments, se massaient dans la ruelle, et Blaine eut l'impression qu'ils poussaient des cris de terreur et de joie mêlées, de joie, surtout, que, cette fois, le tremblement de terre n'ait été qu'un frémissement. Il regarda l'écran de son palmtop, mais il n'affichait plus qu'une image fixe du visage paniqué d'Abdeen Mohendis. Un message texte signalait une erreur lors de l'établissement de la connexion d'accès réseau à distance.

En bas, dans la ruelle, les gens paraissaient très agités. Deux hommes s'embrassaient, d'autres bavardaient avec animation, un téléphone cellulaire collé à l'oreille. Un marchand ambulant debout derrière sa carriole, dans l'ombre des immeubles qui longeaient la ruelle, élevait une prière au ciel, les bras en l'air, le regard extatique, les lèvres murmurant des paroles inaudibles. Une grosse femme en robe et foulard noirs avait posé ses sacs à provision afin d'avoir les mains libres pour couvrir Dieu de louanges et la foule de bénédictions.

On frappa à la porte de Blaine.

— Ça va ? demanda le gros bonhomme de la chambre voisine.

Il était accompagné de son fils, et ils considéraient Blaine d'un œil inquisiteur, encore inquiet.

— Vous n'avez pas de mal ? Dieu vous protège !

Trois ou quatre gamins aux cheveux bouclés se cramponnaient aux jambes de leur père et de leur grand-père. Ils n'avaient pas l'air troublé le moins du monde par le désastre auquel ils avaient échappé de peu : ils regardaient Blaine en gloussant, les yeux ronds, le nez levé vers lui avec impudence.

— Dieu soit loué…, commença Blaine.

C'est alors qu'Abou Youssef apparut au détour de l'escalier, haletant, la sueur ruisselant sur son visage paniqué.

— Puissiez-vous tous être épargnés par le mal ! beugla-t-il d'une voix sifflante. Mon père ! Mon frère ! Qu'avez-vous ? Quelqu'un est-il blessé, Dieu nous en préserve ! Pas de ça, les enfants, pas de ça ! s'écria-t-il, furieux, alors que les gamins détalaient en riant sous cape. Ce n'est pas le moment de jouer !

Il leur fallut plusieurs minutes de protestations véhémentes pour le convaincre que personne n'avait été blessé et que tout allait bien, après quoi il redescendit voir ses autres hôtes en soufflant comme un phoque et en psalmodiant des bénédictions protectrices destinées à tout le monde, à commencer par son « hôtel dévasté ».

5

Blaine resta encore quelques minutes dans le couloir à échanger des amabilités avec ses voisins puis il réintégra sa chambre. On entendait des sirènes dans le lointain. Devant le café, des hommes parlaient avec excitation en faisant de grands gestes. Quelques-uns écoutaient les nouvelles, de petits transistors pressés contre la joue. Les gens, dans la ruelle, semblaient aller et venir fébrilement, sans but.

Le cœur battant à tout rompre — sans doute une réaction de panique à retardement —, Blaine chargea un hypermoteur de recherche sur son palmtop et programma une requête sur la probabilité de tremblements de terre majeurs au Caire. Ridicule de confier sa vie à ces stupides IA, se dit-il en lançant la demande sur le Net. Enfin, ces temps-ci, c'était la seule façon de trouver quoi que ce soit, de parcourir l'immense quantité d'informations disponibles sur le réseau et partout ailleurs.

Une icône sur l'écran de son palmtop l'informait que le précédent hypermoteur tenait à sa disposition les résultats de sa recherche sur Aïda. Il s'efforça de respirer profondément et de se calmer un peu en regardant par la fenêtre, puis il mit son masque à projection rétinienne et ouvrit le document.

D'après la liste source, il y avait un millier de réponses pertinentes : des publicités, des sites de fans, des sites publicitaires, des films payants, des *virtus* d'Aïda sur cassette vidéo, des manifestes intégristes contre l'apologie du péché dans le cinéma moderne, des ragots. Le rapport proprement dit était verbeux, rédigé dans une syntaxe approximative et peu fertile en véritables informations — ou plutôt trop riche. Il répertoriait trente et une adresses personnelles, pas moins, quarante-neuf endroits au Caire où elle se rendait fréquemment pour se distraire, cent quatre associés connus, et tout était de la même veine, jusqu'à ce que Blaine finisse par se rendre compte qu'il n'était vraiment pas plus avancé : il ignorait toujours qui elle était ou comment la rencontrer.

Il appela Haseeb, au Pakistan. C'est son système expert qui lui répondit.

— Où est Haseeb ?

— Il n'est pas à la maison. Puis-je prendre un message ?

— Il y a une semaine que vous prenez des messages.

Et comme la machine marquait un temps de réflexion, essayant de computer le sens de cette déclaration, il ajouta :

— Avez-vous remis mes messages à Haseeb ?

— Je les ai mis en ligne, mais il ne les a pas encore relevés.

— Génial. Écoutez, il faut vraiment que je lui parle. Vous avez des protocoles de recherche, non ? Pour quand vous devez le trouver d'urgence ?

Sous le visage simulé apparut une ligne de texte :

« Veuillez dire, dans l'ordre : "politique", "protocole", "portable". »

— Politique, protocole, portable, dit Blaine, avec impatience, afin de permettre à la machine de référencer sa voix.

— Haseeb a invalidé les protocoles de recherche, annonça l'IA, en réponse à sa question.

— Il faut que je lui parle.

— Calmos, mon pote, dit l'IA avec une soudaine vivacité avant de retomber dans la langue de bois. Il n'a pas relevé ses messages depuis vingt-deux jours.

— Vingt-deux… Mais où est-il ?

— Je ne sais pas. Je peux vous aider, hmm ?

— Non. À moins que vous ne puissiez trouver une vedette de cinéma égyptienne appelée Aïda, répondit Blaine, frustré.

Le système de Haseeb marqua une seconde de pause.

— Elle tourne un film intitulé *Jours de pluie et de soleil* aux Studios du Nil, le Caire, Égypte.

— Hein ? Comment le savez-vous ?

— C'est Haseeb qui a indexé cette information.

— Mais pourquoi… comment pouvait-il le savoir ? Où aurait-il pu… ?

L'IA de Haseeb adopta un regard songeur caractéristique. Le système ramait…

Après un échange de questions et de réponses infructueux, émaillé de quiproquos, Blaine se déconnecta et s'appuya à son oreiller, profondément troublé. Où Haseeb avait-il pu aller sans prévenir son Système, et pourquoi avait-il désactivé ses protocoles de recherche ? Encore plus bizarre, comment et pourquoi connaissait-il une actrice appelée Aïda ? Se pouvait-il qu'il ait rêvé d'elle depuis Karachi ? Il se posait toutes ces questions avec une vague crainte. Non, c'était impossible. Maintenant, il se pouvait que l'un des autres protégés de Haseeb, quelqu'un qui travaillait au Moyen-Orient, ait rêvé d'elle et en ait parlé à Haseeb. Oui, ça devait être ça. Mais de qui pouvait-il s'agir ? Blaine se le demandait. Il aurait payé cher pour lui parler en ce moment même.

— Je suis tête cherchcusc. Jc repère des talents locaux pour des publicités psychologiquement actives, dit Blaine à la messagerie vocale saccadée qui tenait lieu de standard, aux Studios du Nil.

Il essaya de prendre un ton désinvolte, nonchalant, et un accent américain. Il violait probablement le règlement de l'Ikôn en abusant de sa position : il n'avait plus qu'à espérer que les Studios du Nil n'aient pas l'idée de vérifier auprès de Los Angeles.

— Je regrette, dit l'IA en arabe, incapable de traiter sa voix.

Sous son visage, une forme apparut. Il cliqua sur les icônes qui lui permettaient de prendre un rendez-vous avec quelqu'un du Département Artistique, en omettant de remplir la case intitulée « Code de confirmation ».

L'IA le rappela à l'ordre.

— Veuillez préciser votre code de confirmation, dit-il.

Décidément, le système avait des problèmes de synchronisation des paroles et du mouvement des lèvres.

Blaine resta coi, et au bout d'une minute il se retrouva devant le logo des Studios du Nil : un coucher de soleil sur les pyramides.

Il le contempla d'un œil atone. Il n'avait qu'un moyen d'obtenir un code de confirmation de l'Ikôn, et ce moyen consistait à passer par Jenny Chan, mais il n'avait pas de vrai prétexte pour en demander un. Cela dit, la dernière fois qu'il l'avait appelée, elle avait accédé à sa requête sans lui poser de questions. Il pourrait peut-être inventer une banale histoire de touriste : il voulait voir de ses propres yeux la Babylone égyptienne, le fameux « Hollywood de l'Orient », l'industrie cinématographique du Tiers-Monde en action.

On frappa discrètement à sa porte. C'était Youssef, qui lui apportait sur un plateau une assiette de *koshary* brûlant — des couches de macaronis, de sauce tomate, de lentilles et d'oignons frits — avec du pain et du yaourt, un dîner complet préparé par Im Youssef, sa mère. Blaine regarda par la fenêtre et constata avec étonnement qu'il faisait nuit.

Youssef refusa fermement qu'il lui paye son dîner, qui était envoyé, lui expliqua-t-il, avec les bénédictions d'Abou Youssef et toutes ses excuses pour les pénibles événements de l'après-midi qui risquaient de gâcher son séjour en Égypte. Après ce discours, il demanda à Blaine s'il avait apprécié le micro CD d'Aïda qu'il lui avait procuré.

— Vous vous intéressez à Aïda ? demanda Blaine en commençant à manger.

— Évidemment, comme tout le monde, répondit Youssef. Un de mes camarades d'école, Marwan, son père est journaliste — Latif Nezam. Vous avez entendu parler de lui ? Il a écrit des articles sur Aïda dans *Al Dustour*, alors il a dû se renseigner à fond sur elle. Découvrir la vérité, pas seulement répéter ce que les studios racontent. Il nous a tout dit sur elle, à Marwan et moi.

— Vraiment ? Et que vous a-t-il dit ?

— Eh bien, elle vient d'un village sur le Nil, en

Haute-Égypte. Ses parents étaient des fermiers, des paysans, des fellahin. Elle n'avait que douze ans quand ils sont morts, de la bilharziose, et elle est venue au Caire où elle a été recueillie par une tante, sa seule famille. Mais elle était si belle que le mari de la tante a commencé à lui tourner autour, et la tante l'a jetée à la rue sans un sou en poche. Alors elle a trouvé du travail comme danseuse dans un moulid, une troupe de théâtre de rues. Elle avait treize ou quatorze ans quand le célèbre producteur de films Abdullah Ghais l'a vue danser, par hasard, en passant dans sa limousine. Il a dit au chauffeur de s'arrêter et il l'a emmenée, là, comme ça, sur-le-champ, et il l'a engagée pour le film qu'il était en train de préparer. Il est mort l'année d'après — on dit qu'il s'est suicidé, mais les journaux ont parlé d'une overdose accidentelle de somnifère —, enfin, à ce moment-là, c'était déjà une vedette. Elle a toujours été un peu folle, mais récemment elle a commencé à devenir vraiment instable. Le père de Marwan nous a tout raconté : depuis quelques mois, elle prend tellement de drogues que les studios ont du mal à garder le contrôle sur elle, et c'est tout juste si elle arrive à jouer.

Blaine finit l'excellent dîner d'Im Youssef, et appela Los Angeles. La secrétaire de Jenny Chan lui dit qu'elle était rentrée chez elle et ne repasserait pas de la journée. Il composa le numéro prioritaire de son domicile. Elle répondit à la sixième sonnerie, en clignant des yeux comme s'il l'avait réveillée. Elle tenait un peignoir devant elle, au niveau du cou, et ses cheveux blond très clair coulaient sur ses épaules. Ainsi arrachée aux bras de Morphée, elle avait l'air frêle et vulnérable.

— Allô ? demanda-t-elle d'une voix rauque.

— Jenny.

— Blaine ? Et merde ! fit-elle avec un gros soupir, en regardant l'écran entre ses paupières plissées. Ça va, mon chou ? Ton congé de R & R se passe bien ?

— Ouais. Je suis au Caire.

Il n'aurait su dire à quelle réaction il s'attendait, mais il trouva qu'elle réagissait bizarrement. C'était comme si elle encaissait lentement le choc, et il eut l'impression de voir blanchir les jointures de la main crispée sur le peignoir, devant sa gorge.

— Hein ? Quoi ??

— Je suis au Caire.

— Oh, Seigneur ! Blaine ! murmura-t-elle, et il crut l'espace d'un instant qu'elle allait tomber dans les pommes.

— Jenny ? Qu'est-ce qu'il y a ? Jenny ? Ça va ?

— Qu'est-ce que... qu'est-ce que tu fais au Caire ? demanda-t-elle, et il comprit qu'elle essayait de se donner une contenance. Je croyais que tu avais dit...

— Je suis en R & R, Jenny, je te l'ai dit. J'ai toujours eu envie de voir la décharge. Pourquoi ? Il y a un problème ?

Elle le scrutait comme si elle essayait de lire en lui par l'intermédiaire de la liaison digitale, le visage presque noir et blanc dans la pénombre de sa chambre.

— Tu vas bien ? Enfin, ça a l'air d'aller. Tu n'as pas essayé de prospecter au Caire, hein, mon chou ? Tu es juste en R & R, hein ?

— Ouais, je suis en R & R, c'est tout, dit-il en essayant d'imaginer ce qui n'allait pas.

Elle avait l'air ailleurs, comme si elle réfléchissait à toute vitesse.

— Tu es entré en contact avec les prospecteurs du Caire ?

— Non, je n'ai vu personne. Où sont-ils ?

— Au Méridien du Nil. Et toi, où es-tu descendu ?

— Oh, ça ne te dirait rien.

Il s'interrompit. La conversation ne prenait absolument pas le tour attendu.

— Jenny, j'aurais besoin d'aide, ici.

— Nous pourrions peut-être nous aider mutuellement.

Il la regarda attentivement, troublé. Elle n'avait pas l'air de plaisanter. Elle avait une expression grave et sérieuse, très professionnelle, comme si elle venait de trouver la réponse à un problème épineux.

— Que puis-je faire pour toi ? demanda-t-elle.

Il le lui dit, en restant évasif sur ce qu'il avait l'intention de faire aux Studios du Nil.

Lorsqu'il eut terminé, elle hocha la tête. Elle ne lui posa aucune des questions qu'il appréhendait et se contenta de lui demander :

— Tu as pris ton kit onirique ?

— Oui, je l'ai.

Après toutes ces années passées dans le métier, il ne partait jamais en voyage sans son matériel.

— Alors, on pourrait dire que, pratiquement, tu prospectes ?

Il respira un grand coup.

— On pourrait, Jenny, répondit-il. Mais que se passe-t-il ?

— Ne me le demande pas, Blaine, dit-elle en le regardant enfin dans les yeux, et il trouva qu'elle avait l'air bizarre.

Était-ce de la culpabilité, de l'angoisse, ou ce bon vieux béguin qu'elle avait encore pour lui, il n'aurait su le dire, mais d'une façon ou d'une autre, on aurait dit qu'elle était inquiète.

— Je vais te donner la confirmation pour ces Studios du Nil. Mais écoute-moi bien. En échange, tu vas faire quelque chose pour moi. D'accord ?

— D'accord.

— Va au Méridien du Nil. Nous avons un compte, là-bas, et des protocoles de sécurité en cas de grabuge. Et du grabuge, il pourrait y en avoir si ça tournait au vinaigre, suite à notre refus d'apporter notre aide aux victimes du tremblement de terre. Tu as compris ?

— Oui, oui.

— Deuxièmement : si quelqu'un te pose des questions, tu es en mission de prospection pour l'Ikôn, d'accord ?

— D'accord.

— Troisièmement, et ça, c'est important. Très important.

Il crut entendre légèrement trembler sa voix, mais c'était peut-être une défaillance de la liaison à longue distance. Elle avait son expression professionnelle, implacable. Elle était un peu rouge, et une mèche de cheveux vagabonde pendait sur sa joue.

— Tu ne dois, sous aucun prétexte, effectuer de prospection onirique au Caire. C'est un ordre absolu. Tu as enregistré ?

— Oui, enfin, je crois, mais…

— Écoute-moi, Blaine, chéri. Je ne peux pas t'expliquer tout de suite, mais c'est important. Tu dois me promettre de raconter que tu prospectes, mais ne pas le faire. Je te demande de ne pas me poser de questions et de t'en tenir à ce que je te dis, c'est tout.

— D'accord.

— Tu ne prospecteras pas ?

— Non, je ne prospecterai pas.

L'enregistrement de Haseeb retransmis par l'IA lui

avait déjà ordonné de ne plus toucher aux herbes. De toute façon, il n'y avait plus qu'une chose qui l'intéressait : entrer dans les Studios du Nil.

— Et je veux que ça reste entre nous. Compris ? Personne ne doit être au courant.

— Parole de scout !

Jenny le regarda bien en face pendant une minute, puis elle parut se détendre un peu.

— D'accord. Bon, eh bien, tu fais ça pour moi et je te donne… ce que tu veux, ajouta-t-elle avec un sourire. J'espère pouvoir t'expliquer plus tard. Ouvre une fenêtre de téléchargement, je te transmets tout de suite un code de confirmation.

Elle se déconnecta. Après avoir reçu le code, Blaine resta assis devant le logo du fournisseur d'accès à longue distance. Il se passait quelque chose, mais quoi ? La coriace Miss Chan, qui avait mené toutes les guerres du monde des affaires, avait l'air glacé d'épouvante, et pour ça, se dit Blaine, il en fallait un paquet. Il n'arrivait pas à imaginer de quoi il pouvait bien s'agir. Des prospecteurs au Caire auraient-ils vu les choses que Blaine avait vues, auraient-ils fait les mêmes rêves que lui ? Enfin, voyons, il avait connu Aïda dans la Vallée du Jourdain, à cinq cents kilomètres de là, dans une région neurosociale totalement distincte. Il ne pensait pas qu'une Image puisse avoir une telle étendue géographique. Alors, pourquoi Jenny lui avait-elle interdit de prospecter au Caire ? Et pourquoi lui avait-elle demandé de raconter qu'il le faisait ?

Avec le code de confirmation, il ne fallut pas deux minutes à l'IA ringarde et poussive des Studios du Nil pour lui accorder un rendez-vous avec un certain

Mouhsin Abdel Halim, directeur artistique, à huit heures, le lendemain matin.

On frappa à la porte. C'était Youssef, qui revenait chercher le plateau du dîner.

— Youssef, vous savez où sont les Studios du Nil ? demanda Blaine.

— Bien sûr. Dans l'avenue des Pyramides, à Gizeh, dans la nouvelle Cité des Arts.

— Le contentement de Dieu soit sur vous. Pourriez-vous demander à votre père de me trouver une voiture avec chauffeur pour m'y emmener demain matin à la première heure ?

— Évidemment, murmura Youssef en tournant les talons. Bonne santé, dit-il en faisant allusion au dîner.

— Sur votre cœur, répondit Blaine, selon la formule convenue.

Lorsqu'il fut reparti, Blaine se connecta et cliqua sur les adresses de quelques prospecteurs de l'Ikôn dont il avait entendu dire qu'ils étaient en mission au Caire. Aucun ne répondit. Il leur laissa des messages.

Youssef frappa à la porte et passa la tête dans la chambre de Blaine pour lui dire qu'une voiture l'attendrait au bout de la ruelle à deux heures.

— Mais je veux y être dans la matinée, répondit Blaine.

— Pardon. Je voulais dire, deux heures du matin, précisa Youssef. Il n'est pas conseillé de prendre la voiture dans la journée, à cause des embouteillages. Le seul moyen est de partir très tôt, le matin, quand il n'y a pas trop de circulation.

— Mais les Studios du Nil ne seront pas ouverts, à cette heure-là ? demanda Blaine.

— Je ne sais pas, répondit Youssef, embarrassé.

Votre Présence souhaite-t-elle que je demande à mon père ?

— Non, non. Ça ira. J'attendrai l'ouverture.

— Le chauffeur s'appelle Shukri, répondit Youssef. Il habite dans le coin, alors on peut lui faire confiance. Mon père dit que vous devriez dormir, maintenant, si vous voulez vous lever à deux heures du matin pour aller aux Studios du Nil.

Blaine était allongé sur son lit, les yeux grands ouverts dans le noir, quand les canyons de béton de la ville se renvoyèrent l'écho de l'appel à la prière du soir. Il sentit un grand calme couler sur le tumulte de musique, de voix et de coups de klaxon. Le friselis du rideau soulevé par l'air de la nuit lui rappela l'immobilité solitaire du désert sous la lune, la lune invisible dans l'air poisseux de la cité. Il avait coupé le film d'Aïda qu'il regardait, mais il se sentait encore illuminé par l'éclat de sa présence. La pièce lui paraissait pleine d'elle, comme si elle avait été là en personne, l'instant d'avant. Il avait l'impression de sentir son parfum, d'entendre le froissement de ses vêtements, de voir briller son œil à la vague lumière de la fenêtre. La sensation était si forte qu'il se leva plusieurs fois et traversa sa petite chambre, pieds nus sur le linoléum froid et granuleux, pour aller regarder par la fenêtre. Ça devait être le genre d'impression à partir desquelles travaillaient les têtes chercheuses de l'Ikôn, se dit-il, cette impression de presque vu, presque entendu, cette *certitude* que quelque chose allait apparaître, sortir du néant, ce désir tellement intense que c'en était une souffrance physique.

Son kit onirique — les herbes et le capteur de rêves — était dans sa valise. S'il l'utilisait, il rêverait d'elle, il en était sûr. Il lui aurait suffi de demander à Abou Youssef de lui faire monter de l'eau chaude pour les herbes, et il aurait pu la voir, lui parler, la toucher. La niacine qu'il prenait depuis plusieurs jours avait éliminé les herbes de son système nerveux, et pourtant il sentait la pression des rêves qui affleuraient à sa conscience, à la surface de son propre inconscient imprégné par l'avidité de l'inconscient collectif sous-jacent.

Mais il avait promis à Jenny Chan de renoncer à prospecter. Et force lui était d'admettre qu'elle lui avait fait peur, avec son insistance. Il y avait des années qu'il n'avait plus peur des herbes, qu'il s'était habitué à la vague ivresse au moment d'aller se coucher, à la subtile acuité de tous les sens, à l'intensité des rêves lucides. Pourtant, Jenny donnait l'impression d'essayer de le protéger de quelque chose. Mais de quoi ?

Il se retourna vers le mur, décidé à oublier les herbes et à dormir.

Il y eut un bruit de respiration étouffée dans la chambre.

Blaine se rassit, les yeux grands ouverts. Il ne pouvait se méprendre sur le bruit, ni sur sa source : il connaissait cette gorge magnifique, il venait d'entendre sa voix sur son palmtop.

Il se leva, alla voir derrière le rideau de douche. Le petit réduit noir était vide.

Blaine récita machinalement la sourate du Coran qui était censée, selon les croyances arabes, protéger des djinns — les démons. Il n'était plus musulman depuis longtemps — il avait abandonné la religion traditionnelle, comme la plupart des Occidentaux de sa génération qui n'étaient pas devenus intégristes —

mais il n'avait pas oublié la prière que sa grand-mère lui avait apprise et qu'il récitait, quand il était petit, pour se protéger dans le noir :

Il est Dieu unique,
Dieu indivisible.
Il n'engendre pas, il n'est pas engendré.
Nul n'est son égal.

Il tendit l'oreille. Il n'y avait plus un bruit dans la pièce. Il retourna se coucher.

Et si elle était un djinn ? Une partie enfantine de son esprit se le demandait. Il s'imagina brièvement enlacé dans les bras d'une telle créature. Puis, tout à coup, parce que ça paraissait important, il tenta de se remémorer, de réentendre avec précision le bruit de respiration qui l'avait fait réagir. Était-ce un souffle passionné ? Apeuré ? Entrecoupé de sanglots ? Lascif ?

— Buthaïna ? appela-t-il doucement, à haute voix.

Il s'endormit peu après, et rêva qu'il était allongé dans son lit, à l'Hôtel de Riyad. Au bout de la petite chambre était assise la femme qu'il était venu chercher au Caire. Elle portait une robe de dentelle blanche à ruchés, comme une robe de mariée. Elle le regardait fixement, la moitié du visage noyée dans l'ombre, l'autre éclairée par la vague lumière de la rue. Et alors qu'elle le regardait, un épais filet de sang coula de sa bouche immobile, du côté éclairé, et roula doucement vers son menton.

6

La sonnerie de sa montre-bracelet le réveilla en sursaut, paniqué, à deux heures moins vingt. Le rectangle grisâtre de la fenêtre s'était assombri. L'air était toujours aussi âcre, mais plus humide et lourd. Par la fenêtre lui parvenait encore la rumeur lointaine de cette inlassable ville. Blaine s'habilla et descendit avec sa mallette. La lumière était allumée dans le couloir, mais Abou Youssef n'était pas attablé à son poste habituel. Blaine ne lui avait pas dit qu'il changeait d'hôtel. Il lui laissa un mot et un script, pour payer sa chambre.

Le vieillard édenté dormait sur son carton, dans l'escalier. La porte de métal qui donnait sur la rue était simplement fermée au loquet. Blaine sortit sans bruit et referma la porte derrière lui.

À cette heure tardive, il ne croisa que de rares passants dans la ruelle, mais des hommes lisaient encore le journal en fumant sous les ampoules à nu du café. Quelqu'un, un homme ou une femme en haillons, dormait appuyé contre un mur. De la rue venaient des bruits de moteur, de roues sur l'asphalte, parfois un coup de klaxon, mais la plupart des sons semblaient étouffés, absorbés par le béton et les pierres. Les boutiques étaient presque toutes fermées. Rien ne bougeait derrière les portes et les rideaux de fer.

Au coin de la rue l'attendait, moteur coupé, toutes lumières éteintes, un petit taxi de marque Peugeot plein de bosses. Blaine jeta un coup d'œil par la vitre baissée, côté passager, et vit un grand gaillard barbu, assez jeune, en djellaba blanche.

— Euh… Vous êtes Shukri ?

— Oui, répondit le jeune homme. Soyez le bienvenu.

Blaine s'installa à l'arrière et lui serra la main. Une grosse patte brune, ferme.

— Vous êtes le client d'Abou Youssef, répondit Shukri.

Il avait une bonne bouille ronde, dont la barbe accusait la largeur. Un téléphone portable et un coran hypertexte dans une mallette en similicuir étaient posés sur le tableau de bord poussiéreux.

— Oui. Je m'appelle Blaine Ramsey.

— Bienvenue, monsieur Ramsey. Que pensez-vous de l'hôtel d'Abou Youssef ? Il est très propre, n'est-ce pas ? Aussi propre qu'en Europe, je suppose ?

— Très propre, en effet.

— Et, d'après Abou Youssef, vous voulez aller aux Studios du Nil.

— Oui, si c'est possible.

— Si Dieu le veut, rectifia Shukri.

Il mit le contact. La voiture s'ébranla et s'éloigna du trottoir en vibrant de toutes ses tôles. Il y avait encore des voitures, à cette heure indue, mais la circulation était fluide et la superstructure utilitaire défilait rapidement au-dessus de leur tête.

— Et pourquoi voulez-vous aller aux studios ?

Blaine se prenait parfois à rêver qu'il passait sa vie dans une culture où tout le monde ne se serait pas tout le temps mêlé de vos affaires. C'était d'autant plus délicat quand l'interlocuteur était un intégriste musulman, peu susceptible de comprendre que l'on puisse chercher une belle vedette de cinéma en réponse à une étrange pulsion. C'était trop subtil.

— Je travaille pour une compagnie de production, répondit Blaine.

— Vous parlez bien l'arabe. Vous êtes musulman ? demanda Shukri en accélérant brusquement puis en déboîtant pour dépasser un autobus.

Blaine se cramponna à la poignée de la portière jusqu'à ce qu'ils soient hors de danger.

— Je suis d'origine musulmane, du côté de mon père.

— Alors vous êtes musulman, répondit Shukri. Louange à Dieu ! Vous pratiquez la religion ?

— Hélas non.

— C'est déjà bien de le reconnaître avec franchise. S'aveugler soi-même est source de grands péchés. Beaucoup de gens, en Égypte, prétendent être de bons musulmans et ne sont que des idolâtres, des ignorants qui servent ceux qui se sont érigés en dieux et se repaissent de leur adoration. Un vrai musulman ne voudrait jamais avoir commerce avec les Studios du Nil, évidemment, mais beaucoup de gens qui se disent musulmans y travaillent.

— Mais les autorités religieuses visionnent et approuvent leurs films, non ? demanda Blaine. Alors comment… ?

— Les autorités religieuses ! releva Shukri avec emportement, en montrant les dents. Elles sont désignées par le gouvernement pour faire ses quatre volontés et légitimer ce que veulent les riches, afin de pouvoir continuer à prétendre que nous vivons dans une société islamique. Si tel était le cas, pourquoi ne pas simplement décréter la shari'a, la loi religieuse ? Alors ils fermeraient tous les studios de cinéma, les salles elles-mêmes, les magasins de vidéo et les cabarets.

Ils arrivèrent à un rond-point et Shukri empoigna le volant à deux mains, ajoutant ses coups de klaxon agressifs à ceux des cinq cents autres voitures embarquées dans le chaos tournoyant autour du terre-plein central.

— Vous pensez vraiment que la shari'a est appropriée à l'époque moderne ? demanda Blaine lorsqu'ils eurent franchi le carrefour et qu'il put respirer à nouveau.

— Elle est indispensable à l'époque moderne ! Regardez autour de vous ! Regardez-le, le monde moderne ! hurla Shukri en agitant la main.

Il évita de justesse un camion qui venait de surgir juste devant son taxi.

Ils étaient dans une rue défoncée, non goudronnée, jonchée de pierres, et le passage des voitures soulevait des tourbillons de poussière blanche qui entrait par les vitres, charriée par le vent de la course. Ça sentait la crasse humaine incrustée. Il n'y avait plus de superstructure utilitaire, à cet endroit, et le ciel enfumé était enfin visible. La lumière des phares éclaira fugitivement un très vieil homme en haillons, presque plié en deux, devant un mur. Il fouillait dans un tas d'ordures. Blaine le regarda mettre quelque chose dans sa bouche édentée et le mastiquer rapidement, avec une intense concentration. Des enfants étiques et mornes étaient avachis derrière la fenêtre d'un appartement éclairé par la lumière vacillante d'un feu ouvert. Plus loin, autour d'un bureau démantibulé, abandonné devant un immeuble, une famille de miséreux dormait sur des matelas posés à même le sol, sans draps ni couvertures, abrités derrière des cartons sales.

— Voilà ce que ça nous a rapporté, de chasser l'Islam de la société ! Vous croyez qu'au temps du Prophète Mahomet — que la paix et les prières soient sur lui ! — ou des premiers califes, on aurait vu un tel spectacle ? Vous croyez qu'on aurait vu ces hommes, ces femmes, ces enfants condamnés à cette vie d'enfer ? Vous ne trouvez pas que c'est une honte ? Une honte !

— C'est vraiment une honte, Shukri. Mais l'explosion démographique...

— L'explosion démographique ! Les gens ont des enfants comme ils en ont depuis le commencement des temps ! Elle a bon dos, l'explosion démographique ! C'est juste un prétexte invoqué par le gouvernement pour masquer sa corruption et son incompétence !

Ils passaient entre des immeubles de briques branlantes lorsqu'un grondement sourd monta des ténèbres boueuses. Blaine sursauta, en proie à une peur viscérale alimentée par le tremblement de terre de l'après-midi.

— Qu'est-ce que c'est que ça ?

— Le tonnerre. Mais vous avez raison d'avoir peur. Et si c'était le Jour du Jugement Dernier ?

Un soudain coup de vent souleva un tourbillon de poussière et de papiers, puis un éclair fourchu poignarda le sol, illuminant le ventre des nuages et les bâtiments sur lesquels ils semblaient posés. À cet instant, Blaine fut pétrifié par une étrange vision. À quelques kilomètres de là, au-dessus de la perspective de taudis, encadrée par de lointaines falaises de béton, se dressait la masse sombre et antique de deux énormes pyramides.

Shukri marmonnait une sourate du Coran :

Qu'il périsse des mains du Père de la Flamme !
Qu'il périsse !
Qu'il ne tire nul profit de sa fortune et de ses gains !
Qu'il soit bientôt consumé dans le feu de la géhenne !

La Nouvelle Cité des Arts était une ville dans la ville, un pâté de maisons entouré de murs, longé par une route à six voies pleine de nids-de-poule sur laquelle les véhicules roulaient pare-chocs contre pare-chocs, même à deux heures et demie du matin. Une statue moderniste d'une femme censée incarner l'Art se dressait sur une vaste esplanade défoncée, devant la muraille. Des vandales, ou peut-être des intégristes protégeant la morale publique, lui avaient brisé les seins à coups de masse. Lorsque Blaine et Shukri s'arrêtèrent le long du trottoir, deux adolescents vêtus de hardes, des claquettes aux pieds, une badine à la main, cornaquaient un troupeau de chèvres devant la statue. Un souffle d'air humide, sentant un peu la pluie, souleva un petit tourbillon de poussière et de détritus qui entra par la vitre de la voiture, et Blaine en eut plein les yeux.

On ne voyait rien, derrière le mur, à part le haut de quelques bâtiments. Blaine ne put s'empêcher d'éprouver un certain dépit. Cette rue sale, ce mur crasseux, avec son enduit lépreux, fissuré, entouré par des immeubles de rapport croulants — c'était ça,

Hollywood sur le Nil, l'endroit d'où venaient tous ces films somptueux, qui parlaient de ces gens si riches, si séduisants, où Aïda elle-même était venue et avait fait jouer sa magie romantique pour des millions de spectateurs ? Enfin, il fallait s'y attendre. Il commençait à se demander s'il y avait une chose, un coin d'Égypte qui ne soit vieux, crasseux et décrépit.

La grille d'entrée, juste assez large pour laisser passer une voiture, était flanquée d'un poste de garde en stuc craquelé, encastré dans le mur. Il y avait de la lumière à la fenêtre.

— C'est fermé, à cette heure-ci, annonça Shukri.

Il n'avait pas l'air de vouloir se rapprocher, et Blaine se rappela qu'on avait mis sur le dos des intégristes musulmans des attaques — polémiques, juridiques et matérielles — à l'encontre de l'industrie cinématographique égyptienne.

De grosses gouttes de pluie sale s'écrasèrent sur le pare-brise.

— Où allons-nous, maintenant ? demanda Shukri. Vous avez apporté votre valise, mais les seuls hôtels, dans cette partie de la ville, sont du côté des Pyramides.

— Démarrez, faites un tour, dit Blaine. On trouvera bien un endroit où je pourrai attendre l'ouverture.

La pluie lui apporta une odeur de poussière mouillée, l'odeur acide du brouillard dilué. Blaine remonta les vitres, désorienté. Jamais, dans aucun des pays du Moyen-Orient où il lui avait été donné d'aller, il ne pleuvait en été, et il trouvait cela déconcertant, comme s'il avait été transporté tout à coup en Europe, ou même en Amérique. Sauf qu'ici, les rues non éclairées étaient flanquées de minuscules boutiques fermées par des rideaux métalliques, de pauvres bâtiments de béton construits au rabais, où des miséreux dormaient blottis sous des bouts de carton ou des sacs en plastique.

Derrière la Nouvelle Cité des Arts se trouvaient des immeubles décrépits de trois ou quatre étages datant de l'époque coloniale, noirs de suie et striés de marques de rouille à l'aplomb des antiques balcons de fer forgé. La pluie tombait déjà moins fort, mais des torrents couraient sur le trottoir gras, s'écoulaient dans le caniveau. Plus loin, dans un terrain vague brillaient des lumières vives. Alors qu'ils se rapprochaient, Blaine vit des éventaires, des gens qui se promenaient, et entendit ce qui ressemblait à des instruments de musique, reconnut les courbes musicales à la fois sinueuses et trépidantes d'un petit orchestre arabe en plein air.

— C'est un *moulid*, la fête d'un saint. À côté de quelle tombe sommes-nous ? Oh, bien sûr ! la tombe de Shaykha Sukkariyya. Ça doit être le jour de sa fête.

Le champ de foire était éclairé par des guirlandes d'ampoules peintes de toutes les couleurs et des décorations de Noël accrochées entre des auvents et des pieux fichés en terre. Des marchands ambulants poussaient des voitures couvertes de sucreries multicolores empilées sur des plateaux, ou de brochettes de viande épicée, grésillantes. Il y avait des jongleurs, des avaleurs de sabre et des cracheurs de feu, tous vêtus de djellabas brodées et coiffés de calottes encore humides de la récente averse. Un diseur de bonne aventure avec son rat et une boîte de minuscules parchemins roulés appelait d'une voix nasale les curieux qui se pressaient autour de lui, hésitants, intrigués. De petites roues à peine plus hautes qu'un homme debout et supportant quatre nacelles seulement faisaient la joie de gamins piailleurs. Blaine reconnut des versions similaires, à échelle réduite, d'autres manèges forains. Une musique de bastringue, crachotante, se faisait entendre malgré le bruit des moteurs à essence. Dans une guérite fermée par un rideau on effectuait des tatouages et des circoncisions, ainsi que le proclamait une enseigne en arabe et en un anglais exécrable.

— Ça va durer toute la nuit ? demanda Blaine.

— Encore quelques heures, répondit Shukri. Tant qu'il y aura des gens pour payer. C'est une parodie de l'Islam !

— Laissez-moi ici, dit Blaine. Je pourrai retourner facilement à pied au studio, demain matin.

— Impossible ! décréta Shukri. Vous êtes un client d'Abou Youssef. Je vous attendrai jusqu'à huit heures. Je vous attendrai même jusqu'à huit heures du soir, s'il le faut ! Dites-moi seulement…

— C'est idiot, Shukri. Vous devez rentrer chez vous avant que la circulation ne devienne impossible. Je peux laisser ma valise dans votre voiture ?

— Impossible ! Impossible !

Shukri protesta ainsi pendant un laps de temps raisonnable, puis l'unique feu arrière encore intact de son taxi disparut au coin de la rue, et Blaine se retrouva seul dans l'air frais, humide, lavé des odeurs d'essence et de crasse, lavé de la chaleur étouffante de la journée.

Maintenant que la pluie avait cessé, les gens se pressaient à nouveau au *moulid* : des colporteurs, des mendiants, des *fellahin* — les paysans récemment arrivés de la campagne — et des *baladi* — les paysans des villes ; des groupes bruyants de jeunes à la peau sombre, presque imberbe, qui dansaient et riaient ; de jeunes couples mariés tenant leurs enfants par la main. Comme d'habitude, par sa taille, son habillement, son teint clair, Blaine attirait les regards, mais son discours, sa gestuelle étaient arabes, et au bout d'un moment les gens supposaient que c'était un Palestinien ou un Libanais expatrié en Europe ou en Amérique, et cessaient de s'intéresser à lui.

Il se promena dans la fête. La musique qu'il avait entendue venait d'un endroit, vers le milieu, où se pressait la foule. En l'écoutant, il se sentit envahi par un sentiment étrange, une sorte de prémonition, un peu comme l'ivresse induite par les herbes d'Image, comme le parfum de Buthaïna.

La foule formait un vaste cercle autour d'un petit orchestre de fortune — des violonistes, un accordéoniste et des joueurs de flûte et de tambourin qui y mettaient du cœur. Au milieu de la zone boueuse ainsi circonscrite dansait une fille. Quand Blaine la vit, il resta bouche bée.

Elle exécutait une danse du ventre particulièrement énergique, en tournant, virant et sautillant beaucoup, comme si elle espérait compenser par la vigueur le déficit d'intérêt érotique dû à sa tenue. Elle portait une robe rouge sur un pantalon à rayures et de vieilles chaussures de tennis éculées, pleines de boue. Elle avait la peau claire, des cheveux noirs, épais, et la lumière des torches faisait briller ses grands yeux noirs…

Aïda, la vedette de cinéma qui semblait être aussi Buthaïna, la fille de ses rêves, et la mendiante de la ruelle d'Abou Youssef, jouait devant lui dans une scène de *Dancing Girl*, le film qu'il avait regardé sur son palmtop deux nuits auparavant. Il regarda autour de lui, en proie à une sorte de vertige, chercha les caméras, les projecteurs, les perches, et, constatant qu'il n'y en avait pas, il réalisa vaguement que le film avait été fait sept ans plus tôt.

Il s'efforça de se raccrocher à des théories, le cœur battant. C'était une jeune fan d'Aïda qui s'efforçait de lui ressembler et qui avait repris ses vêtements et sa coiffure pour faire son numéro. Mais la ressemblance était trop parfaite. Rien n'y manquait, ni les bras blancs, arqués, ni le sourire doux-amer qui lui mettait ces fossettes au creux des joues. Tout y était, des paupières papillotantes comme si elle allait s'évanouir, jusqu'aux musiciens de l'orchestre, le vieil accordéoniste dont il savait que c'était son père, le flûtiste aveugle…

Ça devait donc être Aïda en personne, qui avait, pour une raison ou une autre, décidé de quitter sa loge des Studios du Nil pour venir ici, danser pour les ouvriers, les marchands ambulants et les gens des rues. Mais pourquoi ne la reconnaissaient-ils pas, pourquoi ne se ruaient-ils pas sur elle ? Et comment avait-elle réussi à réunir ces musiciens qui ressemblaient exactement à ceux du film ?

Alors qu'il les regardait, confondu, il sentit s'évaporer ses théories et il sut qu'il regardait une scène de *Dancing Girl*, qu'il était *dedans*, il était entré dans le film d'une façon qui dépassait sa compréhension.

Il essaya de réfléchir, malgré son trouble. C'était la femme qu'il cherchait, celle pour qui il était venu au Caire. Il se faufila sur le devant de la foule. Ses paumes le picotaient. Elle était en sueur, elle aussi, il le vit lorsque l'une de ses arabesques l'amena à passer devant lui, l'éventail de sa chevelure flottant sur ses épaules, la transpiration collant quelques mèches sur les côtés de son cou, et il crut humer une bouffée de son parfum, suave, musqué, enivrant.

Il allait l'attraper, la prochaine fois qu'elle serait à sa portée ; il ne la laisserait pas repartir. Il l'obligerait à s'expliquer, à lui dire qui elle était, ce qu'elle lui avait fait, ce qui se passait…

Mais, il comprit, avec un soulagement soudain, alors qu'elle ondulait des hanches au milieu du cercle de boue, en levant gracieusement les bras comme des cols de cygnes au-dessus de sa tête, les yeux fermés, en proie à la passion de la danse, qu'il ne pouvait l'empoigner comme ça. La *zina'*, la sexualité illicite, était formellement prohibée par l'Islam, même si elle n'était commise que « par l'œil » ou « par l'oreille », ainsi qu'ils le faisaient tous, en ce moment précis, les autres spectateurs et lui-même. Mais s'en rendre coupable « par la main », devant des centaines de témoins, pouvait lui valoir une peine de prison, surtout si la fille se comportait comme si elle était agressée.

Blaine réalisa soudain que la musique s'était tue et que la fille avait cessé de danser. Il y eut des applaudissements, des sifflets. Elle faisait le tour du cercle, maintenant, avec un sourire mutin, tenant une boîte de métal dans laquelle les spectateurs déposaient des pièces avec enthousiasme. Blaine, bouche bée, interloqué, n'eut pas la présence d'esprit de sortir son argent, mais le sourire de la fille ne s'était-il pas affirmé, creusant ses fossettes, n'avait-elle pas roulé des yeux dans une expression aguichante en passant devant lui ?

Puis le cercle se rompit, la foule se dispersa et s'éloigna. La fille rejoignit les musiciens, sa boîte pleine de pièces. Blaine se faufila entre les joyeux fêtards et la vit aller de l'un à l'autre, puis les dépasser, et se diriger vers un endroit moins éclairé.

Il la suivit aussi vite qu'il put dans la cohue et se

retrouva bientôt à la limite de la zone éclairée du *moulid* et de la musique, près de la rue. Il retrouva le bruit de la circulation, l'odeur de la terre humide. Il n'y avait pas trace du passage de la fille. Il regarda sa montre — un peu plus de quatre heures et demie. La foule se raréfiait. Blaine eut beau chercher partout, la danseuse en rouge et ses musiciens avaient disparu.

Les propriétaires de certaines des attractions foraines démontaient leur matériel à l'aide de grandes clés et de marteaux. Ils avaient les mains et les avant-bras pleins de cambouis.

— Les musiciens qui étaient là, demanda Blaine à l'un d'eux en tendant le doigt dans la direction où se trouvait l'orchestre, vous savez où ils sont allés ?

— Ils sont rentrés chez eux, répondit l'homme, un grand et gros moustachu qui attachait un bouquet de tiges de métal rouillées avec une corde graisseuse. Le *moulid* est fini, maintenant.

— Où habitent-ils ?

— Vous cherchez des musiciens ? Je peux vous en trouver de bien meilleurs. Je suis impresario et producteur de fêtes populaires, dit-il en s'essuyant les mains sur son tablier de travail crasseux. Quel genre de musiciens cherchez-vous ? Pour quelle occasion ?

— Eh bien, en réalité... je m'intéresse à la danseuse qui était avec eux.

— La danseuse ? fit l'homme en regardant Blaine d'un air suspicieux. Il y en a plein, au Caire. Vous n'avez qu'à aller dans les cabarets de l'avenue des Pyramides pour voir toutes les danseuses du ventre que vous voudrez. Pourquoi venir en chercher une dans un quartier comme celui-ci ? Vous n'êtes pas d'ici, hein ?

— Je suis étranger, Dieu vous ait en Sa sainte

garde, répondit Blaine, la main sur sa poche poitrine. Mais toutes les informations que vous pourrez me donner au sujet des musiciens et de la danseuse…

— C'est la famille Turki, répondit l'homme en haussant les épaules. De très mauvais musiciens. Je pourrais vous trouver cent fois mieux. Ils vivent à Darb Al Ahmar. Il se trouve que j'ai leur carte de visite, enfin, je crois. Le vieil homme en distribue à tous les vents. Lui qui ne sait même pas lire…

Blaine erra pendant quelques heures dans les rues, dans la fraîcheur de l'aube, puis somnola dans une entrée de porte, mais se réveilla à temps pour être aux Studios du Nil à huit heures moins le quart. Le disque jaune vif du soleil se profilait au-dessus des bâtiments, encore un peu embrumé malgré la pluie qui avait lavé l'atmosphère. Le Caire avait presque l'air, en cet instant, d'une ville normale, débarrassée des brumes noires et des fumées qui planaient en permanence autour de la gueule de la Géhenne. Mais Blaine n'était pas en état de l'apprécier. Il pensait encore fiévreusement à sa rencontre avec Aïda. On pouvait être sûr que si l'actrice Aïda avait dansé dans une fête de rue, ça aurait fait sensation. Or personne ne l'avait remarquée. Qu'est-ce que ça pouvait bien vouloir dire ? Le désordre psychologique semblait être, encore une fois, l'explication la plus simple : il avait projeté sur une danseuse des rues l'aspect physique d'une célèbre vedette de cinéma par laquelle il était obsédé.

D'un autre côté, il avait vu la mendiante avec son bébé près de l'Hôtel de Riyad avant de visionner *La Tache de sang* ; ça, au moins, ce n'était pas une projection. Au contraire, ce détail évoquait fortement l'introjection d'une Image de l'inconscient collectif dans son propre esprit. Peut-être les autres spectateurs du moulid n'avaient-ils pas vu Aïda parce qu'ils n'étaient pas, comme lui, sensibilisés aux fantasmes de l'inconscient collectif. Il n'était pas prospecteur d'Images pour rien. Mais dans ce cas, ça voulait dire que l'inconscient collectif fantasmait si intensément sur Aïda qu'un prospecteur d'Images pouvait la voir sans herbes, sans le secours de l'électronique, et même à l'état de veille. Et ça, il ne voyait pas comment c'était possible.

Il passa devant un homme qui faisait cuire des *ta'amiyyas* sur une voiture à bras calée contre le mur sale, couvert de graffitis — qui, à la lumière du jour, se révéleraient avoir jadis été peints dans une improbable couleur pêche. Il faisait frire ses produits dans un gros bidon de métal, sur un réchaud à pétrole. Rien que de sentir cette odeur épicée, pénétrante, Blaine en avait l'eau à la bouche. Mais il ne pouvait entrer aux Studios du Nil en sentant les *ta'amiyyas* : il était censé être l'envoyé d'une compagnie de production américaine qui aurait probablement mangé des gaufres ou des céréales accompagnées de lait froid, ou Dieu sait quelle abomination on prenait au petit déjeuner dans son pays d'origine.

Dans le poste de garde du complexe, une demi-douzaine d'hommes d'un certain âge, en civil, assis sur des chaises en plastique déglinguées égrenaient des chapelets ou sirotaient de petits gobelets de thé. Ils parurent surpris de le voir franchir la porte d'entrée à pied, mais après avoir annoncé son nom à un bureau central, ils le gratifièrent de saluts courtois. L'un d'eux sortit du poste de garde et appela un certain « Abou Malik » par la grille rouillée du complexe. Un vieil homme grisonnant, portant un uniforme de vigile chiffonné, déboutonné, sur une chemise sale, s'approcha en traînant la savate, déverrouilla la grille et invita Blaine à le suivre.

De l'autre côté de la porte, le complexe était plus vaste que Blaine ne l'avait imaginé du dehors, et relativement silencieux par contraste avec le vacarme de la rue. On aurait dit la réalisation d'un médiocre rêve de parc ou de jardin d'agrément, mais tout était à l'abandon, délabré. Des plaques de terre à nu alternaient avec des étendues d'aloès, de chiendent et de mauvaises herbes à hauteur de genoux qui envahissaient les sentiers de terre battue bordés de brique menant à de petites fontaines sales où l'eau ne coulait plus. Blaine suivit Abou Malik le long d'une étroite allée goudronnée, entre des palmiers et des ficus aux feuilles molles, striées de raies brunes provoquées par l'âcre pluie de la nuit. Au centre du complexe se dressaient plusieurs bâtiments de trois étages à la façade de stuc craquelée, striée de crasse, noircie par la suie et le brouillard. Quelques vieilles guimbardes étaient garées à l'endroit où la route passait derrière les constructions. Au — presque — clair soleil du matin, et par rapport au reste du Caire, tout avait l'air calme et luxuriant.

Un rugissement strident, puissant, se fit entendre au-dessus d'eux. Une limousine volante dernier modèle descendait vers le toit d'un des bâtiments. Ses vitres-miroirs reflétaient les rayons du soleil.

Abou Malik eut un ricanement.

— On se croirait en Europe, hein ? dit-il d'une voix sifflante d'asmathique. Il en vient sans arrêt des comme ça. Des vedettes de cinéma, des gens importants. On en voit tout le temps, ici.

— Vous voyez des vedettes de cinéma, Abou Malik ?

— Évidemment, mon frère. Je les vois toutes. Ce sont mes amies.

— Et Aïda, vous l'avez vue ? Non, je suppose que non, évidemment.

— Bien sûr que si, très cher ! C'est comme ma fille.

— Et où habite-t-elle, Abou Malik ?

— Ah, ça, je ne peux pas le dire, fit Abou Malik avec un sourire édenté, en agitant le doigt. Tout le monde, en Égypte et dans le monde entier, veut savoir où elle vit. « Où habite Aïda ? » Même le Premier ministre me l'a demandé, une fois. « Votre Seigneurie, je ne peux pas vous le dire, j'ai juré le secret », je lui ai répondu. « Si je vous le disais, elle ne m'inviterait plus. Je suis comme son père », je lui ai dit. « Et si je ne pouvais plus m'occuper d'elle, où irait-elle ? C'est une fille sauvage, vous savez. »

— Alors, son père est mort, Abou Malik ?

— Bien sûr qu'il est mort, très cher. Elle est copte, vous ne saviez pas ? Ses parents ont été tués tous les deux dans les émeutes, il y a vingt ans, par les Frères Musulmans. Je pourrai lui dire un mot pour vous, si j'y pense.

Blaine lui tendit un petit script.

— Dieu vous le rende ! Dieu vous garde, et qu'Il garde vos enfants aussi ! Son contentement soit sur vous ! débita Abou Malik avec effusion.

Ils s'approchèrent d'un bâtiment dont le portique ornementé, crasseux, était surmonté d'une inscription en arabe : « La Compagnie du Nil — Studios de Production Cinématographique ». Ils entrèrent dans un petit hall aux murs blanchis à la chaux. Le sol carrelé était sale, et un escalier de pierre montait au fond. Une douzaine de fonctionnaires étaient vautrés dans des fauteuils de plastique, le long d'un des murs. Ils ressemblaient aux hommes du poste de garde : de petits bureaucrates sans âge, des professeurs de collège qui avaient assez de relations pour augmenter leur maigre salaire en faisant des courses et en portant le café aux Studios du Nil, si difficiles d'accès.

Abou Malik serra la main de quelques-uns des hommes.

— L'effendi vient voir monsieur Abdel Halim, leur dit-il.

Il y eut des bruits de pieds traînant et les hommes regardèrent Blaine avec curiosité en murmurant des salutations. Un homme souriant, au visage grêlé, et à la grosse bedaine, lui fit gravir l'escalier et suivre un couloir obscur, humide, à la peinture écaillée, flanqué de colonnes miniatures supportant des urnes poussiéreuses, surchargées d'ornementations, et ouvrit cérémonieusement une porte, presque au bout.

— Je vous en prie, dit-il en anglais, avec un accent à couper au couteau, et il tendit la main dans un geste d'invite.

Il indiquait un bureau froid, plongé dans une pénombre crépusculaire. Derrière un bureau de bois vernis, massif, à l'air bon marché, vibrait un climatiseur encastré dans une fenêtre de verre cathédrale peint en blanc. D'un canapé et d'une série de fauteuils de velours violet, capitonnés, montait une forte odeur de moisi. Une sorte de philodendron plongeait ses racines aériennes dans des bouteilles de soda pleines d'eau posées sur les tables et sur le rebord de la fenêtre. Une plaque nominative posée sur le bureau arborait l'inscription « Directeur artistique ».

— Je vous en prie, répéta l'homme au visage grêlé en indiquant le canapé.

Il avait les yeux brillants, comme s'il pensait que Blaine se sentirait chez lui dans ce luxueux environnement occidental.

— Merci, répondit Blaine en anglais.

L'homme se fendit d'un sourire ravi et se retira en refermant très doucement la porte derrière lui.

Quelques minutes plus tard, la porte se rouvrit et un grand gaillard à l'air grave et préoccupé, portant le costume gris des fonctionnaires du gouvernement entra et serra la main de Blaine. Il s'escrima à parler anglais jusqu'à ce que Blaine l'interrompe en arabe, après quoi ils récitèrent la litanie rituelle d'amabilités et de questions. Puis M. « Abdel Halim » prit place derrière son bureau et écouta poliment Blaine exprimer sa surprise et sa satisfaction devant le modernisme des installations et louer la merveilleuse production cinématographique des Studios du Nil. Cela fait, et après un nouvel échange de salamalecs, Blaine en vint au sujet de sa visite. Il cherchait des actrices locales pour les utiliser éventuellement dans des campagnes publicitaires internationales ambitieuses basées sur des thèmes et des images égyptiens, de la même façon qu'une récente campagne — que M. Abdel Halim connaissait sûrement — avait été basée sur des thèmes marocains, et M. Abdel Halim savait-il que cette campagne avait coïncidé avec un accroissement significatif du tourisme au Maroc ?

— L'une des actrices qui a retenu l'attention des gens de ma Compagnie, dit Blaine, est une certaine Aïda. Je me suis laissé dire que vous la connaissiez très bien.

— Aïda, bien sûr. C'est l'une des plus grandes

vedettes égyptiennes, répondit opportunément Abdel Halim. Il se trouve qu'elle tourne un film ici même, en ce moment. Mais elle n'a signé avec le studio que pour ce seul et unique film. Vous devez savoir qu'aujourd'hui, la plupart des films sont entièrement réalisés par ordinateur, en images virtuelles, à Media Production City, dans la banlieue. Nous ne faisons que les films avec des acteurs en chair et en os, de sorte que nous n'avons que peu de poids sur le marché, et nos studios sont presque inutilisés. Les films tournés par cette actrice entre toutes sont très populaires, grâce à Dieu, mais nous n'avons évidemment pas notre mot à dire quant à sa participation au projet dont vous parlez. Cela dit, vous avez de la chance, parce que son agent, M. Munir Helwan, est justement au studio, aujourd'hui. Souhaitez-vous que je demande à M. Helwan de venir vous parler ?

M. Munir Helwan, lorsqu'il fut introduit, avec déférence et moult murmures de politesse par un employé d'un âge indéfinissable, se révéla aussi élégamment occidental que les Studios du Nil étaient un pur produit du Tiers-Monde. C'était un homme glabre, encore jeune, costaud, doté d'un charme naturel, presque occidental. Il portait les cheveux longs, impeccablement coiffés en catogan, un costume à la coupe sophistiquée, taillé dans un tissu coûteux, et des bagues élégantes, qui avaient dû coûter cher. Le seul élément arabe traditionnel était le chapelet de pierre polie qu'il faisait défiler entre ses doigts aux ongles impeccables.

Ils se serrèrent la main, et Helwan s'assit avec un dégoût manifeste sur le fauteuil moisi, en face de Blaine. Après l'échange de politesses, Mouhsin Abdel Halim, Directeur Artistique des Studios du Nil, s'assit, les doigts croisés, sur son bureau et regarda avec une grave sollicitude Munir Helwan dire dans un excellent anglais :

— Que puis-je faire pour vous, M. Ramsey ?

Le sourire qui fit naître des rides autour de ses yeux marron était poli et plutôt las.

— Je cherche des acteurs locaux, commença Blaine. Je travaille pour l'Ikôn, la...

— Permettez, coupa Helwan en levant une main et en égrenant distraitement son chapelet de l'autre. Vous cherchez des acteurs locaux pour jouer dans des publicités psychoformes. Vous avez vu une actrice nommée Aïda, et vous pensez qu'elle serait très bien pour les publicités auxquelles vous pensez. Vous voulez la rencontrer pour en parler avec elle, peut-être lui faire passer un bout d'essai. En tout cas, vous devez absolument la rencontrer.

Helwan jeta un coup d'œil à Abdel Halim sans cesser de jouer avec ses perles. Blaine le regardait, bouche bée.

— Enfin, vous êtes dans le département Recherches et Développement. Si je parlais à mes contacts au sein de l'Ikôn, à Los Angeles, ils diraient qu'ils ne vous connaissent pas. Pardonnez-moi, mais j'ai déjà entendu tout ça.

Blaine se rendit soudain compte qu'il risquait de se faire virer, et probablement Jenny Chan aussi, s'il faisait la mauvaise réponse. Et en même temps, il réalisa que ça lui était plus ou moins égal.

— Et qui vous l'a déjà dit ?

L'air blasé d'Helwan laissa place à un vague dégoût, à un morne amusement.

— M. Ramsey, permettez-moi de vous donner un conseil, dit-il gentiment. Rentrez en Amérique, ou là d'où vous vous venez. Allez retrouver votre femme ou votre petite amie. Oubliez Aïda. *Elle fait le même effet à tout le monde*, M. Ramsey. C'est un problème récurrent, ajouta-t-il en levant la main pour couper court aux protestations de Blaine. Nous y avons été confrontés, dernièrement, par plusieurs étrangers dans votre domaine d'activité. Mais c'est un « atout majeur », pour nous, comme vous diriez en Amérique, et pour différentes raisons, il n'y a pas moyen — pas moyen — de vous permettre seulement de l'approcher, et encore moins de la laisser travailler pour vous. Oh, encore une chose, ajouta-t-il en secouant la tête d'un air attristé, elle n'est pas du tout comme vous croyez. J'espère que ça vous consolera de devoir repartir sans l'avoir vue. C'est ce que j'ai dit au dernier représentant du service Recherches et Développement de l'Ikôn qui a demandé à la rencontrer, et il a fondu en larmes. C'est curieux, non ? Il m'a imploré, m'a dit qu'il devait la voir, ou qu'il en mourrait. Il se peut, reprit Helwan après s'être frotté le front pendant un instant comme si ce souvenir le dérangeait, il se peut qu'elle affecte les capteurs de rêves, ou quelle que soit la façon dont on vous appelle, plus intensément que les autres. D'un autre côté, nous recevons toutes les semaines des centaines de lettres d'admirateurs disant plus ou moins la même chose, alors il n'y a peut-être pas de différence, tout compte fait.

Il se leva, son visage s'illuminant d'un sourire artificiel, professionnel.

— Je regrette, dit-il en tendant la main.

Blaine se leva à son tour, plus lentement.

— Et ce prospecteur de l'Ikôn qui a demandé à la voir, comment s'appelait-il ?

— Un certain Boyle, ou Doyle.

7

À quelques rues de la Nouvelle Cité des Arts, Blaine tomba sur une vieille église sombrement dressée entre deux immeubles. Des antiques blocs de pierre grise suintait une odeur de moisi, l'odeur amère, cynique, du grand âge. Les bâtiments voisins, qui avaient probablement mille ans de moins, étaient aussi crasseux et enfumés. Tout était noir : les vestiges de corniches ornementées, les sculptures dans la pierre, les balcons de fer forgé rococo, rouillés, et le fouillis de câbles et de fils apparents qui menaçait d'électrocuter tout le monde à la première averse. Les volutes gris bleuté des vapeurs d'essence et de gas-oil montant des rues formaient au-dessus d'eux un couvercle pareil à un nuage d'orage. Blaine engloutit un sandwich de *shawirma* à un éventaire, non loin de là. Il faisait de plus en plus lourd et il avait du mal à respirer. Il acheta un gobelet d'infusion de réglisse froide, avala un comprimé d'antibiotique, rendit le gobelet de laiton au colporteur et entra dans l'église. Les étroites meurtrières garnies de vitraux projetaient une maigre lumière sur les arches de pierre basses, étouffantes, les tentures murales ornées de motifs du douzième siècle et le sol de pierre, lisse comme de l'eau. Blaine somnola sur un banc de bois usé, dans l'odeur primitive, spirituelle, de l'encens, et fut réveillé, une fois, par les chants mélancoliques, extatiques, d'une messe orthodoxe.

Il était épuisé, mais pas déprimé. Paradoxalement, son entretien infructueux avec Helwan l'avait empli d'cxaltation. Il s'était rapproché d'*elle* : il avait parlé à son agent ! Il se rendait bien compte que c'était une sorte d'obsession proche de l'amour, un peu comme ce qu'éprouve un gamin de douze ans qui passe devant la maison d'une fille pour qui il en pince. Le fait qu'un fantasme publicitaire postmoderne puisse engendrer le même sentiment proche de l'onanisme aurait peut-être dû le désillusionner, mais il n'en était rien. Peut-être cette sorte d'amour était-elle ce que pouvait espérer de mieux un homme comme lui, dans une époque pareille : une espèce de Roméo et Juliette sous Prozac et LSD. Helwan lui avait refusé Aïda, mais ça n'avait fait que renforcer sa résolution de la revoir, même si ça allait à l'encontre de la logique, de son expérience, de tout jugement. C'était très romantique. Et puis il lui vint à l'esprit qu'il était perpétuellement en overdose de contrôle depuis très longtemps, maintenant. Renoncer à tout contrôle sur soi-même était un antidote qu'un individu de son espèce ne chercherait jamais de son plein gré ; mais quand l'occasion s'en présentait d'elle-même, il était difficile d'y résister.

De plus, en lui disant que d'autres prospecteurs recherchaient eux aussi Aïda, Helwan avait apporté à Blaine sa première preuve tangible du fait qu'il n'était pas fou, et ça, c'était presque aussi excitant. Helwan avait parlé de Mark Boyle, l'un des prospecteurs de l'Ikôn dont Blaine avait entendu dire qu'il était au Caire. L'idée de Boyle fondant en larmes parce qu'il ne pouvait rencontrer une vedette de cinéma lui paraissait, d'après ce que Blaine savait de lui, rigoureusement inimaginable ; d'un autre côté, si l'Image d'Aïda l'avait frappé comme elle avait frappé Blaine, peut-être son extraordinaire équilibre psychologique avait-il cédé, alors qu'il avait résisté à la tension de nombreuses missions au Moyen-Orient. Enfin, si Boyle était au Caire, il était probablement au Méridien. Blaine allait lui parler, ce soir. Après, il verrait bien.

Blaine savait que les adresses, au Caire, étaient souvent inutiles. Elles étaient imprécises et en perpétuel changement à cause du brassage de population, des gens qui modifiaient le nom et la structure des rues et des quartiers, édifiaient sans permis, hors des zones constructibles, des maisons qui échappaient à toute réglementation, des taudis, des galetas, des baraques, des immeubles de rapport et des échoppes, autour, au milieu et sur le dessus des structures existantes, changeant radicalement l'aspect des rues d'une année sur l'autre. Blaine eut peur, lorsqu'il tendit à Shukri la carte de visite des musiciens du *moulid*, à deux heures du matin, devant la Nouvelle Cité des Arts, que ce ne soit un coup d'épée dans l'eau, que l'adresse ne mène à rien, une fausse piste, un grain de poussière emporté par le vent…

Mais Shukri fronça les sourcils avec gravité en regardant la carte à la maigre lueur qui lui parvenait à travers le pare-brise de son taxi.

— C'est une adresse à Darb Al Ahmar, presque à la

limite de Shafa'i, dit-il en se retournant sur son siège pour regarder Blaine. Les étrangers ne vont pas à Darb Al Ahmar.

— Je ne suis pas un étranger.

— Personne ne va à Darb Al Ahmar.

— Il faut que j'y aille, Shukri.

— Pourquoi ?

— C'est dangereux ?

— Hmm, l'endroit est contrôlé par les milices. Mais le grand danger, il est pour l'âme. Je vous l'ai dit, c'est près de Shafa'i.

— Dieu vous ait en Sa sainte garde, Shukri. Je dois absolument y aller. Si vous ne pouvez pas m'y emmener, je trouverai un autre chauffeur, mais…

Shukri mit le contact et déboîta, manquant télescoper une voiture qui passait à toute vitesse. L'autre conducteur fit une embardée et donna un grand coup de klaxon.

— Au nom de Dieu, le Miséricordieux plein de miséricorde, soupira Shukri. Vous êtes le client d'Abou Youssef, et il vous a placé sous ma protection.

Blaine avait entendu parler de Darb Al Ahmar, évidemment. C'était, comme Katchi Abadi, à Lahore, ou Khar, à Bombay, l'un de ces bidonvilles célèbres dans le monde entier, que les philosophes et les économistes à la mode citaient comme exemple de l'une ou l'autre tendance du développement mondial, un nom que les intellectuels lançaient dans les cocktails pour montrer qu'ils étaient au courant des dernières catastrophes. C'était, au départ, un quartier *baladi* où avaient afflué des millions de gens de la campagne attirés par le mirage de la ville, chassés par la pression démographique hors de l'étroite bande verte qui longeait le Nil, où se trouvaient les seules terres arables d'Égypte. L'afflux de population était vite devenu ingérable. L'infrastructure et les services s'étaient laissé dépasser, et au cours des intifadas prodémocratiques, l'ordre civil avait été tellement bouleversé que le gouvernement avait quitté la zone, l'abandonnant aux milices, ainsi que l'horreur voisine de Shafa'i, la Cité des Morts. On ne savait ni combien il y avait d'habitants à Darb Al Ahmar ni combien il y avait, tous les jours, de naissances ou de morts, de personnes souffrant de faim ou de maladie. On ne savait pas non plus comment les survivants se débrouillaient pour le rester.

À proximité de Darb Al Ahmar, les rues n'étaient plus goudronnées. Les artères de terre battue étaient bordées d'immeubles délabrés de béton ou de brique. Du linge pendait à toutes les fenêtres sans vitres, aux persiennes fermées. Quelques bâtiments effondrés étaient réduits à des tas de briques, de béton et de ferraille. Des ordures desséchées s'entassaient le long des murs. À trois heures du matin, le quartier, qui n'était pas éclairé, était presque désert. À un carrefour, des lampes à arc alimentées par des générateurs à essence projetaient des ombres contrastées autour d'un point de contrôle militaire où des vigiles en uniforme noir, manœuvrant des mitrailleuses, demandèrent à Blaine où il allait. Shukri leur raconta qu'il était en retard pour prendre son avion et qu'ils prenaient un raccourci vers l'aéroport. La valise de Blaine, dans le coffre, étayait son histoire, et la police les laissa passer en leur recommandant de ne pas quitter la route principale et de ne pas s'arrêter avant d'être arrivés à destination. Dès qu'ils furent hors de vue, Shukri tourna dans une petite rue adjacente.

Ils arrivèrent bientôt à un autre poste de contrôle, radicalement différent du premier. D'un baril de pétrole placé au milieu de la rue, des flammes montaient dans la nuit. Autour vibrionnaient des hommes en djellaba et turban grossier de *fallahi*. Certains étaient armés. Comme le taxi s'approchait en bringuebalant dans les ornières, soulevant la poussière, ils levèrent les mains et lui firent signe de s'arrêter à côté du baril. Par la fenêtre ouverte, Blaine sentait l'odeur de kérosène incomplètement brûlé, sentait la chaleur des flammes. Deux miliciens secs, sales et sombres entrèrent dans la lumière vacillante et s'approchèrent en braquant sur la voiture des mitraillettes démodées mais sans doute encore en état de marche.

— La paix soit sur vous, dit l'un des hommes. Où allez-vous ?

— La paix soit sur vous, répondit Shukri. J'emmène ce monsieur à l'aéroport.

— Un monsieur ? fit le gaillard en s'approchant de la voiture. Qui c'est, un Anglais ?

Il scruta le visage de Blaine par la vitre. Il avait des yeux noirs, très brillants, injectés de sang. Il ouvrit la porte de Blaine à la volée et fit un pas en arrière.

— Sors de là, fils de chienne ! hurla-t-il en crachant par terre.

Shukri descendit avant Blaine.

— Honte à toi ! s'écria-t-il. Honte à toi ! Qu'est-ce que c'est que ces paroles, mon frère ? Honte à toi qui oses parler de cette façon à un invité dans notre ville !

Le milicien pointa son arme sur Blaine, ses yeux de braise toujours rivés sur lui. D'autres hommes sortirent de l'obscurité en courant.

Blaine connaissait la règle du jeu, savait quel rôle il

devait jouer. Il bondit de la voiture, sentant tous ses instincts arabes bouillonner en lui.

— Très bien ! gueula-t-il à la face du milicien. Tire ! fit-il en se plaquant brutalement les deux mains sur la poitrine. Allez, vas-y ! Tire !

L'homme recula, surpris. Blaine parlait un arabe parfait, sans accent, et la provocation l'avait empli d'une fureur tout arabe.

— Tu veux me tuer ? Allez, tire ! Tu m'as bien traité de chien et de fils de chienne, hein ? Alors, tire, maintenant ! Tu hésites ? fit-il en s'approchant au point de se retrouver nez à nez avec l'autre. Pourquoi, devant Dieu, épargnerais-tu cet homme qui ne t'a rien fait, qui se contente de passer en voiture, sur la route ? Hein, pourquoi ? Pourquoi ?

Les miliciens les entouraient, maintenant, et deux d'entre eux prirent l'homme à la mitraillette par les bras, le firent reculer en murmurant des paroles apaisantes. Il se laissa faire sans résistance mais sans baisser les yeux, en regardant Blaine comme s'il allait le mordre. Ils le baratinèrent, le dissuadèrent, le supplièrent, par pitié pour eux, d'épargner Blaine, lui permettant de sauver la face. Pendant ce temps, les autres faisaient la même chose à Blaine — il sentait leurs mains douces mais insistantes qui l'entraînaient, l'écartant de son adversaire.

— Ne faites pas attention, murmuraient-ils. Il a cru que vous étiez un étranger. Ne faites pas attention à lui, mon frère. Sa fille vient de mourir du choléra.

Shukri vociférait toujours, les bras levés au ciel dans une attitude théâtrale.

— C'est un Palestinien, mon frère ! Il est né en Amérique, mais est-ce que c'est sa faute à lui si son père s'y est réfugié ? Honte à vous, citoyens, honte à vous !...

Quelques minutes plus tard, ils reprenaient leur chemin, quelques miliciens leur faisant de grands signes d'adieu.

— Et sans payer le péage ! s'esclaffait Shukri. Monsieur Blaine, vous parlez très bien l'arabe !

Mais Blaine, qui tremblait lui-même, trouvait sa voix un peu chancelante.

Le quartier n'était plus éclairé du tout, à présent. Hors du pinceau des phares, les bâtiments étaient des masses indistinctes, dressées au-dessus d'eux dans le noir. On aurait dit des falaises branlantes, qui menaçaient de s'effondrer. Certains, d'ailleurs, en partie ou complètement écroulés, semblaient pourtant encore habités, à en juger par les fenêtres déglinguées éclairées, çà et là, par des flammes vacillantes. L'air était plein de fumée, d'odeurs d'égout et des exsudations de millions et de millions de corps humains. Dont certains gisaient sur ce qui tenait lieu de trottoir le long de la rue, morts ou endormis, c'était impossible à dire. Shukri roulait au pas en scrutant les ténèbres dans l'espoir de déchiffrer un nom de rue, un numéro sur une façade. Malgré l'heure tardive, une douzaine de gamins en haillons couraient en braillant dans le nuage de poussière soulevée par le taxi qui tanguait et roulait sur la piste pleine de nids-de-poule. Puis la voiture s'arrêta brusquement et les enfants grimpèrent sur le coffre et sur le toit en hurlant de plus belle.

Shukri sortit en leur criant après, et dans la poussière grise qui dansait à la lueur des phares, Blaine vit pourquoi il s'était arrêté. Un homme bossu, difforme, entièrement nu, était debout au milieu de la rue. Il roulait des yeux globuleux, il avait les lèvres tordues, baveuses, et ses mains en forme de serres, inutiles, tressautaient spasmodiquement. Des coulées de merde séchaient le long de ses jambes. Ses côtes, les articulations de ses membres saillaient sur son corps étique au point qu'on aurait dit qu'elles allaient crever sa peau, et les déformations de son squelette étaient nettement visibles. Son visage se convulsait horriblement comme s'il n'arrivait pas à décider s'il devait hurler ou dévoiler ses rares dents ébréchées dans un sourire.

Shukri s'approcha, grand et beau dans son ample robe blanche, de la silhouette de cauchemar maintenant bien visible dans le faisceau des phares. Il avançait craintivement, en hésitant, bien qu'il soit facilement deux fois plus lourd que le malheureux et qu'il fasse deux têtes de plus que lui. Malgré les criailleries des enfants, Blaine entendit qu'il lui parlait gentiment.

— Excuse-moi, mon frère, dit-il doucement. Puisse Dieu te préserver et accroître ta substance. Aurais-tu l'amabilité de…

C'est alors que le misérable se mit à hurler. Blaine, qui devait l'entendre longtemps dans ses cauchemars, n'aurait su dire ce qui faisait l'horreur particulière de son cri : était-ce la haine et la rage inscrites sur le visage convulsé, les paroles inintelligibles émanant de la bouche balbutiante, ou le fait qu'il lui paraissait familier, comme s'il l'avait déjà entendu ?…

Puis le sol se cabra. Lorsqu'il y repensa, par la suite, Blaine ne put tout à fait chasser l'idée que la terre s'était mise à trembler d'horreur, ébrouée comme pour faire cesser le hurlement cauchemardesque de l'homme. Le taxi tanguait follement lorsqu'un roulement de tonnerre fit vibrer l'air, d'abord lointain, puis assourdissant et juste au-dessus d'eux.

Deux briques tombées d'un des bâtiments chancelants s'écrasèrent avec fracas sur le capot de la voiture.

Shukri se jeta sur le siège avant. Il enclencha une vitesse, tourna frénétiquement le volant, fit demi-tour dans un nuage de poussière et repartit dans la direction d'où ils venaient. Blaine fut assailli par l'odeur âcre de sa sueur. Ils traversèrent follement, à l'aveuglette, un brouillard opaque de poussière et de gravats qui crépitaient sur la carrosserie comme des grêlons sales. Shukri accéléra, au risque de laisser le dessous de la voiture sur les aspérités de la route et les briques qui se détachaient des bâtiments frémissants et tombaient dans la rue. Shukri haletait comme s'il courait le marathon.

Une minute plus tard, le séisme sembla avoir cessé. Shukri murmurait des paroles d'action de grâce. Au bout de quelques minutes, il parut plus calme.

— C'était l'adresse que vous m'avez donnée, là-bas, M. Blaine, lança-t-il. Je vous avais dit qu'il ne fallait pas venir ici. Je vous l'avais dit.

Ils avançaient lentement, à présent, dans la rue pleine de pauvres hères qui n'avaient que la peau et quelques haillons sur les os. Certains pleuraient, ou poussaient des cris. Quelques-uns en tenaient d'autres par le bras et essayaient de les réconforter, ou de les retenir. La plupart se contentaient de regarder Blaine d'un œil morne, derrière les vitres de la voiture qui passait en cahotant, Shukri s'ouvrant la voie à coups de klaxon. Plus loin, des gens escaladaient, à la lumière vacillante des torches et des lampes à pétrole, un énorme tas de gravats, de pierres, de béton et de madriers qui avait été un bâtiment, en essayant d'extirper du désastre des voisins ou des parents morts ou mourants.

— Au nom de Dieu, le Miséricordieux plein de miséricorde…, disait Shukri à mi-voix, égrenant des prières de ses lèvres tremblantes.

Curieusement, le poste de contrôle éclairé par les lampes à arc était à présent désert, comme si les miliciens l'avaient abandonné avant le déchaînement d'une force contre laquelle ils n'avaient pas les moyens de lutter. Mais les rues grouillaient de gens et les phares du taxi éclairaient un kaléidoscope de corps, de voitures, de motos et de bicyclettes agités de mouvements browniens. Des sirènes hurlaient un peu partout. Un hélicoptère passa au-dessus d'eux en vrombissant.

Dès qu'ils eurent quitté Darb Al Ahmar, Shukri monta sur un étroit trottoir, coupa le contact, éteignit les phares et récita rapidement, à voix basse, une prière pour les morts.

Une demi-heure plus tard, il y avait beaucoup moins de monde dans les rues. Shukri remit le contact et redescendit, sans ménagement, sur la chaussée en invectivant Blaine qui avait insisté pour aller à Darb Al Ahmar. Il ne se fit pas faute de lui rappeler qu'il avait tenté, depuis le début, de l'en dissuader.

— Il faudra que j'essaie à nouveau, dit Blaine. Mais pas ce soir, ajouta-t-il en réponse au regard horrifié de Shukri. Ce soir, il faut que j'aille au Méridien du Nil.

— Le Méridien du Nil ! s'exclama Shukri.

Il se retourna sur son siège pour regarder Blaine, manquant de peu rentrer dans un bus qui roulait au milieu de la route en louvoyant dans la circulation. Lorsqu'il eut repris le contrôle de la situation, en klaxonnant furieusement et en marmonnant de mornes sourates du Coran, il se tourna à nouveau vers Blaine.

— Mais qu'est-ce qu'un homme respectable comme vous pourrait bien vouloir faire au Méridien du Nil ?

— Shukri, regardez où vous allez ! Que voulez-vous dire ? Le Méridien du Nil est un hôtel. Je vais y rester un moment.

— Le Méridien du Nil est un lieu de perdition ! Il y a un cabaret, dans cet hôtel ! Ils donnent des spectacles ! Tous les vices, toutes les dépravations inventées par l'Occident ! C'est pire que de vouloir aller à Darb Al Ahmar, vous ne m'avez jamais dit pourquoi, d'ailleurs. Pourquoi iriez-vous au Méridien du Nil alors que vous avez déjà un hôtel respectable, le meilleur du Caire ? Ce n'est pas assez luxueux pour vous, conclut-il d'un ton sinistre.

Blaine ne put s'empêcher de rire, en dépit de tout le reste.

— Shukri ! Pourquoi tenez-vous à voir en moi un dépravé qui ne recherche que les cabarets et les spectacles ? Est-ce vraiment l'impression que je vous donne ? Voyons, très cher, le Méridien du Nil est un hôtel où ma compagnie a un compte. Je les ai eus au téléphone, aujourd'hui, et ils m'ont dit de descendre là-bas. Évidemment, il n'arrive pas à la cheville d'Abou Youssef et de sa famille pour ce qui est de l'hospitalité, mais je suis au Caire pour affaires, Shukri, et si la compagnie pour laquelle je travaille me dit de descendre au Méridien du Nil, je n'ai pas le choix.

Blaine réussit, en caressant Shukri dans le sens du poil et en le raisonnant pendant tout le trajet, à lui faire traverser le Caire. Plus près du Nil, la route était éclairée par des lampadaires, et de grands bâtiments modernes se dressaient au-dessus d'eux et se perdaient dans les nuages de brume. De grandes palissades de contre-plaqué et de tôle ondulée couvertes de graffitis et d'énormes affiches de cinéma aux couleurs criardes masquaient les quartiers qui s'étendaient de chaque côté de la route à huit voies. Shukri suivit une enfilade complexe de passages supérieurs défoncés, pleins de trous et de bosses. Des gens dormaient, des familles s'étaient installées dans les moindres recoins, rappelant à Blaine les SDF des cités occidentales. Au-delà de ces voies aériennes, dans des faubourgs ruraux, des quartiers paysans où s'entrecroisaient des ruelles boueuses, des immeubles de grande hauteur se dressaient au milieu des petites échoppes et des constructions bancales, disparates, de brique décrépite. Ils étaient, lui dit Shukri, dans une rue appelée la Corniche du Nil. Sur le large trottoir crevassé de droite, d'énormes banyans dressaient leurs branches largement étendues dans l'obscurité fuligineuse. Leurs racines aériennes formaient des grottes dans lesquelles les gens dormaient ou faisaient cuire des choses, blottis autour de petits feux. Derrière une balustrade rouillée, le sol tombait à la verticale vers l'immense fleuve qui se trouvait à un jet de pierre. Les berges disparaissaient sous les barques et les embarcations de fortune dans lesquelles les gens dormaient ou étaient assis autour de petits braseros improvisés dans des boîtes de conserve. Shukri prit un virage à angle droit et s'arrêta devant un poste de garde éclairé *a giorno* par des lampes à arc.

La voiture fut soudain entourée de mendiants qui s'accrochaient aux vitres, de tous les côtés, tendaient leurs mains crasseuses en débitant des discours apitoyants dans un anglais ou un français saccadé, et s'efforçaient d'agripper Blaine en passant la main dans la voiture pour attirer son attention. Il remarqua beaucoup d'enfants et de femmes tenant des bébés. Ils s'écartèrent pour laisser approcher un vigile qu'ils ignorèrent superbement en dehors de ça. Pour la première fois depuis qu'il était arrivé au Caire, Blaine eut soudain peur de ces hordes d'affamés, désespérés, sans foi ni loi. Il remonta, non sans mal, les vitres du taxi, manquant pincer quelques obstinés, se sentant à la fois coupable, furieux et un peu écœuré, comme, sans doute, tous les étrangers en visite — les appeler « touristes » n'était plus qu'une formule de courtoisie.

Le vigile jeta un coup d'œil à Shukri et fit un geste. Deux autres hommes sortirent d'un poste de garde et s'approchèrent en décrochant les mitraillettes passées à leur épaule. Shukri leur montra ses papiers et répondit aux questions du vigile d'une voix étouffée pendant que les deux autres inspectaient le coffre, le moteur et les passages de roues. La valise de Blaine fut ouverte et, après que l'un des policiers ait chassé les mendiants, les renvoyant dans le noir de quelques malédictions féroces, Blaine et Shukri furent à leur tour extraits de la voiture et passés au détecteur de métaux.

On leur fit enfin signe de passer, et Shukri s'engagea sur la chaussée de deux cents mètres qui menait à Al Rodha, l'une des deux grandes îles du Nil, au centre du Caire. Les rues étaient étroites, bordées de palmiers, de banyans et de ficus. Les bâtiments anciens étaient généralement bien entretenus et leurs fissures avaient été réparées à la résine structurelle. Certaines villas somptueuses étaient des dépendances de palais. Un peu plus loin, Blaine vit les cabarets qui inquiétaient tant Shukri, avec leurs enseignes holographiques jaillissant dix mètres au-dessus de leurs toits ornementés, un peu voilées dans l'air lourd, enfumé. Shukri récita des versets protecteurs et apporta une vigoureuse contribution au concert de klaxons. Le Méridien du Nil se trouvait juste derrière le quartier des cabarets.

C'était un bâtiment mastoc, d'une douzaine d'étages, tourné vers le fleuve, récemment ravalé et éclairé, à cette heure de la nuit, d'une douce lumière couleur pêche. Shukri s'insinua dans la file de véhicules qui venaient chercher ou déposer des passagers sous le portique immense, brillamment illuminé, au milieu d'un essaim de bagagistes, de portiers, de chasseurs et autres larbins, tous habillés à l'occidentale d'un uniforme flambant neuf. Le taxi cabossé, poussiéreux, de Shukri faisait figure de charrette à âne au milieu des cars de touristes et des limousines aux chromes éclatants. Blaine vit qu'il attirait l'attention du personnel de sécurité discrètement posté le long de la façade de l'hôtel, leurs mitraillettes en bandoulière. Un employé s'approcha du taxi avec réticence, comme s'il hésitait à salir ses gants blancs sur la poignée de la portière.

Blaine serra la grosse patte de Shukri, fourra dedans une grosse coupure et un pourboire encore plus généreux en rémunération des services qu'il lui avait rendus au cours des deux derniers jours, mais l'employé claquait déjà la portière, dans son dos.

— Hé ! s'écria furieusement Shukri tandis qu'un gaillard en uniforme soufflait vigoureusement dans un sifflet en lui faisant signe de dégager sa minable caisse : des hôtes importants attendaient pour descendre de voiture.

Blaine eut une dernière vision de sa djellaba blanche et se tourna vers la porte de cuivre et de verre étincelante qu'un portier tenait ouverte pour lui.

Il se retrouva dans l'étroit passage qui menait au hall d'entrée. Une lame d'air frais soufflée par une grille, au-dessus de sa tête, lui tomba sur les épaules avant d'être aspirée par une autre grille, sous ses pieds. Une porte coulissante automatique s'ouvrit et il déboucha dans un gigantesque hall dallé de marbre où il se sentit à nouveau respirer.

8

Sa suite, au huitième étage du Méridien du Nil, était le premier endroit vraiment silencieux dans lequel Blaine se trouvait depuis qu'il était arrivé au Caire. Même le bruit de ses pas était étouffé par la moquette à fleurs. Il occupait deux pièces élégamment meublées dans le style européen de gracieux meubles Louis XV, ornées de tableaux impressionnistes et baignées par un doux éclairage indirect. Là, au moins, on pouvait respirer. Il ne s'en était pas rendu compte, mais depuis trois jours, il haletait. C'était devenu un automatisme, la stratégie adoptée par son organisme pour protéger ses bronches. Il s'était habitué au vague mal de gorge, à la douleur dans la poitrine, à la crainte d'avoir mal s'il inspirait profondément. Là, il engloutissait à pleins poumons l'air frais, délicieux, et c'était tellement exaltant que, pour un peu, il aurait gloussé de plaisir.

D'un autre côté, c'était bizarre. Mark Boyle était bel et bien là, l'employé de la réception le lui avait confirmé lorsque Blaine lui avait présenté ses papiers de l'Ikôn. Mais comment cet obsédé d'atmosphères locales pouvait-il travailler à partir d'un conteneur d'air et d'atmosphère européens hermétiquement scellé comme cet hôtel ?

Il prit l'ascenseur jusqu'au neuvième. Il était cinq heures du matin, mais Boyle était un lève-tôt, du genre paysan, et Blaine était dévoré de curiosité.

Il frappa à la porte de la chambre 914, qui s'ouvrit presque aussitôt. Mark Boyle resta planté dans l'entrée, à le regarder. Il était tout habillé. Il avait même enfilé son veston. Mais il avait quelque chose qui clochait.

Blaine avait travaillé quelques fois avec Boyle, à Marrakech et dans un endroit appelé Ein Helouh, au Yémen. Boyle était un Irlandais tranquille, à la peau blanche et au crâne déplumé. Sa compatibilité psychoneurale avec le Moyen-Orient venait du fait qu'il avait grandi à Damas, où son père était fonctionnaire à l'ambassade d'Irlande. Il avait un accent irlandais à couper au couteau, sauf en arabe, qu'il parlait à la perfection. Blaine avait toujours aimé Boyle, son aversion pour les Occidentaux et ses histoires de prospection en Jordanie, dans un château hanté, un vieux bastion des Croisés où on l'avait envoyé parce que personne ne voulait y aller. En le regardant, il se rendit compte qu'il l'avait toujours cru inébranlable.

Mais en cet instant, le visage de Boyle était un masque de cire, et son regard avait quelque chose d'étrange.

— Boyle ? fit Blaine en l'examinant. Enfin, Boyle, qu'est-ce que…

Ses pupilles étaient réduites à la taille de deux têtes d'épingles dans des iris pareils à deux disques bleus, plats.

— Boyle, c'est Ramsey !

— Ramsey…, répéta Boyle comme s'il était très loin.

Il avait des poches sous les yeux et il avait maigri ; son costume pendait sur lui. Des valises bourrées à craquer étaient rangées dans la petite entrée, derrière lui.

— Qu'est-ce que tu fabriques ici, Ramsey ? demanda-t-il, le regard fixe, rivé sur Blaine, ou peut-être un peu plus loin, derrière lui. On ne m'avait pas dit que tu étais là.

— Je viens d'arriver, répondit lentement Blaine. Je peux te parler ?

— Tu viens d'arriver, répéta distraitement Boyle. Je croyais que c'était le bagagiste.

Il s'effaça pour faire entrer Blaine, mais laissa la porte ouverte. Les deux hommes restèrent face à face, si près qu'ils auraient pu se toucher.

— Boyle, mon vieux ! Ma parole, tu es sous diazépam ? fit Blaine. Qu'est-ce qu'il y a ? Tu es en état de choc ?

Le diazépam était une famille de neuroleptiques qui empêchait les rêves et la plupart des fantasmes éveillés ; il était utilisé en cas d'urgence pour stabiliser les prospecteurs qui avaient reçu une Image trop forte.

Boyle était en pleine confusion, Blaine devinait son agitation fébrile sous le glacis de la drogue.

— Juste une minute, fit-il en agitant les mains avant de les porter en coupe devant son visage. Juste une minute. Juste une minute. Juste une minute, répétait-il doucement, dans le vide, puis il baissa les mains et regarda Blaine en souriant comme s'il avait fait une découverte. Je ne peux pas te parler, dit-il.

— Écoute, Boyle, je ne vais pas te secouer. Je suis

ton ami, et je ne veux pas te secouer, mais il faut que tu me donnes des pistes. Qu'est-ce qui t'est arrivé ?

Boyle porta à nouveau l'une de ses mains à son visage, comme pour s'abriter, empêcher Blaine de le voir.

— Personne ne t'a rien dit. Personne ne t'a rien dit, répétait-il de façon obsessionnelle, et Blaine se demanda à qui il parlait en réalité.

— Personne ne m'a rien dit, confirma-t-il doucement. Alors, dis-le-moi, toi.

Boyle poussa un cri strident. Blaine sursauta, glacé d'épouvante, mais Boyle commença à parler d'une voix grave, monotone, sans le regarder, tête basse, le dos rond, des bulles de bave moussant aux commissures des lèvres.

— Dis-lui que ce sont des hommes d'affaires ; ils se fichent pas mal de nous. Il ne faut pas qu'il reste ici, compris ? Et surtout, il ne faut pas qu'il *prospecte* ici, compris ? D'ailleurs, aucun prospecteur ne devrait rester ici. Il vaudrait mieux que tu t'en ailles le plus loin possible. Je suis à l'aéroport, là. Je suis dans l'avion, j'ai bouclé ma ceinture et on va décoller. Dis-lui. Dis-lui Geb, Seb. *Geb, Seb. Elle* t'envahit même si tu ne penses pas à elle…

Il poussa un nouveau hurlement.

On frappa à la porte ouverte, et Blaine regarda autour de lui. Un bagagiste les regardait en ouvrant de grands yeux, planté sur le seuil.

Lorsque Blaine releva les yeux sur Boyle, il avait retrouvé une immobilité de statue, les mains pendant le long du corps, ses pupilles en têtes d'épingles rivées sur le bagagiste. Il indiqua ses valises d'un geste vague et doux. Le garçon les chargea sur son chariot.

Blaine suivit les deux hommes dans le couloir.

L'ascenseur émit un « ding » onctueux. Les portes de la cabine s'ouvrirent. Le bagagiste poussa le chariot dedans.

— Boyle…

Mais les portes se refermèrent sur son visage neutre, atone, bienveillant, le menton encore humide de salive. Blaine n'existait déjà plus pour lui.

Il y avait un vidéophone à longue distance dans la suite de Blaine, exactement comme dans un hôtel occidental. Il appela Jenny Chan chez elle, sans succès, alors il réessaya au bureau. Ses mains tremblaient un peu. Après quelques bref instants de recherche, une secrétaire la lui passa.

Son visage, sur le grand écran mural, lui parut tiré, crispé, et Blaine se demanda si elle avait dormi depuis son appel de la veille.

— Salut, Blaine, dit-elle en scrutant son visage avec angoisse. Tu es… comment ça va ?

— Bien. Je me suis installé au Méridien, comme tu me l'avais dit.

— Bon. Tu as suivi mes autres instructions ?

— Ouais, répondit-il, et il marqua une pause, l'examinant. J'ai vu Mark Boyle, il y a quelques minutes.

— Mark Boyle, répéta-t-elle en feignant de réfléchir. Oui. Il est là, lui aussi.

Son visage était fermé, indéchiffrable.

— Il y était, répondit Blaine. Il vient de partir.

— Ah, fit-elle en hochant gravement la tête.

— C'est la merde, ici, hein, Jenny ?

— Qu'est-ce que tu veux dire ?

— Je veux dire que Boyle était complètement schtarbé. Sous diazép. Quand je lui ai demandé ce qu'il avait, il s'est mis à hurler. Je ne savais pas que c'était possible sous diazépam. Il m'a dit que je ferais mieux de quitter le Caire.

Jenny sembla rougir légèrement, malgré le strict contrôle qu'elle exerçait sur elle-même. Ils se regardèrent longuement.

— Tu me caches quelque chose, reprit Blaine.

Elle fit la grimace.

— Rien qui vaille la peine d'être signalé. Quelques prospecteurs instables ont paniqué. Ils ont propagé une rumeur d'« orage psychique » sur le Caire. Ils ont lancé l'alerte sur le Net, et maintenant mes gars commencent à psychoter. Les têtes chercheuses ont classé la zone Priorité Absolue. L'Omnicom et IntraVision ont une douzaine de prospecteurs sur la zone. Ils sont en train de nous couper l'herbe sous les pieds en ce moment même.

Blaine commençait à y voir clair.

— Et les grosses légumes de la boîte te mettent la pression, et tu veux pouvoir annoncer que tu as un prospecteur dans le secteur, même s'il s'est juste pointé là par hasard. D'accord, poursuivit Blaine alors que Jenny restait rigoureusement impassible. Mais alors, pourquoi m'avoir dit de ne pas prospecter ? Et les types des R & D, qu'est-ce qu'ils disent de cette histoire d'« orage psychique » ?

— Ils disent que ce sont des conneries, Blaine, tu le sais bien. La raison pour laquelle je ne veux pas que tu prospectes, c'est que tu n'as pas l'habilitation de compatibilité neurale pour la région du Moyen-Orient. Je veux que ce soit bien clair entre nous : tu ne prospectes pas. Compris ?

— Alors, c'est juste pour sauver les apparences ? Tu vas dire à tes chefs que je suis là, en omettant peut-être de préciser que je ne suis pas en train de travailler, et si l'Omni et IntraVision nous font la pige, bah, ce sont des choses qui arrivent, hein ? J'imagine que je n'avais pas compris ce que c'est que de commander, conclut-il avec un lent sourire.

Elle rosit légèrement

— Pas d'ingérence, Ramsey, dit-elle froidement. J'ai passé l'éponge sur l'usurpation d'accréditation auprès des Studios du Nil (ainsi donc, se dit Blaine, elle était déjà au courant...), mais ne pousse pas. N'essaie pas de profiter d'une relation imaginaire entre nous, ajouta-t-elle en le regardant comme pour s'assurer qu'il avait saisi la double menace, puis, ayant manié le bâton, elle brandit la carotte. Écoute, aide-moi et on oublie tout ça. Reste au Caire jusqu'à ce que j'aie réussi à trouver quelqu'un pour couvrir la zone et je te donnerai le Yémen ou ce que tu voudras. D'accord ?

C'est donc à cela que se ramenait l'amour des femmes cadres postmodernes, au bout du compte. Enfin, il ne méritait pas mieux.

— D'accord.

Elle hocha la tête.

— J'ai un appel, il faut que je le prenne. Je te recontacte bientôt.

Il avait évidemment entendu les légendes des prospecteurs d'Images, ces histoires d'équipes de prospection envoyées discrètement dans des cliniques privées en Suisse ou en Autriche. Et il y avait cet article apparemment anodin, à la fin de tous les contrats : « L'Ikôn s'engage à assumer tous les soins et services psychologiques exigés par le Prospecteur par suite de ses activités au sein de la Compagnie, et le Prospecteur accepte que la Compagnie prenne les mesures unilatérales exigées par les éventuels désordres psychologiques que le Prospecteur viendrait à manifester. » Il n'avait jamais accordé plus de crédit à ces histoires d'« orage psychique » que la plupart de ses collègues, pas plus, en tout cas, qu'à ces photos d'ovnis qui faisaient la couverture des journaux qu'on trouvait à la caisse des supermarchés, aux États-Unis.

Cela dit, l'histoire de Jenny Chan sur les « prospecteurs déstabilisés », effrayés par les rumeurs ne tenait pas debout en ce qui concernait Boyle. Il en aurait fallu un peu plus que ça pour l'ébranler, peut-être quelque chose du genre des cauchemars d'Image et des hallucinations de Blaine. Son couplet sur le fait qu'il n'avait pas l'habilitation de « compatibilité neurale » était aussi du pipeau : Blaine avait prospecté partout au Moyen-Orient sans éprouver le moindre symptôme de dépression ou de désorientation permettant de soupçonner un problème de compatibilité. Et Jenny pouvait obtenir une habilitation en quelques secondes, si elle en avait besoin. Si elle racontait à ses supérieurs qu'elle avait un prospecteur au travail en Égypte, alors pourquoi ne se donnait-elle pas la peine de faire en sorte que ce soit vrai ?

Il se renseigna auprès de la réception, mais il n'y avait plus d'autres agents de l'Ikôn dans l'hôtel. Il essaya à nouveau de contacter par cyberphone les collègues prospecteurs dont il avait entendu dire qu'ils étaient au Caire. Sans plus de succès que les autres fois.

Le silence de sa chambre était oppressant. Il ouvrit la porte donnant sur le balcon en forme de demi-lune et le rugissement du Caire lui parvint, énorme, rassurant : un million de moteurs et de klaxons dans le lointain, de l'autre côté du fleuve d'un demi-kilomètre de large, le rugissement des barges qui transportaient des matériaux, la musique des bateaux de plaisance brillamment illuminés, escortés de bâtiments plus sombres, des vedettes de la police, le vacarme des hélicoptères, le hurlement des rotocars, et par-dessus tout ça, les battements de cœur, les respirations, les voix, les bruits de pas de trente-cinq millions de gens, tout cela tournoyant dans sa chambre, dans l'air enfumé par la combustion des ordures et des pneus, tout cela atténua, l'espace d'un instant, son anxiété et le mal du pays qui le tenaillait. Il sortit dans la pénombre boueuse de l'aube où clignaient les milliers d'yeux des feux allumés dans des boîtes de conserve, dans les barques amarrées les unes contre les autres le long des deux rives du fleuve, les chapelets étincelants des lampadaires qui soulignaient les rues encombrées, les ponts indistincts dans la brume. Il se rendit soudain compte, avec une brève bouffée de panique irraisonnée, qu'il n'avait pas idée de l'endroit où se trouvaient, dans l'infini embrumé de ce paysage, l'Hôtel de Riyad et ses amis Abou Youssef, Youssef et Shukri. Il avait oublié de prendre leur adresse ou leur numéro de téléphone. Il allait affronter l'apocalypse au ralenti du Caire et ce qui avait poussé Mark Boyle à la folie sans le réconfort d'une présence humaine, dans l'isolement aseptisé de cet hôtel occidental, raffiné comme une boîte à bijoux.

Il fit une dernière chose avant de dormir. *Geb, Seb*, avait bredouillé Boyle dans son délire. *Dites-lui Geb, Seb*, et il avait parlé d'« *Elle* ». Ça paraissait insensé, mais Blaine vérifia quand même dans l'encyclopédie de son palmtop.

Geb et Seb étaient la même chose : l'« ancien dieu égyptien de la Terre, fils de Râ. Adoré à l'époque primitive par l'enfouissement d'une vierge jusqu'au cou dans le sol, pendant plusieurs jours ; si un séisme se produisait, on pensait que le dieu avait élu la vierge pour sa prêtresse et projetait son esprit en elle. Elle était alors déterrée, et ses paroles étaient considérées comme prophétiques. »

Il ne fit qu'un seul et unique rêve, cette nuit-là, dans son lit douillet, bercé par le doux murmure du système de climatisation à logique floue du Méridien du Nil. Ce n'était qu'un son, apparemment issu des ténèbres opaques qui s'étaient refermées sur lui et qu'il ne pouvait dissiper, malgré ses efforts pour ouvrir les yeux : un cri. Un cri de folie, de rage, bouleversant de violence, un son bulleux, vibrant de paroles non dites, et il sut que c'était le hurlement de l'homme de cauchemar, l'homme couvert de merde de Darb Al Ahmar. Lorsque, enfin, il se réveilla, il resta un long moment sans bouger, les yeux grands ouverts dans le noir, couvert de sueur, terrifié moins par le cri proprement dit que parce qu'il avait réalisé où il l'avait déjà entendu : derrière le mur de son jardin, dans la Vallée du Jourdain. C'était le cri de ses rêves à Kraïma, celui de l'agresseur invisible qui avait battu à mort la fille de son rêve, Buthaïna.

— ... la population mondiale frise les dix milliards, et les besoins alimentaires, tout comme les revendications de systèmes écologiques, deviennent prohibitifs et impossibles à satisfaire, disait, au pupitre de la Grande Salle de l'Assemblée des Nations Unies, l'ambassadeur des États-Unis, une femme mince, entre deux âges. Le programme d'aide alimentaire mondial des nations développées était basé sur le principe selon lequel un taux de croissance zéro de la population pourrait être atteint sans diminution catastrophique des ressources. Nous avons fait la sourde oreille aux critiques qui prétendaient que sans les correctifs naturels de la pénurie alimentaire, notre monde mourrait étouffé par l'explosion démographique ininterrompue. Nous sommes maintenant tourmentés par la crainte de nous être trompés. Si c'est le cas, nous ne pourrons poursuivre l'effort. Nous ne pouvons pas, nous ne devons pas laisser un monde en ruine à nos enfants ; nous ne devons pas tuer notre mère la Terre.

Blaine la regarda avec une fascination professionnelle sur le grand écran mural à haute définition de sa chambre. Psychoformée de A à Z, jusqu'aux trémolos de sa voix, qui, alliés à ses grands yeux de biche, lui rappelaient vaguement une vedette de cinéma du vingtième siècle, Judy Garland, ou peut-être Betty Crocker, une fille saine, pas compliquée, qui évoquait subtilement la bonne cuisine, avec juste un poil d'érotisme. Peut-être pas la personnification idéale d'un pays dont les habitants, trois pour cent de la population mondiale, consommaient vingt-cinq pour cent des ressources de la planète, mais elle réussissait quand même à faire passer quelque chose d'innocent et de compatissant aux hordes affamées. Blaine se demanda vaguement quel grand groupe de pub avait décroché ce contrat, et s'ils avaient réussi à trouver l'actrice parfaite pour projeter l'Image recherchée, ou si c'était une prouesse de la chirurgie plastique, de l'hypnose et/ou des implants pharmacologiques.

Il était midi, mais ce n'était pas perceptible dans le cocon qu'était le Méridien du Nil. Le rugissement, la canicule irrespirable de la ville étaient remplacés par le souffle à peine audible du système de climatisation et une température confortable de vingt-deux degrés. Blaine attendait, en peignoir de bain, assis dans un fauteuil rose, qu'on lui apporte son linge. Il se demanda vaguement pourquoi le gouvernement égyptien n'avait pas censuré la diffusion du débat des Nations Unies à l'issue duquel la commission d'aide alimentaire avait refusé de venir au secours des victimes du tremblement de terre en Égypte. Maintenant, peut-être tenait-il à ce que tous ceux qui avaient la télévision comprennent de quoi il retournait, peut-être le fait de leur laisser voir les nouvelles sans les censurer était-il un moyen de leur faire comprendre pourquoi il ne pouvait réparer les bâtiments effondrés et les canalisations rompues, augmenter la capacité des hôpitaux ou dégager une aide alimentaire d'urgence après le Tremblement de Terre définitif.

En regardant le visage sensible de l'ambassadeur des États-Unis, en écoutant sa voix sérieuse, on avait du mal à ne pas être d'accord avec elle — ce qui était exactement l'effet recherché par les psychoformeurs. Et pourtant Blaine bouillait de colère. L'Égypte avait eu l'occasion de s'industrialiser, au dix-neuvième siècle, et de prendre le train en marche afin de rejoindre la courbe du développement où l'économie avait une longueur d'avance sur la population, comme l'avaient fait les pays occidentaux. Mais les colons européens étaient intervenus, vers 1880, et avec leurs bombardements et leurs manipulations économiques, ils avaient détruit l'industrie textile embryonnaire du pays. Ils avaient préféré étouffer dans l'œuf la concurrence qu'elle représentait pour leurs propres textiles et faire en sorte que le coton égyptien reste une matière première bon marché pour les métiers à tisser d'Europe. C'est ainsi que, le temps que l'Égypte conquière son indépendance, à partir de 1950, son économie était déjà désespérément à genoux, sans espoir de se relever : à ce moment-là, il n'y avait plus de surplus fiscaux pour financer le développement ou les investissements, aucune possibilité de faire quoi que ce soit, sinon parer au plus pressé, essayer de nourrir les dix mille nouvelles bouches qui venaient au monde tous les jours, et au diable le développement à long terme.

Mais ce n'était que la moitié de l'histoire, se rappelait-il avec lassitude. L'autre était un cocktail de corruption gouvernementale et de fonctionnaires véreux, qui vivaient comme des pachas, de politiques économiques aventureuses, d'entreprises étatiques dirigées en dépit du bon sens et de bureaucratie pléthorique. Vrai, aucune victime du pillage colonial n'avait jamais participé avec plus d'enthousiasme à son propre viol que l'Égypte.

Où que se situe la faute, l'Égypte avec ses cent millions d'habitants, son taux de natalité élevé, son absence d'armes de destruction massive sérieuses était le parfait agneau du sacrifice, le pays idéal à montrer en exemple aux autres nations du Tiers-Monde dont l'accroissement démographique était resté hors des paramètres définis par la commission d'aide alimentaire comme la condition sine qua non d'intervention. Ils comprendraient, s'ils voyaient s'écrouler et brûler un autre pays demandeur comme le leur. Ça leur apprendrait. Et n'était-ce pas la leçon dont ce pays désespéré, croulant sous le fardeau, avait besoin en ce moment ?

Le linge lavé et repassé de Blaine arriva avec une facture dont le montant dépassait probablement le revenu annuel de la famille cairote moyenne. Il éteignit la télé, enfila un jean, une chemise de coton et sortit dans le brouhaha et la chaleur moite, lourde, pour clipser son antenne satellite à la rambarde de son balcon, puis il vérifia ses messages sur le Net. Aucun des prospecteurs du Caire qu'il avait appelés n'avait répondu, mais une icône, sur son écran, indiquait que son hypermoteur de recherche avait compilé le rapport sur le tremblement de terre qu'il avait demandé quand il était encore à l'Hôtel de Riyad.

Il alla voir. Apparemment, la sismologie de l'Afrique du Nord était presque aussi chaotique que sa politique. À 250 km à peine au nord du Caire, au beau milieu de la Méditerranée, les plaques continentales africaine et eurasienne avaient amorcé une lente collision cataclysmique ; à 200 kilomètres à l'est, les plaques africaine et arabe s'écartaient l'une de l'autre. L'Égypte était une zone particulièrement active, depuis quelques années. D'après l'une des théories avancées, l'inondation de la Dépression de Qattara, dans le désert de l'Ouest avait lubrifié des roches souterraines desséchées depuis des temps immémoriaux, ce qui leur avait permis de glisser les unes contre les autres, cédant à la pression accumulée au fil des millénaires. Au cours des derniers mois, rien que dans la zone du Caire, on avait constaté un soulèvement de vingt centimètres de la surface du sol consécutif à une succession de frémissements et de désordres dans les courants telluriques. Et les savants prévoyaient un tremblement de terre majeur.

Les experts avaient recommandé le renforcement et l'étayage des bâtiments, le déplacement de la population et la mise en place de systèmes de détection avant-coureurs perfectionnés. Le gouvernement égyptien ne pouvait s'offrir ces mesures sans aide étrangère. Si le pire arrivait, ce serait vraiment l'horreur. Il suffisait de penser que le tremblement de terre de Tang Shan, en Chine, avait tué 750 000 personnes, et c'était une zone peu urbanisée, où les normes de construction étaient semi-modernes.

L'un des sujets connexes listés à la fin du rapport attira son attention : l'Instabilité sociale. Il cliqua dessus. Un topo vasouillard lui apprit que les désastres naturels comme les tremblements de terre figuraient au premier rang des paramètres de déstabilisation des modèles prévisionnels de désordres sociaux que l'hypermoteur de recherche avait dénichés dans des groupes de réflexion et des universités de tous les coins du monde. Blaine s'avisa que le Caire était l'endroit idéal pour ce genre d'effet. Il savait que Haseeb s'était intéressé aux modèles d'instabilité sociale pour l'Ikôn. Peut-être avait-il indexé un code qui pourrait aider Blaine à déterminer le degré de dangerosité de sa chasse à la vedette de cinéma égyptienne.

Les yeux de braise du Système de Haseeb brillèrent sur son écran, par-delà trois mille quatre cents kilomètres de câble téléphonique, tandis que Blaine essayait d'exposer sa requête. Il dut s'y prendre à plusieurs reprises.

— Haseeb a indexé un modèle de simulation dynamique pour la zone du Caire, répondit enfin l'IA.

— Hein ? Qu'est-ce que vous me racontez ? Haseeb avait déjà élaboré un modèle de scénario catastrophe pour le Caire ?

— Son existence ne doit être révélée qu'aux détenteurs de mot de passe de niveau supérieur, et seulement si Haseeb ne peut être contacté pendant vingt et un jours consécutifs. Il y a maintenant vingt-neuf jours qu'il est injoignable.

— Bon, fit Blaine, intrigué. Et qu'est-ce qu'il pouvait bien en faire ?

L'AI prit l'air songeur et marqua une pause caractéristique : il computait péniblement une réponse à cette question associative, vernaculaire.

— Écoutez, vous n'avez qu'à me le télécharger, j'y jetterai un coup d'œil moi-même, reprit Blaine, en pianotant nerveusement sur le dessus du bureau. Attendez, avant, j'ai fait un bide, aux Studios du Nil. C'est-à-dire que j'y suis allé, mais ils n'ont pas voulu me laisser voir Aïda, une actrice égyptienne. Vous savez où je pourrais la trouver, au Caire ?

9

Le programme de Haseeb était un fichier compressé, zippé et codé de près d'une douzaine de gigas, dont le téléchargement, à partir de Karachi, sur une ligne à haut débit, prit une bonne douzaine de minutes. Dès qu'il l'eut reçu, Blaine le décompressa, l'initialisa et l'ouvrit, dévoré de curiosité, les paumes moites.

Ça avait l'air compliqué : l'interface qui l'environnait par le truchement de son masque ressemblait à un poste de pilotage d'avion. Le nom du programme, inscrit dans un cartouche ornementé, en haut du synoptique, procura à Blaine un petit chatouillis au creux de l'estomac. Haseeb l'avait baptisé « Tempête mentale ».

Blaine essaya de parcourir systématiquement le modèle. Au début, les paramètres étaient similaires aux modèles sociométriques qu'il avait déjà vus : des données démographiques, des schémas sociaux, des mesures économiques. Puis venait un groupe de paramètres géologiques comme la profondeur du sol jusqu'au lit de roche, les types de terrains de recouvrement et des séquences sismographiques. C'était le lien entre l'instabilité sociale et les modèles de simulation sismiques que lui avait signalés son hypermoteur de recherche.

Puis, dans les ramifications du modèle, Blaine tomba sur un paramètre appelé « flux psychique ».

Il enleva son masque, ferma les yeux de toutes ses forces et, dans le léger souffle du climatiseur de sa chambre, essuya la sueur qui perlait sur son visage. « Tu sais que ce sont des conneries », lui avait dit Jenny Chan à propos des rumeurs d'orage psychique sur la zone du Caire. Et c'était vrai, il le savait. Les orages psychiques étaient les contes de bonne femme d'une discipline trop jeune pour comporter des bonnes femmes.

Mais le « flux psychique » était une donnée de la neurosociologie archétypale, ce domaine nouveau, bâtard et pas encore complètement respectable. Blaine se souvenait d'avoir entendu ce terme au cours de sa formation, lorsqu'il était entré à l'Ikôn. C'était une mesure de la « charge » de l'inconscient collectif à un moment et en un endroit donnés, la « pression » des Images inconscientes qui affleuraient à la conscience. Le travail des têtes chercheuses envoyées par les boîtes de pub consistait à détecter les endroits où le flux psychique était assez fort pour justifier l'envoi de Prospecteurs d'Images.

Mais pourquoi Haseeb Al Rahman aurait-il élaboré un modèle de simulation appelé « Tempête mentale » qui faisait le lien entre les paramètres neurosociologiques, les tremblements de terre et l'instabilité politique ?

Il remit son masque et cliqua sur le paramètre suivant, la « focalisation de l'Image ».

La « focalisation » mesurait la concentration de

l'inconscient collectif sur une Image ou une famille d'Images particulières.

Il y avait encore d'autres paramètres neurosociologiques : la « charge psychique », la « profondeur d'Image », la « durée de cognition ».

Blaine tira un organigramme des données du modèle. Même au niveau du résumé, le modèle avait l'air complexe. En même temps, il n'était pas dépourvu d'une certaine élégance, comme si le ballet tournoyant des boucles de rétroaction, des variables dynamiques, des équations de contre-régulation et d'équilibrage, des valeurs convergentes et divergentes était une œuvre d'art, une représentation abstraite, d'une forte densité, subtilement symétrique d'un objet d'une dimension supérieure.

Il ne pouvait s'abstraire de l'idée qu'il regardait un modèle de tempête psychique élaboré par Haseeb Al Rahman. Mais il n'avait pas moyen d'en avoir confirmation en le faisant tourner, parce qu'il était inachevé. Une poignée de conditions initiales restaient à préciser : « homogénéité de la zone », « coefficient de fuite », « demi-vie d'épuisement » et « variable d'avertissement ». Tous ces termes lui disaient vaguement quelque chose, sauf la « variable d'avertissement ».

Le Blue Nile Club, qui était censé être l'un des repaires d'Aïda, d'après l'index du Système de Haseeb, se trouvait dans Al Rodha, à moins de cinq cents mètres du Méridien. C'était une bonbonnière de béton, un bâtiment rond, sans fenêtres, de quatre étages, posé sur l'eau, et le motif holographique du toit était une simple colonne de lumière bleue qui montait à une dizaine de mètres dans l'air embrumé. Blaine y arriva en taxi, vêtu d'un smoking de location.

On y entrait du côté du fleuve, par un jardin de thé comme les affectionnaient les Arabes, mais il n'était là que pour le décorum. Un bateau de plaisance passait dans un déchaînement de musique sur la rivière huileuse, faisant naître des rides sur l'eau et briller de mille feux les tables vides dressées pour le dîner sous les bougainvillées, les jasmins et les roses trémières en plastique. On pouvait s'appuyer sur une rambarde de fer forgé pour écouter le clapotis de l'eau qui murmurait sur les pierres, en dessous, et en humer l'odeur humide, vivante, vaguement fétide.

Un capuchon de béton incurvé, de deux mètres de haut, formait un court tunnel greffé sur le côté du bâtiment. Au bout, une porte de métal à double battant, sans poignée, sans aucune aspérité, protégeait hermétiquement le Blue Nile Club de l'extérieur. Il n'y avait personne dans le tunnel ou devant la porte. Un petit panneau vitré était encastré dans la paroi. Blaine se planta devant et l'éclair d'un rayon laser parcourut sa rétine.

Il ne se passa rien.

Il essaya une seconde fois, avec le même résultat.

Il tapa sur la porte. Autant attaquer une falaise à coups de poing.

— Ouvrez cette putain de porte ! cria-t-il presque.

Un nuage de poussière tomba de quelques lentilles encastrées dans le plafond, granuleux, translucide, et un homme se matérialisa devant lui. Il avait un grand sourire.

— Monsieur Ramsey, dit-il dans un anglais parfait, avec un accent américain, bien qu'il fût un Égyptien pur sucre avec sa peau sombre. Rentrez chez vous. Vous n'entrerez pas ici par la force, mon vieux. Il y a plein de clubs très agréables partout ailleurs.

— Qui, ou que dois-je connaître pour entrer ? demanda Blaine à l'hologramme. À moins que ce ne soit une question d'argent ?

Il tira son terminal bancaire de la poche de son veston.

L'homme regarda le terminal et se mit à rire.

— Qui ou que connaissez-*vous* ? renvoya-t-il.

— Haseeb Al Rahman, répondit Blaine après une fraction de seconde.

L'homme holographique prit un regard distant. Et dit avec raideur, dans un léger crépitement d'électricité statique :

— Signes distinctifs ?

— Une tache de naissance noire sur l'oreille gauche. Une petite cicatrice entre l'index et le majeur de la main gauche, qu'il s'est…

L'homme retourna sous forme d'étincelle dans le plafond et les deux moitiés de la porte de métal s'écartèrent lentement.

Décidément, Haseeb avait toujours l'air d'avoir une ou deux longueurs d'avance sur lui. Il l'avait apparemment précédé dans sa quête, au Caire aussi, se dit Blaine en entrant dans le Club.

Les portes se refermèrent avec un murmure, et le terminal bancaire de Blaine émit un pépiement, indiquant qu'il avait été débité. Un petit homme à l'air distingué, arborant une rose bleue à la boutonnière de son smoking, s'avança en murmurant des paroles obséquieuses.

Exception faite du vestiaire ménagé sur un côté, le hall d'entrée circulaire ressemblait à un aquarium avec ses murs, son plafond de verre bombé, à travers lequel brillait une lumière bleu électrique assourdie qui se réfléchissait dans une lame d'eau où ondulaient des plantes et des poissons exotiques. En réalité, ce n'était pas du verre, mais une matière plastique transparente qui conduisait la lumière, pensa Blaine. Et ce n'était pas non plus le Nil : ce qui flottait dans ses eaux boueuses n'aurait pas été approprié à une boîte de nuit réservée à l'élite.

Un passage reprenant le thème aquatique de l'entrée s'incurvait à partir de l'entrée, épousant la courbure du mur extérieur. L'homme qui l'avait accueilli tendit aimablement la main dans un geste d'invite.

Le passage était uniquement éclairé par la lumière qui filtrait à travers les parois. Elles n'étaient parfois écartées que d'une cinquantaine de centimètres. À ces endroits, il distinguait les gens assis derrière, à de petites tables collées les unes contre les autres. Partout ailleurs, la muraille d'eau était plus épaisse, et il n'entrevoyait que vaguement ce que masquait leur profondeur bleutée, nuageuse, ondulante.

Une pièce s'ouvrait sur la gauche de Blaine, un fumoir à en juger par l'odeur, l'air enfumé et le décor traditionnel de panneaux de bois sculpté, de moucharabiehs ménageant des alcôves éclairées par des lampes de cuivre traditionnelles, en forme d'étoile, accrochées au plafond. Juste après, le passage incurvé commença à monter. Une Européenne courut en gloussant derrière lui, en entraînant un jeune Égyptien en smoking, qui aurait eu l'air beaucoup plus naturel en djellaba avec son beau visage sombre au front bas sous ses cheveux noirs, crépus. Dix mètres plus loin, il y avait un cybercafé orné de motifs de fonds marins dans lequel des hommes et des femmes étaient assis dans des stalles devant des hologrammes de leurs amis télétransmis de tous les coins du monde. Encore un peu plus loin, d'un bar plein de monde se déversaient dans le passage des gens élégamment vêtus, un verre à cocktail ou une cigarette à la main.

Il ne vit pas Aïda, mais il aurait pu passer devant elle sans la voir dans les douzaines d'endroits plongés dans la pénombre bleutée.

Il continua dans le couloir qui montait plus vite à présent. L'air commençait à vibrer d'un bourdonnement profond, intermittent, qui l'emplit d'une vague excitation. Il franchit la dernière courbe du passage, gravit quelques marches, poussa des doubles portes très épaisses… et crut tomber dans le vide. Il était tout en haut d'un théâtre à deux niveaux, plein de monde, qui plongeait à la verticale vers une scène alternativement noire et d'un bleu aveuglant, sur laquelle se déroulait un spectacle psychoactif. Le bourdonnement devint de la musique.

C'était de la musique moderne, un choc de rythmes africains, nord-américains, arabes et latins, à la fois sinueux et syncopés, dramatiques et raffinés, obtenu par la combinaison de moyens électroniques modernes et de ballades paysannes geignardes. *Choc*, le mot était bien choisi, car il en avait le centre du corps changé en liquide orgasmique, la peau embrasée par un picotement brûlant, les entrailles et la poitrine remuées comme par les tourments de l'amour, le feu du sexe, une soif de meurtre. Ils utilisaient des harmonies réactives réactionnelles subsoniques — ce que les gamins des pays occidentaux appelaient le *gut-thump*, le branle-bide, le rock tripal —, une technologie illégale dans la plupart des pays arabes : des vibrations subsoniques modulées pour transmettre des messages au tronc cérébral, à la charpente osseuse et aux viscères sans intervention de la conscience. C'était une technique développée, au départ, par la pub pour exploiter les parties inconscientes du corps assez naïves pour croire tout ce qu'on leur racontait.

Blaine plongea le regard, à travers une soupe épaisse, frémissante d'émotions et de sensations, au fond d'un gouffre d'une profondeur vertigineuse. Le *thump* montait vers le haut du nautile acoustique et redescendait du plafond selon des schémas d'interférence grondants, exquis, pendant que, sur la scène brillamment éclairée, des femmes épilées, des hommes velus et des danseurs en costumes fantastiques de dieux et d'animaux tournaient frénétiquement, esquissant des mouvements répétitifs, ritualisés, probablement basés sur des images achetées directement à l'Ikôn ou à une autre boîte de psychopub. Leurs formes projetées à intervalles réguliers à travers l'air enfumé donnaient l'impression que des archétypes géants, primitifs, dansaient là.

Une main lui effleura le bras, et un placeur — portant des bouchons d'oreilles et un uniforme raide dont Blaine supposa qu'il était bardé d'émetteurs électroniques antisons — le conduisit vers ce qui était probablement la plus mauvaise place du night-club, tout en haut et au fond. Il s'assit et oublia tout. Le *thump* lui mettait les tripes en révolution, disait à ses organes des choses sans mots, oblitérant tout en dehors du noyau orgasmique, du fourreau de feu qu'était devenu son corps.

Il se plaqua les mains sur les oreilles et détacha ses yeux des images stylisées de Dieu/sexe/mort qui évoluaient sur la scène. Il était assis juste devant la paroi de l'aquarium, mais l'eau était agitée de schémas ondulatoires imprimés par le *thump*, de sorte qu'il eut du mal à distinguer la vague silhouette qui s'approchait, derrière lui…

Il se retrouva en train de regarder un visage à travers l'onde bleue, déformante. Ses lèvres rouges, entrouvertes, avaient quelque chose d'érotique, mais à part cela, son visage était inexpressif, comme drogué, ses beaux yeux noirs, mornes, atones…

C'était Aïda. La vue de Blaine se brouilla, et sous l'effet combiné du *thump* et du choc de son apparition, il manqua défaillir. Lorsqu'il reprit empire sur lui-même, elle était encore là. Le *thump* lui remuait toujours les entrailles, mais il n'en avait plus conscience. C'était comme dans un rêve.

Une main surgit du brouillard bleu, derrière elle, et la retourna de sorte qu'une délicieuse omoplate et une masse de cheveux bruns se retrouvèrent soudain plaqués à la paroi de verre. Le *thump* redoubla d'intensité et Blaine manqua être englouti par un égarement orgasmique. Il se retourna complètement sur son siège, la bave aux lèvres. Avec l'accroissement de la vibration, il était plus difficile d'y voir à travers l'eau, mais il crut discerner des muscles jouer sur le dos blanc, voir s'agiter le corps de la femme, comme si elle se débattait ou comme si on la secouait. Soudain, elle fit volte-face et son visage heurta la paroi de verre, une expression de souffrance abolit l'atonie de ses traits. Puis il y eut une nouvelle secousse, elle abandonna une traînée de sang ou de rouge à lèvres sur la vitre dans une confusion décroissante de mouvements fébriles, et un pied nu, blanc, heurta le verre à plusieurs reprises, frénétiquement, comme si le corps auquel il était rattaché gisait à terre.

Blaine se releva à tâtons, en titubant, dans un crescendo flamboyant. Il réussit péniblement à remonter les marches qui menaient vers la sortie. Un placeur vint à son secours. Ayant enfin échappé à la musique et au martèlement somatique, il s'appuya au mur avec un mal de tête à tout casser, le corps aussi lourd que de l'argile humide. Le placeur l'aida à se relever, lui enfonçant douloureusement les doigts dans l'aisselle.

— Ça va, monsieur ? demanda-t-il en anglais, avec un accent à couper au couteau, en le regardant attentivement.

— J'ai vu… j'ai vu…, hoqueta Blaine, en s'efforçant de reprendre son équilibre. Quelqu'un s'est fait tabasser dans votre club, mon vieux.

— Hein ?

Blaine réussit à se tenir debout tout seul, en plaquant une main sur le mur pour se stabiliser. Il poursuivit, en arabe :

— Elle s'est fait violer, mon frère ! Derrière la paroi du théâtre, une femme s'est fait violer !

L'homme le regarda, choqué, inquiet.

— Derrière la paroi ! Au fond du théâtre ! hurla Blaine en tendant un doigt menaçant.

— Non, monsieur. C'est impossible…

— Il y a des salles, derrière. J'ai tout vu à travers l'eau, mon frère !

Le type murmura quelque chose dans un micro épinglé à son revers, et trente secondes plus tard, deux hommes en smoking déboulaient au petit trot dans le passage.

L'un d'eux prit Blaine par le bras. Il était plus petit que Blaine, impeccablement soigné, la mâchoire carrée, assez séduisant.

— Du calme, M. Ramsey, dit-il dans un anglais irréprochable. Une cigarette ? fit-il en lui tendant un étui plat, en plaqué or, pendant que l'ouvreur parlait à l'autre homme à voix basse, d'un ton pressant.

— Quelqu'un s'est fait violer chez vous, espèce de

trou du cul ! cracha Blaine en se débattant, mais l'homme ne voulait pas le lâcher et l'entraînait dans le passage par où il était venu.

Blaine le suivit, les jambes encore flageolantes.

— Où ce viol a-t-il eu lieu ? demanda l'homme de la même voix apaisante. Sur la scène ?

— Ouais, ouais, le spectacle était assez réussi, d'ailleurs. Mais en même temps, derrière le mur, quelqu'un violentait une actrice appelée Aïda.

— Vous avez dit Aïda, répéta l'homme en le regardant comme une bête curieuse, la fumée de sa cigarette montant paresseusement de sa main ornée d'une bague en or. Nous vous surestimons parfois, vous, les Occidentaux. Vous savez ce que c'est que le *gut-thump*, M. Ramsey ?

Blaine se retourna d'un bloc.

— Vous allez me dire que c'était un mirage inspiré par le *thump* ? s'écria-t-il en regardant l'autre bien en face, puis il revint à l'arabe. Vous préférez peut-être que j'appelle la police ?

L'homme soutint son regard, à l'arabe. Il eut un sourire et répondit, en arabe aussi :

— Vous avez étudié l'arabe, Dieu vous donne la force ! La police n'entre pas dans ce club, ajouta-t-il distraitement, puis il posa gravement la main sur le bras de Blaine. Mais écoutez-moi, mon frère. Personne n'a été violé ici, ce soir. L'endroit est surveillé vingt-quatre heures sur vingt-quatre. Les parois qui diffusent la lumière l'absorbent aussi, et un ordinateur assemble les reflets, les reconstitue en images. S'il venait à l'idée de quelqu'un ne serait-ce que d'écrire un graffiti dans les lavabos, nous le saurions. L'actrice dont vous parlez n'est même pas venue ici, ce soir, très cher, vous pouvez me croire.

L'homme reprit le bras de Blaine et le conduisit courtoisement le long du couloir. Des rires, un brouhaha de voix se firent entendre, venant du bar, émanant des gens qui bavardaient devant, dans le passage.

— Ce que j'ai vu n'était pas une hallucination.

— Mais si, très cher, mais si, dit l'homme d'un ton apaisant. Nous avons de plus en plus de clients qui hallucinent, au cours des spectacles, ces temps-ci. C'est vraiment une très belle actrice, mais c'est bizarre : si je vous disais l'effet qu'elle fait aux gens, vous ne me croiriez pas. Peut-être les studios ont-ils acheté des scènes à vos compagnies psychologiques occidentales pour les mettre dans ses films, et ça rend les gens fous d'elle.

Ils étaient arrivés à l'entrée circulaire par laquelle Blaine était arrivé.

— Je vous suggère de voir votre docteur pour qu'il vous donne quelque chose, dit respectueusement l'homme en smoking. Et il vous conseillera peut-être de faire attention, à l'avenir. D'éviter la musique à l'estomac, par exemple. Et si vous voulez vraiment voir cette actrice, essayez les Tours d'Ehlam, à Gizeh. C'est là qu'elle habite.

Les portes du Blue Nile s'écartèrent sans bruit, en douceur.

Blaine retraversa le jardin de thé, passa devant la rangée de limousines garées le long du trottoir, dans la rue bordée d'arbres, et s'approcha des petits taxis cabossés que des *baladis* plein d'espoir avaient arrêtés de l'autre côté. Il passa la tête par la vitre ouverte de l'un d'eux et dit : « Burg el Ehlam ». Il n'avait pas moyen de savoir si le videur du Blue Nile lui avait donné un bon tuyau, mais il ne tenait pas en place, et ça l'occuperait d'y aller.

Les Tours d'Ehlam étaient dans le quartier de Gizeh, le long du Nil. Elles dressaient comme un phare leurs vingt-cinq étages soulignés de néon bleu, embrumé par le smog, au-dessus des bidonvilles puants, des voitures à âne et des hommes en djellaba assis dans des cafés éclairés par des lampes-tempête, au-dessus des immeubles décrépits, fissurés, crasseux, sans vitres aux fenêtres, et des vieux banyans rongés par l'acide qui bordaient le fleuve.

Comme ils se rapprochaient, Blaine vit que c'était un gros bloc de dix étages surmonté, à un bout, par deux tours de verre de quinze étages. Ils en étaient encore à un demi-pâté de maisons quand ils durent s'arrêter, la rue étant barrée par une haute grille de fer rouillé, crasseuse, qui se perdait dans l'obscurité granuleuse, des deux côtés. Des tas de chiffons étaient entassés le long de la barrière : des gens qui dormaient. Une vieille femme ridée en robe et voile noirs était assise, les jambes croisées, devant un petit feu improvisé dans une boîte de conserve.

— On ne peut pas aller plus loin, *effendi*, annonça le chauffeur de taxi, un petit homme osseux, très noir de peau, avec des dents en argent.

— Comment font les gens pour entrer ? demanda Blaine.

— Par le Saint nom de Dieu, ils arrivent par le toit, *effendi*. Ils viennent en voiture volante.

— Tu ne pouvais pas me dire qu'on ne pouvait pas y arriver par ici, non ? demanda rageusement Blaine.

— Non, *effendi*, je croyais…

— Tu voulais me voler ! rétorqua Blaine en montrant les dents, ses réflexes mercantiles arabes prenant le dessus.

Il descendit du taxi, claqua la porte.

— Tu m'as pris pour un étranger et tu voulais me voler, c'est ça, hein ?

— Non, non, *effendi*…

Blaine prit un petit script dans sa poche et le jeta par la vitre du taxi. Le visage atone du videur du Blue Nile qui l'avait envoyé sur cette fausse piste lui revint, attisant sa colère.

— C'est bon, va-t'en.

— *Effendi*, si Votre Présence me permet d'expliquer…

— Fiche le camp ! Va-t'en vite, et que Dieu détruise ta maison !

Blaine suivit la barrière crasseuse, couverte de graffitis, qui lui arrivait plus haut que la tête, en louvoyant entre les gens qui dormaient par terre, en respirant les gaz d'échappement des voitures qui passaient continuellement. Il ignora le chauffeur de taxi qui le suivait en le baratinant par la vitre de sa voiture. L'homme finit par se lasser et s'éloigna.

La lueur de la cité teintait le ciel d'une vilaine couleur orangée. Plus loin, vers l'avant, un groupe de jeunes gens d'une maigreur impressionnante bavardaient en fumant, appuyés contre la barrière. L'un d'eux s'écarta du groupe et suivit Blaine lorsqu'il passa devant eux.

— Hé, monsieur, vous voulez un taxi ? demanda-t-il, dans un semblant d'anglais fortement accentué, en criant pour se faire entendre malgré le vacarme de la circulation.

Blaine leva la main en signe de refus poli et continua son chemin.

L'homme insista.

— Vous voulez des filles, l'homme ? Du hash ? Qu'est-ce que vous voulez ?

— La bénédiction de Dieu, c'est tout, répondit Blaine, en arabe.

— Dieu vous bénisse, répondit l'autre, machinalement, en arabe, puis il se figea, surpris, et disparut dans l'obscurité alors que Blaine poursuivait son chemin.

La rencontre avait fait monter la tension de Blaine. Les crimes de rue étaient aussi rares au Moyen-Orient que la corruption au plus haut niveau et la répression politique y étaient répandues, comme si le crime était encore un de ces luxes que seuls les riches pouvaient se permettre.

Et pourtant, en entendant un sifflement, dans son dos, il se retourna d'un bond.

Pendant une seconde, il crut que le jeune homme l'avait suivi, mais il eut beau regarder, il ne le vit pas. En revanche, il vit remuer l'un des ballots de chiffons blottis au pied de la barrière rouillée. Sous les yeux de Blaine, il déploya des bras et des jambes difformes, se mit à quatre pattes et se leva en tremblant de tous ses membres. Blaine distingua ses yeux noirs brillants à la lueur orange du ciel. Le sifflement était le souffle asthmatique, laborieux, sortant de sa bouche étroite, aux dents cassées. Cet être s'avança en boitillant, avec une méfiance délibérée, une main posée sur la barrière.

Comme il se rapprochait, Blaine vit que c'était un homme pas plus grand qu'un garçonnet, sale, maigre, en haillons, chaussé de bottes ouvertes au bout, qui faisaient du bruit quand il marchait.

Le petit bonhomme s'arrêta à un mètre de Blaine. Il puait la graisse, la pisse, les dents cariées.

— Vous voulez la voir, dit-il dans un souffle asthmatique, sifflant. Vous êtes venu la voir, vous aussi. D'accord. Elle arrive. Elle arrive en limousine volante.

— Pardon, mon frère ? demanda doucement Blaine. De quoi parles-tu ? Que dis-tu ?

L'homme riva sur Blaine ses prunelles étincelantes, aux reflets orangés.

— Vous voulez la voir.

— Mais qui ça ?

Le pauvre avorton se mit à rire, produisant un bruit sifflant, étranglé.

— Je vous connais. Je les sens, ceux qui veulent la voir. Je vous ai senti quand vous êtes passé.

Il joignit les doigts d'une de ses mains, fit mine de les flairer comme on hume une fleur, l'air appréciateur, concentré.

— J'en vois partout, où que j'aille. Personne ne peut lui résister, ils ne savent pas pourquoi. Mais moi, je le sais.

— Tu veux parler d'Aïda ? Aïda, l'actrice ?

L'homme lui sauta dessus, le visage convulsé.

— *Taisez-vous !* siffla-t-il. *Taisez-vous !* Elle est là ! Elle est là, vous ne le savez pas ? Ici, et là, et là-bas, et là, encore…, fit-il en dardant son doigt crasseux dans le vide. Vous ne le savez pas ? Si vous dites son nom, elle nous entendra, elle nous trouvera.

Blaine le regarda fixement.

— Que sais-tu d'elle ?

Le petit homme eut un sourire complice qui dévoila ses dents gâtées.

— Je le sais, quand elle vient et quand elle repart. Je la *sens*. Elle va arriver, maintenant, d'ici quelques minutes. Tout le monde rêve d'elle, la nuit, mais moi, je la sens. Je sais quand elle vient et quand elle repart. *Je sais qui elle est*.

À ces mots « Tout le monde rêve d'elle, la nuit », Blaine avait sursauté. Il se pencha vers le petit personnage, en approcha son visage malgré son haleine méphitique et la puanteur de son corps répugnant.

— Vous venez de Suisse, hein ? demanda le petit homme comme s'ils partageaient un secret. Vous avez une cigarette ?

— Pourquoi dis-tu que tout le monde rêve d'elle ? demanda fermement Blaine.

— Ils sont tous idiots, en Suisse ? Les gens du quartier s'occupent de moi, ils me donnent à manger, et Moustapha me laisse dormir dans son escalier quand il fait trop froid pour rester ici, veiller sur elle, mais je sais quelque chose qu'ils ignorent. Je sais qu'elle sera là d'ici quelques minutes…

Blaine prit l'avorton par la chemise, sa main énorme sur la petite poitrine qui se soulevait et retombait comme un soufflet de forge.

— Pourquoi dis-tu que tout le monde rêve d'elle ?

Le petit bonhomme leva les yeux vers Blaine sans crainte, la main toujours posée sur la barrière.

— Je l'ai vue, au cinéma, chuchota-t-il. Elle nous envoie des avertissements. L'avez-vous entendue, mon frère venu de Suisse ? Elle est venue nous avertir.

— Nous avertir ? Mais de quoi ?

— *Yaum ed din*, commença le petit homme.

Juste au même moment, un rugissement strident se fit entendre, dans le ciel, au-dessus de leur tête.

Ils levèrent les yeux alors qu'un tourbillon de vent chargé de sable faisait voler une feuille de journal dans l'air fuligineux, et Blaine vit les lumières mouvantes d'une limousine volante, cent mètres au-dessus d'eux, qui se dirigeait vers l'une des énormes tours soulignées de bleu.

Un bruit, à côté de lui, le fit sursauter.

Le petit avorton semblait pris d'une crise : il grinçait des dents, les yeux révulsés, en proie à de violents tremblements.

Blaine tendit les mains comme pour tenter de l'aider, puis les rétracta, effrayé à l'idée de le toucher.

Blaine se dit qu'il avait fière allure en se regardant dans le miroir clair comme du cristal de sa salle de bains carrelée, d'une propreté méticuleuse, à l'hôtel Méridien. Vêtu avec un peu trop de recherche, peut-être, pour une rencontre avec un petit prophète puant, aux dents pourries. Cela dit, son visage lisse, plein, était une bonne couverture, fiable, innocente — un peu troublée, peut-être, mais pas plus que les visages de bien des hommes qui cachaient ce qu'ils savaient dans ce monde en déroute.

Curieux que le petit avorton ait tout de suite repéré qu'il était à la recherche d'Aïda, se dit-il en se regardant dans les yeux, et qu'il ait prédit son retour en rotocar. Cela dit, des rotocars, il en arrivait probablement cinq cents par jour, aux Tours d'Ehlam, et rien ne prouvait qu'Aïda était dans celui-ci. Et pourtant, l'avorton avait peut-être quelque chose. S'il avait été en pleine possession de ses moyens, l'Ikôn aurait pu l'utiliser comme détecteur d'Images. Les choses étant ce qu'elles étaient, le pauvre petit bonhomme contrefait, aliéné par sa vie d'enfer, était devenu ce que les prophètes avaient probablement toujours été : pas des charlatans, parce qu'ils croyaient en leurs propres visions, mais des créatures pitoyables, qui rêvaient au salut, rêvaient, dans leur cerveau dérangé, d'une échappatoire à ce monde qui les broyait. *Yaum ed din*, avait dit le petit bonhomme délirant, le prophète d'Aïda, son Jean-Baptiste : le Jour de la Religion, le nom musulman du Jugement Dernier. *Yaum ed din*, le dernier réconfort des fous et des faibles.

10

Le lendemain matin, un programme spécial de danses folkloriques égyptiennes avait arbitrairement remplacé CNN sur l'écran mural à haute définition de la chambre de Blaine. Un peu inquiet, il fixa son antenne satellite à la rambarde du balcon, accrocha NetStar II et réussit à capter CNN par l'intermédiaire de son serveur à Beyrouth. Les médias du Moyen-Orient parlaient presque exclusivement des émeutes qui avaient éclaté dans les quartiers nord du Caire, où le tremblement de terre avait déjà fait d'énormes dégâts deux nuits plus tôt. Des journalistes en ébullition glosaient sur la façon dont l'Égypte allait gérer la situation sans aide étrangère, et sur la possible explosion des problèmes sociaux latents. En tout cas, les groupes d'opposition radicaux ne manqueraient pas d'exploiter la situation, et blablabla.

Il appela le service d'étage et se fit apporter son petit déjeuner. Tout en goûtant du bout des dents la nourriture arabe édulcorée, aseptisée, adaptée au goût des Occidentaux tentés par la grande aventure gastronomique, qui repartiraient convaincus d'avoir dégusté des mets couleur locale, il passa fébrilement en revue la succession des événements. Les émeutes avaient éclaté près de l'endroit, à Darb Al Ahmar, où était censée habiter la danseuse qu'il avait vue au *moulid*. Il ne pourrait probablement plus y retourner, à présent. De toute façon, quelque chose lui disait que, même s'il y parvenait, il ne trouverait qu'une femme, jeune ou vieille, à laquelle il avait trouvé une ressemblance avec Aïda, due soit à un trouble mental, soit à une projection de l'inconscient collectif, et un crétin frénétique sur lequel avait été de la même façon plaquée une image d'épouvante.

Non, d'une façon ou d'une autre, tout se ramenait à l'actrice de cinéma, cette Aïda qui semblait exercer sur l'inconscient collectif de la région neurosociologique du Moyen-Orient une pression si formidable qu'elle avait rendu fous les prospecteurs d'Images, que la moitié de la population paraissait obsédée par elle, et que Blaine avait rêvé d'elle à trois cents kilomètres de là, dans la Vallée du Jourdain. Même le fameux Haseeb Al Rahman, que le mysticisme des prospecteurs faisait ricaner, mais qui croyait dur comme fer au Jugement Dernier, avait élaboré une espèce de modèle d'orage psychique du Caire qui intégrait un paramètre appelé « variable d'avertissement ».

— Elle est venue nous avertir, avait dit le pauvre fou, aux Tours d'Ehlam.

C'est le Système d'Haseeb qui répondit, encore une fois, à l'appel de Blaine. Lequel lui demanda :

— Haseeb a-t-il indexé une recherche associée à un paramètre de modèle informatique appelé « variable d'avertissement » ?

Une ligne de texte s'inscrivit sur l'écran :

— Veuillez répéter, dans cet ordre, les mots : « supportable », « variable », « terrible ».

Blaine s'exécuta fébrilement.

— Oui.

— Téléchargez-moi le résultat.

— Cette recherche est classifiée « Confidentiel ».

— Comment peut-elle être confidentielle ? Vous m'avez vous-même envoyé, il y a deux jours, le modèle informatique dans lequel elle s'inscrit.

— Haseeb l'a classifiée comme « Confidentiel ».

— Écoute, espèce de saleté de moulin à paroles ! c'est une erreur. Ça va avec le modèle. Haseeb a juste omis de déclassifier cette info en même temps que le modèle.

La machine le regarda pensivement, indice du fait qu'elle ramait furieusement.

— Écoutez, fit Blaine en essayant de se calmer, listez-moi simplement les rubriques indexées par Haseeb. L'index n'est pas classé confidentiel, hein ?

L'AI marqua un temps de réflexion et répondit :

— Visions de la Vierge Marie, Medugorje, Yougoslavie. Visions de la Vierge Marie, Fatima, Portugal. Motzeyouf, Devils Tower, Wyoming. Chaim Maddox…

Il ne tira rien d'autre de la machine, mais il pensa avoir saisi l'idée générale. Les entrées renvoyaient à des apparitions religieuses ou des visions mystiques liées à la prédiction de désastres imminents : le génocide bosniaque à Medugorje, la Première Guerre mondiale à Fatima, le génocide des Indiens d'Amérique annoncé par le shaman cheyenne Motzeyouf. Le nom de Chaim Maddox lui disait vaguement quelque chose, mais quoi ? Blaine n'arrivait pas à mettre le doigt dessus.

Il chargea son dictionnaire des noms propres. Il y avait une brève notice sur Chaim Maddox :

MADDOX, Chaim — *Américain, né en 1955 à Bangkok, Thaïlande. Auteur de textes sur l'épistémologie et l'éthique de la psychoformation.*

Blaine se rappela, tout à coup. Pour la communauté des prospecteurs d'Images, Chaim Maddox tenait le milieu de la route entre l'excentricité et la dinguerie. Il avait participé au groupe d'études qui avait dirigé les premières expériences de prospection d'Images chez Young & Rubicam, au début du siècle. Cette opération de Recherche & Développement avait connu un succès sans précédent et avait rapidement donné le jour à une industrie entière. Mais tout se passait comme si, dans les équipes de R & D les plus brillantes, l'un des membres au moins finissait toujours par sombrer dans le mysticisme, et celle-ci ne faisait pas exception à la règle. Ayant été sollicité pour diriger le groupe des Idées Avancées de Y & R, Maddox avait poussé ses idées de plus en plus loin, jusqu'au jour où il avait été promu à un poste prestigieux, ce qui l'avait mis hors d'état de nuire. Il avait alors quitté Y & R et commencé à diffuser ses idées sur le Net, propageant des thèses délirantes sur la prospection d'Images et le psychoforming.

Enfin, si dingue qu'il soit, ce Maddox savait peut-être où trouver Haseeb.

Blaine accrocha NetStar II et commença ses recherches. Maddox avait une demi-douzaine de sites, mais ne donnait pas d'adresse, aucun numéro de téléphone. Blaine explora l'un des sites intitulé : « Sous le Substrat : Ce qui sous-tend l'Inconscient Collectif ».

D'après les géosavants, la biosphère terrestre présente toutes les caractéristiques d'un « superorga-

nisme » unique. On observe, par exemple, que la persistance, sur des milliards d'années, du même équilibre chimique subtil dans les océans et l'atmosphère ressemble beaucoup à l'homéostase obtenue par l'opération conjointe de glandes et d'organes au sein d'un organisme biologique donné afin de maintenir les conditions nécessaires à la vie.

J'entends montrer ici qu'un tel « superorganisme », par définition plus complexe et plus cybernétique qu'aucune de ses parties, ne peut qu'être doté d'une conscience. Par ailleurs, de même que la conscience humaine surfe sur la surface du vaste océan qu'est la conscience individuelle, l'inconscient collectif peut être compris comme surfant à la surface de la conscience de ce superorganisme, ou de « Gaia ».

Suivait une exégèse en plusieurs chapitres, intitulés par exemple « La Conscience des Pierres » ou « Qui est le Diable ? ». Blaine cliqua sur les autres sites de Maddox, mais aucun ne semblait avoir de rapport avec les orages psychiques.

Il sortit sur son balcon, dans l'air âcre et chaud, et se laissa bercer par l'immense et vague rumeur du Caire. Il faisait presque nuit. Le brouillard, sur le fleuve, prenait une teinte fumée, gris bleuté, romantique, piquetée par les centaines de feux qui s'allumaient dans les barques. Le spectacle aurait pu paraître pittoresque à quelqu'un qui n'aurait pas su le déchiffrer, qui n'aurait pas vu les enfants difformes, les avortons nés dans ces bateaux.

L'établissement d'Abou Sheikha était le second sur la liste d'Aïda fournie par le Système de Haseeb. Il se trouvait du côté du quartier de Gizeh, dans un quartier *baladi* coincé entre deux gratte-ciel modernes, mastocs. Le taxi de Blaine bringuebala sur une chaussée grotesquement défoncée, bordée par des bâtiments délabrés de deux ou trois étages, des immeubles de brique et de stuc fissuré, désagrégé, aux fenêtres sans vitres masquées par des persiennes ou des stores de toile, et des petites boutiques sales, aux volets noirs de crasse baissés à cette heure tardive. Il était minuit.

Il n'eut pas besoin de montrer patte blanche pour entrer dans l'établissement. Les grands gaillards costauds, vêtus à l'occidentale, massés devant la porte ouverte — des caïds du quartier embauchés pour veiller à la sécurité — s'écartèrent avec des murmures de salutation polis alors qu'il traversait le trottoir dans son smoking. Un escalier grinçant, mal éclairé, avec une caméra de surveillance au-dessus menait à un petit foyer crépusculaire, aux murs de plâtre jaunis par la fumée, une épaisse fumée aromatique. Il traversa le cercle d'un scanner tomographique même pas dissimulé. Ses rétines captèrent l'éclair signifiant qu'il avait été parcouru par des rayons X assistés par ordinateur. L'opérateur, un petit blond à la peau noire, d'origine, d'obédience et de nationalité indéterminées, assis à une table déglinguée, tout près de là, observait le moniteur auquel l'appareil était relié.

— Mon vieux, un boxer Spitze ! remarqua-t-il en laissant passer Blaine. Jolis sous-vêtements.

L'établissement d'Abou Sheikha était une tabagie sombre, bondé, bas de plafond, aux portes en arcade. Il y régnait un tohu-bohu de pop-musique arabe et de conversations, et on se serait cru chez un brocanteur avec toutes les vieilleries qui encombraient le décor : des meubles égyptiens démodés, vermoulus, mis au rebut depuis des temps immémoriaux, des braseros de laiton poussiéreux, au couvercle décoré comme des coupoles de mosquée, de vieux encensoirs de cuivre en forme de minaret, des tables basses en bois incrusté de nacre et d'argent terni, couvertes de vulgaires pichets et de cafetières de cuivre. Aux murs de torchis étaient accrochés des objets en bois sculpté, des images mièvres et une profusion démente de plateaux et de brocs de laiton poli. Tout ce cuivre donnait à l'endroit une odeur métallique, acide, qui se mêlait à la fumée douceâtre du tabac. Par les petits trous des vieilles lanternes de laiton accrochées au plafond filtraient de fins rayons de lumière qui crevaient la fumée, baignant l'endroit d'une maigre lumière.

Blaine trouva une place sur une antique banquette au dossier raide, inconfortable, à côté de deux femmes qui partageaient un *argila*. Soudain, inexplicablement, il avait commencé à éprouver un sentiment inhabituel. C'était peut-être l'anonymat de la fumée — ou une autre propriété de la fumée, qui lui faisait un peu tourner la tête —, à moins que ce ne soit la froideur et la pauvreté de l'endroit, typiquement arabe, en tout cas, il s'était soudain senti à l'aise, ce qui n'était pas fréquent pour quelqu'un comme lui. Il s'aperçut, lorsque sa vue se fut accoutumée à la pénombre, que l'endroit était plein de métis, d'hybrides, de multinationaux, d'expatriés, de gens qui parlaient avec toutes sortes d'accents, dont le visage était un méli-mélo de caractéristiques raciales, qui ne seraient jamais nulle part chez eux, et qui, par cette qualité même, le faisaient se sentir chez lui parmi eux. Les deux femmes à côté desquelles il s'était assis, par exemple : une blonde, manifestement européenne, jolie à sa façon, prématurément vieillie par les excès, et qui suintait l'ennui. L'autre était une femme mince, café au lait, coiffée avec des dreadlocks. Elle avait les lèvres pleines, les pommettes hautes, le nez droit et des yeux verts en amande. Elles parlaient mi-français, mi-arabe.

Un petit homme chauve au sourire compréhensif et aux yeux injectés de sang sortit de la foule, devant Blaine.

— Je peux vous apporter quelque chose ? demanda-t-il gentiment.

— Qu'est-ce que vous fumez ? demanda Blaine, en anglais, à la blonde assise à côté de lui.

Son amie inspirait lentement la fumée de la pipe.

— Du tabac, répondit-elle en levant vers lui de grands yeux innocents.

— Je vous crois !

— Non, je vous assure, se récria-t-elle, offusquée de son ironie. Les drogues sont prohibées en Égypte. Avec peine de mort à la clé.

Le petit homme le regardait patiemment, en souriant.

— Le numéro dix-sept, lui dit la femme.

Il hocha la tête et disparut dans la fumée et l'obscurité.

— Cela dit, naturellement, le tabac peut être génétiquement modifié afin de produire à peu près n'importe quelle substance. Ce qui permet de satisfaire le moindre de vos désirs en toute légalité, reprit la femme.

La femme café au lait tendit la pipe à son amie, exhala un long panache de fumée, comme un dragon, et sourit à Blaine.

— J'aime le tabac, dit-elle d'une voix de gorge, douce comme sa peau. C'est tellement masculin.

— Ne l'écoutez pas, reprit la blonde en ponctuant ses paroles de petites bouffées de fumée. C'est une lesbienne, un travesti ou quelque chose comme ça.

La femme café au lait le regardait toujours en souriant.

— Et vous ? demanda la blonde.

— Moi ? Je ne suis ni l'un ni l'autre, répondit Blaine. Mais je suis content d'avoir trouvé cet endroit.

— C'est du dernier chic, maintenant. Tous les vrais gens sont partis, soupira la blonde, la fumée filtrant entre ses dents, en tendant l'embout de la pipe à son amie. Je ne viens ici que parce que… comment dites-vous ? parce que ce n'est pas psychologiquement formé.

— Psychoformé.

— Psychoformé. La plupart des clubs sont psychoformés, maintenant. Mais il n'y a que dans les endroits non psychoformés qu'on peut y voir clair, vous ne trouvez pas ?

— Tous les endroits sont psychoformés, rétorqua Blaine sans réfléchir ; c'était le domaine des boîtes de psycho-pub. Les gens font du psychoforming depuis qu'ils ont commencé à dessiner des animaux sur les parois des cavernes. Seulement, à l'époque, ils n'avaient pas l'aide des ordinateurs et de la recherche psychologique.

— Oh, la philosophie, ronronna la femme café au lait, alors que l'autre le regardait d'un air dubitatif. J'aime la philosophie.

Le Numéro 17 de Blaine arriva, et il regarda le petit bonhomme placer le bout de charbon de bois incandescent sur le tabac haché, puis tirer sur l'embout pour amorcer la combustion. La fumée montait en bulles paresseuses à travers l'eau et s'engageait avec indolence dans le tuyau. Il dut inhaler une seconde fois avant qu'elle ne parvienne à sa bouche. Elle sentait la cannelle et toutes les épices qui avaient été mélangées au tabac, et il eut l'impression qu'elle lui emplissait les poumons de vapeur brûlante, puis la tête d'eau fraîche. L'espace prit un aspect différent, plus confortable et plus vaste. Il prit conscience des bruits qui l'entouraient comme s'il avait oublié de les écouter un moment, ou comme s'il les entendait avec une seconde de retard. Il lui sembla soudain qu'il ne savait plus parler, qu'il ne demandait qu'une chose : rester assis là toute la soirée, à écouter et à regarder ce qui se passait autour de lui.

— Ça vous plaît ? lui demanda la blonde.

— Qu'est-ce qu'il y a là-dedans ?

Tout se passait comme s'il avait imaginé la question, qui avait été émise sans effort de sa part, par une partie de son corps, comme son épaule. Il regarda la femme et fut envahi de bons sentiments. Il était vivant, dans cet endroit frais, il avait de l'argent et cette fille à qui parler. Évidemment, l'Ikôn interdisait formellement l'usage de la drogue, à cause des interactions inconnues avec les herbes, mais il était en R & R, là, et puis personne ne le saurait.

— Du tabac, je vous l'ai dit. Vous êtes dans les services diplomatiques américains ? demanda la blonde.

— Qu'est-ce qui vous fait penser ça ?

— Tous les civils américains sont partis à cause de la situation politique, non ?

— Non.

— Alors, vous êtes homme d'affaires.

— C'est plutôt ça. Un homme d'affaires en vacances.

— Au Caire ?

— Pourquoi pas ?

— Parce que les Occidentaux ne prennent pas leurs vacances dans des endroits comme le Caire. Ça leur rappelle les aspects les moins reluisants de leur propre esprit. Et surtout, c'est dangereux.

— Vraiment ?

— Avec celui-là, ne parle que de la pluie et du beau temps, dit la blonde à son amie, en anglais. Il est de la CIA ou un truc comme ça.

La blonde s'appelait Chantal et son amie Monique. Elles étaient des « réfugiées du monde de la mode européen », quoi que ça puisse vouloir dire. Elles étaient venues au Caire parce que la vie ne coûtait rien, ici, et que les tremblements de terre et les émeutes ne leur faisaient pas peur.

— Et puis, ajouta Chantal, il se passe tous les jours des choses bien pires en Europe.

Elle lui donna une carte de visite anachronique, à la dernière mode, indiquant une adresse dans Mohandiseen.

L'endroit était de plus en plus bondé, enfumé et bruyant, ce qui paraissait inconcevable un peu plus tôt dans la soirée. À un moment donné, Blaine sentit que ses oreilles se mettaient à tinter.

Pensant que c'était un effet du tabac, il posa un instant sa pipe, mais le tintement empira, alors il aspira une bouffée de fumée pour s'en débarrasser, avec le même résultat.

— Ce truc ne vous donne pas des tintements d'oreilles ? demanda-t-elle.

— Seulement quand *elle* arrive, répondit Monique en regardant autour d'elle avec anxiété. Vous l'entendez aussi ? Elle doit être là.

— Excusez mon amie. Elle est… comment dites-vous ? Superstitieuse, nota Chantal, puis elle lança quelques phrases en français, sur un ton accusateur, à Monique.

— Qui ça, *elle* ? demanda Blaine, mais la réponse était déjà présente à son esprit.

— Une actrice dont elle est amoureuse, n'est-ce pas, Monique, mon chou ? Elle écoute trop les histoires que racontent les Arabes. Elle est allée à une soirée, dans la maison de cette actrice, une fois, et maintenant elle ne peut pas se la sortir de la tête. N'est-ce pas romantique ?

— Tu voudrais bien être amoureuse, toi, répliqua Monique avec un coup d'œil en biais à Chantal.

— Où est-elle ? demanda Blaine.

Monique lui indiqua le fond de la salle d'un air malheureux.

Le tabac amélioré avait soudain perdu tout intérêt pour Blaine. Il avait la bouche sèche et le tintement de ses oreilles fluait et refluait comme les vagues de la mer. Les deux femmes se disputaient en français.

— Excusez-moi, dit-il, et il se leva.

Ce qui n'était pas si simple, avec toutes les vieilleries qui traînaient partout, et puis l'endroit était littéralement bondé. Il tangua un instant, la poitrine collée au large dos d'un énergumène qui parlait à une demi-douzaine de personnes en hurlant pour se faire entendre malgré la musique. Blaine se faufila très lentement, en s'excusant souvent, dans la direction que Monique avait indiquée. Il faisait plus sombre, dans ce coin-là. Il se fraya un chemin dans les panaches et les nuages de fumée, en évitant les mains agitées des gens en grande discussion, le visage luisant de sueur. Des hommes en turban et djellaba de paysan réussissaient à traverser la foule pour porter des *argilas* aux clients. Nulle part on ne voyait Aïda, la vedette de cinéma.

Une large arcade, à l'arrière, donnait sur une autre

pièce, aussi bondée que celle de devant. Tout au fond, une autre arcade, plus petite, était fermée par un rideau. Blaine était à trois mètres de l'arcade au rideau lorsqu'un obstacle se dressa devant lui.

— Désolé, monsieur, c'est une soirée privée, dit en anglais, avec un fort accent arabe, une armoire à glace en smoking, aux joues creuses, mal rasées, qui posa délicatement les mains sur la poitrine de Blaine.

Lequel fit un écart d'un mètre et tenta de le contourner, mais l'homme lui barra à nouveau le chemin.

— Désolé, monsieur.

Derrière le grand gaillard, Blaine voyait le gratin de la société, du beau monde, des toilettes coûteuses. Aïda n'était pas parmi eux. Mais avec ce rideau, il ne voyait pas ce qui se passait derrière l'arcade du fond.

Un homme chauve, plus petit que l'autre, souriant, rejoignit son collègue.

— Vous cherchez quelque chose, monsieur ?

— Les toilettes, répondit Blaine.

— Par là, répondirent les deux hommes en indiquant le mur, à droite de Blaine.

C'était un petit réduit mal éclairé, au carrelage mural fendillé, et qui puait l'urine. Un homme à la bouche édentée tirait des serviettes en papier d'un distributeur et les tendait, en échange d'un pourboire, à ceux qui se lavaient les mains. L'endroit donnait sur un petit couloir obscur, séparé des salles enfumées par un rideau. Il y avait trois portes, dans le couloir, trois portes usées, poussiéreuses, dont deux portaient les inscriptions « Hommes » et « Femmes ». La troisième donnait dans la direction de la pièce du fond dont Blaine s'était vu refuser l'accès. Elle était fermée par un verrou symbolique qui tenait par un clou.

Obéissant à une impulsion, Blaine tira brusquement dessus. Le verrou se détacha et les clous tombèrent par terre avec un tintement.

Dans la pièce qui se trouvait derrière, il faisait tout noir. Ça sentait la rouille et la vieille poussière aigre. Blaine entra, referma la porte derrière lui. Il devina, aux formes qu'il avait entrevues à la lueur du couloir, que la pièce servait de débarras. Il entendit marcher de l'autre côté de la porte, des hommes qui parlaient fort, des rires, de grands bruits dans les toilettes.

Blaine attendit un peu, le temps de pouvoir se déplacer à tâtons sans risquer qu'on l'entende. L'odeur de vieux bois vermoulu prenait à la gorge. La pièce semblait bourrée d'antiquailles indignes d'aller dans les pièces qui recevaient les clients. Tout au bout, une tache de lumière coulait sur le béton du sol.

Le cœur de Blaine se mit à battre plus vite. L'influence du tabac sur ses perceptions spatiales et émotionnelles semblait s'être estompée, laissant place à un vague mal de tête, mais il avait toujours ce bruit dans les oreilles, un bruit sibilant, maintenant, et assourdissant. En s'approchant de la lumière, il renversa un objet métallique qui tomba à terre avec un tintement sec.

Un rai de lumière apparut sous une porte. S'il s'orientait correctement, la porte devait donner sur la pièce du fond, derrière l'arcade fermée par le rideau.

Il tendit l'oreille.

Rien. Que le silence, et la pop-musique arabe à l'arrière-plan.

Il tourna lentement la poignée de la porte. Qui refusa de s'ouvrir.

Ses doigts tâtèrent une clé à l'ancienne, avec une tige ronde. Elle tourna en faisant un petit bruit.

La porte allait s'ouvrir, maintenant. Elle racla un peu le sol de béton. La pop-musique devint plus forte. Il jeta un coup d'œil dans la pièce du fond de chez Abou Sheikha.

C'était parfait. Vraiment. Il n'aurait pu rêver mieux. On aurait dit un vaste débarras plein de bric-à-brac, d'objets empilés sur le béton poussiéreux. Il y avait des choses couvertes de draps, des objets de cuivre soigneusement astiqués, d'autres tout oxydés. Des tabourets étaient disposés en cercle dans un espace dégagé au milieu de la pièce. Sur l'un d'eux était assise une femme, tournée vers lui. C'était Aïda. Elle était penchée en avant, les jambes largement écartées, les avant-bras posés sur les cuisses, comme un homme. Elle portait une robe noire, courte, à plis, qui, dans sa position, remontait sur ses hanches, des bas noirs satinés, des chaussures à talons aiguilles. Ses longues jambes, ses bras nus étaient doux et lisses, mais avaient l'air forts, et les doigts incurvés d'une de ses mains tenait, détail incongru, une cigarette. Elle le regardait, tête basse, entre ses cils. Ses cheveux noirs, passés derrière ses oreilles, cascadaient sur ses épaules.

Rien, dans son expression, dans son attitude, ne rappelait la gaieté, la griserie de la foule, dehors. Elle semblait regarder Blaine droit dans les yeux, mais il n'était pas sûr qu'elle le voie. L'espace d'une fraction de seconde, il crut qu'elle roulait des yeux blancs, puis que son visage était convulsé de rage, puis que ses yeux lançaient des flammes. Le tintement de ses oreilles était devenu assourdissant. Il avait l'impression que sa tête allait éclater. Le tintamarre semblait irradier de la femme au corps magnifique, à la fois doux et ferme.

Il fut soudain pris d'une crainte irrationnelle, une véritable crise de panique. Il recula dans le débarras, manqua tomber sur quelque chose, se retourna à tâtons dans le noir. Une minute plus tard, il avait retrouvé la foule des pièces de devant.

C'est alors qu'il se produisit quelque chose de bizarre. Dans la musique geignarde, le brouhaha de la foule, quelque chose fit surface, un bruit plus présent. Il ne le perçut pas tout de suite, mais il finit par se rendre compte que le tintement, le bruit de castagnettes qui enflait autour de lui était provoqué par les objets accrochés aux murs et posés un peu partout. Le tremblement qu'il avait cru provoqué par la foule était le sol qui tressaillait sous ses pieds. Il tendit les mains pour se stabiliser. Des gens perdirent l'équilibre, le heurtèrent. Il y eut des cris et des hurlements. La lumière s'éteignit, et il se retrouva dans un noir de poix.

L'espace d'un instant, seulement. Les lumières vacillèrent, prirent d'abord une teinte orangée, comme si un générateur de secours avait pris le relais. La foule allait et venait, hésitait, indécise, paniquée, et puis des gens crièrent « *Khalas ! Khalas !* » et Blaine réalisa que le sol ne bougeait plus, que les objets avaient cessé de s'entrechoquer. Des visages d'hommes et de femmes livides, aux traits crispés, passèrent devant ses yeux. Puis les cris et les mouvements saccadés cessèrent.

À l'exception d'une voix. Venant du fond de chez Abou Sheikha. Un cri qui obligeait chacun à retenir son souffle, à se retourner pour regarder. Un cri sauvage, d'ultime détresse, le hurlement insensé d'une personne qui avait perdu l'esprit.

Mais la voix articulait des paroles, en arabe : « Oh,

peuple ! Écoute ! *Tu ne sais donc pas ?* C'est arrivé ! Renonce à tous tes biens ! Ne vois-tu pas les orphelins autour de toi ? Renonce à tous tes biens, ou ils vont t'entraîner par le fond ! »

En se tordant le cou pour regarder par-delà la foule, il vit Aïda, les bras levés au-dessus de la tête, la bouche ouverte tel un puits de désespoir, les yeux réduits à des trous noirs. Elle se remit à proférer ses cris inarticulés, ses cris de folie, tandis que des hommes en smoking, à ses côtés, s'efforçaient de la retenir, murmuraient des paroles apaisantes, essayaient de la calmer.

Blaine avait les oreilles qui tintaient comme si sa tête allait éclater.

11

Ce soir-là, il trouva sa suite au Méridien du Nil très calme et silencieuse. Le seul bruit audible était le faible chuintement de l'air climatisé. Peut-être à cause de la fumée qu'il avait avalée, il dormit d'un sommeil agité, en se tournant et en se retournant dans son grand lit douillet, parfois à demi éveillé, parfois presque complètement endormi, mais toujours vaguement en proie à l'impression dérangeante qu'il n'était pas seul, qu'il y avait quelqu'un dans son lit. Il finit par se réveiller suffisamment pour se retourner et ouvrir un œil.

Aïda était roulée en boule, crispée, à côté de lui. Elle portait la même robe noire que chez Abou Sheikha et le regardait fixement, de ses grands yeux noirs.

Il se redressa en réprimant un cri de terreur. La pièce était plongée dans l'obscurité, et il n'y avait personne dans son lit. Il appuya sur le poussoir qui éclairait le cadran de sa montre ; encore deux heures avant l'aube.

Il se rallongea et, quand les battements de son cœur se furent apaisés, il se rendormit.

Il eut l'impression qu'un long moment avait passé lorsqu'il se réveilla à nouveau en entendant un faible grondement étouffé, et plus longtemps encore avant d'acquérir la certitude que ce n'était pas une vibration du système de conditionnement d'air, ou de n'importe quel autre système de cette énorme bâtisse. Le grondement semblait aller crescendo, mais si lentement qu'il ne pouvait en être sûr. Il était pourtant plus fort, à présent, qu'il y avait quelques minutes, et Blaine crut sentir une faible vibration transmise par les ressorts de son matelas. Il finit par se réveiller complètement, trempé de sueur, tous les muscles noués, et tendit l'oreille. C'était bien distinct, maintenant : un roulement, pareil au bruit des vagues, de plus en plus fort, qui ébranlait légèrement le bâtiment. À ce bruit de fond se mêlaient à présent de petits chocs, comme si quelque chose grêlait les murs, au-dehors.

Blaine bondit de son lit, paniqué, en imaginant qu'il y avait un cyclone, comme s'il y en avait jamais eu en Égypte. Il regarda par la fenêtre et fut momentanément soulagé. Ce n'était pas ça. Il n'y avait pas de nuages bouillonnants ou de débris volant en tous sens dans l'air nocturne. Puis il baissa les yeux.

Le Nil avait rompu ses digues et couvrait la cité comme une mer en furie ; d'énormes vagues coiffées de blanc arrivaient presque au niveau de la fenêtre de Blaine, et l'immense hôtel, le dernier bastion de la ville, commençait à pencher, à s'incliner, sapé par les terribles assauts des flots. La structure du bâtiment frémissait, craquait, gémissait, et Blaine ne pouvait que regarder, terrorisé, sa chambre basculer avec une lenteur atroce, sa fenêtre plonger droit dans les flots gris…

Son propre cri le réveilla. Il s'assit dans son lit, trempé de sueur, le cœur battant à tout rompre. L'aube dessinait un rectangle de grisaille du côté de la fenêtre.

La télécommande du téléphone était sur la table de nuit. Il repoussa ses couvertures et appela Jenny Chan chez elle, en utilisant son code d'accès prioritaire. Après douze sonneries, une voix de synthèse l'informa que le numéro ne répondait pas. Il lui ordonna de renouveler l'appel et de réessayer encore, après les douze nouvelles sonneries. À la troisième fois, Jenny répondit. Elle apparut sur le grand écran mural, l'air ensommeillé, irrité. Mais son irritation se changea en alarme lorsqu'elle reconnut Blaine.

— Ça va ? demanda-t-elle d'une voix ferme.

Il comprit qu'elle faisait un effort pour se contenir.

— Jenny, où est Haseeb ?

— Haseeb ? Ah, tu veux dire Haseeb Al Rahman ? Comment veux-tu que je sache où il est ?

Mais à la petite lueur qu'il avait lue dans son regard, il comprit qu'elle savait quelque chose à son sujet.

— Il faut que je lui parle.

— Il n'est pas dans mon groupe, tu sais bien. Pourquoi veux-tu… ?

— Parce qu'il se passe quelque chose, ici, dont je n'ai jamais entendu parler. Haseeb est au courant. Tu ne savais pas que Mark Boyle et tes autres prospecteurs au Caire avaient perdu les pédales après avoir rêvé d'une vedette de cinéma locale ? Haseeb était là, au Caire, tu n'étais pas au courant, peut-être ? Je suis entré dans un club local très fermé en donnant son nom.

— Mais qu'est-ce que tu racontes ? Un club fermé ? Tu es sûr que ça va ?

Il semblait discerner une réelle anxiété derrière la façade, et aussi, se dit-il, le désir de gagner du temps pour réfléchir.

— Écoute, Jen, il y a une Image qui ne veut pas rester dans la bouteille, ici. La cité est hantée par une femme fantôme qui est encore vivante, qui annonce la fin du monde. L'IA de Haseeb m'a envoyé un modèle informatique de tempête psychique liée à l'inconscient collectif, à un avertissement. Ça te suffit, tu vas enfin te montrer franche avec moi ? Non ? Alors, il va falloir que j'aille voir par moi-même. Je dois parler avec Haseeb.

— Tu ne vas rien faire du tout ! lança Jenny d'une voix rauque, et il crut la voir pâlir. Tu as oublié ce que je t'ai dit ? En réalité…, ajouta-t-elle d'une voix tremblante, tu n'es plus au Caire. Tu vas partir tout de suite. Il n'y a pas d'Image, là-bas. C'était une erreur. Une erreur de détection. Alors tu fais tes paquets. Je m'occupe de ton billet, ajouta-t-elle en regardant sa montre. Tu vas à l'aéroport et tu m'appelles.

— Jenny, laisse-moi encore quelque…

— Non. Pas question ! Tu dégages de là.

— Il faut d'abord que je mette un point final…

— *Tu vas à l'aéroport !* fit-elle d'une voix stridente, avec une rage soudaine. Ou tu y es dans deux heures ou tu es viré ! Compris ?

— Je ne peux pas faire ça, Jenny.

— Alors tu es viré tout de suite. Je fais ça pour me couvrir, Blaine, ajouta-t-elle d'une voix brisée, comme si elle luttait contre elle-même. C'est dangereux, Blaine. Haseeb…

Elle s'interrompit, les lèvres tremblantes.

— Quoi, Haseeb ?

— Il est en Suisse. Dans une clinique, tu comprends ? Haseeb Al Rahman. Le grand Haseeb Al Rahman. Il s'est brûlé les ailes et il s'est crashé. Au Caire. Tu comprends, Blaine ? Il faut que tu t'en ailles, dit-elle dans un murmure, en pleurant. Je n'aurais pas dû te laisser rester. J'avais besoin… Mais il faut que tu t'en ailles.

— Qu'est-il arrivé exactement à Haseeb ? Tu lui as parlé ? Comment va-t-il ? Je peux lui parler ?

Elle secoua la tête.

— Je ne peux pas t'en dire davantage. Je n'étais pas censée te raconter tout ça. Je t'en prie, Blaine. Fous le camp de là-bas.

Un vide s'était ouvert dans la poitrine de Blaine, un puits sans fond. Haseeb Al Rahman était dans la maison de fous de l'Ikôn, il avait été attiré dans la mer d'Images sur laquelle il avait toujours outrageusement surfé, sans effort apparent.

Haseeb était HS. Blaine était donc livré à lui-même.

— Jenny, écoute moi. J'ai besoin d'une faveur. Vraiment besoin. Je voudrais un…

— Non ! beugla-t-elle. C'est fini ! Tu es vi…

Et elle coupa la communication.

Une seconde plus tard, un message clignotait sur l'écran mural, indiquant qu'il avait reçu un fichier recommandé. Un document intitulé : « Résiliation de contrat ».

Il appela certains des prospecteurs de l'Ikôn qu'il connaissait, organisa un groupe de parole. La sueur lui picotait tout le corps. Il aborda la question de la clinique en Suisse de la boîte. Il obtint quelques numéros de téléphone, les appela, mais aucun des endroits n'admit connaître Haseeb Al Rahman, ni aucun grand Pendjabi à la peau noire, au caractère ombrageux.

Conclusion : soit ils l'avaient emmené ailleurs, peut-être pour qu'on ne sache pas qu'un aussi fameux prospecteur avait craqué, soit ils avaient dûment chapitré le personnel de la clinique. Soit encore Jenny Chan lui avait menti.

En tout cas, Blaine était livré à lui-même, maintenant. Il avait quarante-huit heures pour s'opposer à son licenciement avant qu'il ne devienne définitif, mais l'Ikôn avait déjà fait opposition à sa ligne de crédit et supprimé ses autres privilèges. Il n'avait pas achevé la lecture de sa lettre de licenciement que l'ordinateur du Méridien en avait reçu la notification. Il avait dû transférer le règlement de sa chambre sur son compte personnel avant d'appeler la clinique.

Il chercha, dans la veste de smoking pendue au dossier de la chaise placée devant son bureau, la carte de visite que la femme, Chantal, lui avait donnée. Il fit son numéro. Pas de réponse. Il programma le téléphone de sa chambre pour rappeler tous les quarts d'heure, et d'attendre jusqu'à la dixième sonnerie.

Il arpenta fébrilement sa chambre en picorant le petit déjeuner qu'il s'était fait monter. Finalement, au milieu de la matinée, le numéro répondit.

Le visage de Chantal apparut sur son grand écran mural. Elle n'était pas coiffée et son visage grisâtre, pas maquillée, conservait la marque de l'oreiller. Elle avait les yeux rougis, bouffis, et l'air complètement dans les vapes d'une façon générale.

— Chantal, c'est Blaine. Blaine Ramsey. On s'est vus chez Abou Sheikha, cette nuit.

— Abou mmm ?

— Chantal, mon chou, vous pourriez... Il faut que je parle à Monique. Monique. Elle est là, Monique ?

Chantal laissa tomber le téléphone comme si elle s'était trouvée mal. Blaine jura, attendit. Au bout d'un long moment, quelqu'un ramassa le combiné et Blaine reconnut Monique, en robe d'intérieur verte, brodée de dragons.

Elle eut un sourire d'ivrogne en le reconnaissant.

— Ah, la philosophie, dit-elle d'une voix traînante.

— Monique, j'ai besoin que vous me rendiez un service. Vous vous rappelez, la soirée où vous êtes allée chez une vedette de cinéma, ici, au Caire ?

Son visage d'alcoolique se troubla.

— Où habite-t-elle, Monique ? Comment pourrais-je la rencontrer ? J'ai besoin... Il faut que... C'est important.

Il n'aurait su dire exactement ce qui la fit céder à ses instances. Elle commença par se fâcher, puis elle se mit à pleurer et essaya de lui expliquer quelque chose d'une voix pâteuse, bafouillante, mais finalement, à force d'insister, de répéter toujours la même chose, Blaine parut hypnotiser son cerveau imbibé de drogue.

— Vous ne pourrez pas entrer sans invitation. Mais ce soir-là, pendant la fête, je... j'ai pris son numéro de téléphone. Je me suis faufilée dans sa chambre et je l'ai pris.

Elle le connaissait par cœur. Elle le lui donna en sanglotant.

Il raccrocha et composa le numéro, les paumes moites. Il redoutait qu'il n'ait changé, que la ligne n'ait été coupée, que Monique lui ait menti ou se soit trompée, mais à la sixième sonnerie, il contemplait les deux lacs sombres qu'étaient les yeux magnifiques, vulnérables, camés, indéchiffrables, de l'actrice.

— Oui ? dit-elle froidement, en arabe, et comme il ne répondait pas, elle fit mine de couper la communication.

Il la regardait, subjugué.

— Buthaïna, murmura-t-il.

Son regard, d'abord surpris, se troubla lentement.

— Comment ? Qu'avez-vous dit ? fit-elle d'une voix de gorge, douce, rauque, une voix plus habituée à hurler, à roucouler, à murmurer, qu'à parler.

— Buthaïna.

Elle le regarda comme si elle essayait de le distinguer plus nettement, par-delà la liaison électronique.

— Qui êtes-vous ? Où avez-vous entendu ce nom ?

Il se fit violence pour articuler :

— Je vous ai vue… en rêve…

Un mélange de peur, puis de stupeur, sembla pénétrer l'inertie induite par la drogue.

— Qui êtes-vous ? murmura-t-elle.

C'était sa chance, son unique chance.

— Je m'appelle Blaine Ramsey. Je suis au Méridien du Nil, dans Al Rodha. Il faut que je vienne vous voir. C'est très important.

Mais elle se pencha et coupa la communication.

Il essaya de la rappeler plusieurs fois, sans succès. Il fit les cent pas dans sa chambre, en proie à une profonde confusion. Il tenta de rappeler le Système de Haseeb, à Karachi, et tomba sur un message texte selon lequel le numéro n'était plus attribué. L'Ikôn avait donc, à l'instigation de Jenny Chan, probablement, comblé cette faille dans le silence radio qui entourait l'affaire du Caire. Le téléphone de sa chambre, son cyberphone sonnèrent tous les deux une heure plus tard, et d'après l'icône indiquant l'origine de l'appel, c'était Jenny qui cherchait à le joindre. Il refusa les appels en jurant, puis écouta son message. Elle le suppliait d'une voix éplorée de quitter le Caire. Un haut fonctionnaire égyptien venait d'être assassiné, il y avait des émeutes, et... Il coupa le message avant la fin.

Un signal sonore l'avertit de l'arrivée d'un nouveau mail, dans l'après-midi : un message envoyé par un automate de l'ambassade des États-Unis recommandant à tous les ressortissants américains qui n'avaient pas de raison impérative de rester en Égypte de prendre leurs dispositions pour quitter le pays dans les délais les plus brefs. Du haut de son balcon, aussi loin que portait le regard dans l'air lourd, âcre et brûlant, il n'y avait pas signe de troubles. L'énorme rugissement de la cité ne semblait pas différent de ce qu'il avait toujours été.

Le brouillard se teintait de gris-bleu à l'approche du soir lorsqu'on l'appela de la plate-forme d'atterrissage, sur le toit de l'hôtel. Il entendit d'abord le bruit du vent, des rotors qui hachaient l'air, puis le visage de l'un des employés de la plate-forme apparut, énorme, sur l'écran mural.

— M. Ramsey, monsieur, il y a une limousine volante ici, pour vous, et le trafic est tellement important que je vais être obligé de la renvoyer en attente à moins que vous ne montiez tout de suite.

— Une voiture ? Mais qui l'envoie ?

— Le chauffeur ne l'a pas dit, monsieur. Dois-je lui dire de repartir ?

Lorsque Blaine se présenta sur le toit, trois minutes plus tard, il constata qu'il y régnait, en effet, une activité intense. Le salon de transit sur lequel donnait directement l'ascenseur était bondé et des bagages étaient empilés un peu partout, comme si tous les clients étaient montés en même temps : des Occidentaux cramponnés à leur mallette et à leur baise-en-ville, assis en rang d'oignons sur les profonds canapés, juchés sur les bras des fauteuils, debout, se dandinant impatiemment d'un pied sur l'autre ou regardant par les parois de plexiglas du salon en plein ciel censé offrir une vue panoramique du Caire, et d'où l'on ne voyait que l'obscurité fuligineuse et quelques lumières sur le fleuve. Il y planait une odeur de peur, de tabac et d'after-shave. Blaine joua des coudes dans la cohue, s'attirant des regards noirs comme s'il essayait de passer devant tout le monde. Dehors, dans l'air enfumé du soir brassé par les rotors rugissants, une demi-douzaine de voitures volantes, des navettes d'aéroport et un hélicoptère embarquaient des passagers et décollaient. Blaine voyait les feux de position d'une douzaine d'autres appareils qui tournaient dans le brouillard, attendant de se poser. Des employés en uniforme, équipés de bâtons lumineux et de casques radio organisaient le trafic.

— M. Ramsey ? demanda l'un des employés en courant vers lui, échevelé, le visage tendu. Si vous pouviez embarquer tout de suite, monsieur, Dieu vous garde…

— Pourquoi cette affluence ? demanda Blaine à l'homme qui l'escortait sur le tarmac. Que se passe-t-il ?

— Tout le monde s'en va à cause des troubles. Vous êtes le seul étranger que j'ai vu de la journée qui ne va pas à l'aéroport. Même les Égyptiens s'en vont, enfin, ceux qui peuvent se le permettre.

L'homme le conduisit vers une limousine Mercedes volante flambant neuve, au carénage aérodynamique, noir canon de fusil, équipé de quatre rotors pivotants ultra-rapides : un appareil super-puissant, équipé pour le vol en haute altitude, propulsé par des turbos dotés des composants céramique les plus modernes, et qui coûtait probablement aussi cher qu'un yacht.

Un mince Égyptien moustachu, en livrée noire, lui serra la main en murmurant des formules de politesse et des bénédictions, ferma la porte de la cabine et gagna le poste de pilotage. Le compartiment passager rappelait celui d'un Learjet six places, et était aussi cossu et silencieux qu'un salon après le vacarme assourdissant des moteurs et l'air pollué du dehors. Blaine boucla sa ceinture, et le murmure des rotors lui parvint à travers la carlingue insonorisée. Les buses situées au-dessus des sièges soufflèrent un air filtré et ils s'élevèrent, comme soulevés par un ballon. Blaine regarda la plate-forme s'éloigner rapidement en dessous d'eux, regarda le Méridien du Nil basculer dans le crépuscule embrumé alors que l'engin s'inclinait. Ils se dirigèrent vers le fleuve, l'eau sombre muant le brouillard en un abîme insondable. Bientôt, des tours de verre, jumelles, aux angles arrondis, et les lumières d'une plate-forme en plein ciel sortirent de l'abîme.

Ils se posèrent. Blaine avait les paumes humides de sueur. Le chauffeur ouvrit la porte et lui tendit la main pour l'aider à sortir. Il était flanqué d'un chasseur, un petit bonhomme chauve en livrée bleu ciel, coiffé d'un tarbouche qui paraissait incongru sur sa bonne bouille ronde de grand-père égyptien. L'appel à la prière du soir ondulait dans les airs, loin en dessous d'eux. Ses vieilles mains égrenant un chapelet, le petit bonhomme conduisit Blaine vers un luxueux salon en plein ciel, désert, en s'inquiétant courtoisement de sa santé, et de la santé de sa famille. Blaine vit trois autres chasseurs assis dans un petit kiosque qui leur servait de bureau, une main plaquée sur l'oreille comme s'ils écoutaient la radio. Avec ce ridicule tarbouche bleu ciel planté de guingois sur le crâne, on aurait dit les Trois Stooges.

En murmurant des paroles pieuses et des bénédictions, le petit chasseur conduisit Blaine vers un ascenseur tout de miroirs et de métal doré, appuya sur le bouton du vingt et unième étage et lui fit suivre un long couloir aux murs tapissés de papier peint damasquiné rose, éclairé par des appliques de métal doré. Les pieds s'enfonçaient dans la moquette moelleuse.

Blaine entendait une vague musique derrière la double porte en forme d'arcade, laquée de nacre, de l'appartement 21 C. Le chasseur se planta devant un discret panneau afin de subir un thermogramme, un scan oculaire ou quelque autre procédure de reconnaissance, et la porte s'ouvrit avec un déclic, laissant échapper un tumulte soudain de musique tonitruante. Il s'effaça devant Blaine et esquissa un geste d'invite, son chapelet pendouillant de sa vieille main ridée.

L'intérieur était plongé dans l'obscurité lumineuse caractéristique des bars, boîtes de nuit et autres lieux de plaisir de l'Occident. Des bleus nocturnes, profonds, étaient focalisés dans le vide, criblé de petits points lumineux, très haut et au ras du sol. Le plafond diffusait une lumière située juste au-delà du spectre visible qui conférait une étrange luminescence, ici à un bout de tissu, là à certains détails de maquillage, ailleurs aux pétales d'une fleur. Blaine se retourna pour remercier le chasseur, mais la porte s'était déjà refermée sur le petit bonhomme, ses prières et ses invocations à Dieu, et il se retrouva enfermé dans ce caisson étanche, parmi l'échantillonnage de cosmo-culture qui vivait tout en haut de ces grands bâtiments hermétiques, bien au-dessus de la misère et du grouillement de population de toutes les cités du monde.

Une Noire sculpturale, qui aurait pu être mannequin, attira son regard dans ce crépuscule luminescent grâce à sa chevelure livide qui brillait comme du plasma à la lumière ultraviolette. Blaine était dans un immense volume de deux ou trois étages, où de petites cascades, mystérieusement illuminées, coulaient sur des pierres moussues, entre les vrilles et les branches entrelacées de plantes en pot. La musique assourdissante, ondulante, était le genre de cyberclash européen que pondaient au kilomètre des musiciens humains assistés par des ordinateurs à interface neurale. Il comportait un peu de *thump*. Pas assez pour carboniser le cerveau, mais suffisamment quand même pour mettre mal à l'aise si on tentait de résister à son injonction d'ivresse et de jouissance. Quelque part derrière la femme d'ébène, les hôtes des ténèbres poussaient des cris de bête, des hurlements de rire et de longues déclamations exaltées.

Tout cela était un soulagement pour Blaine ; une soirée. Il allait pouvoir passer un moment inaperçu, reprendre ses esprits avant d'approcher l'actrice. De plus, le fait qu'elle donne ce genre de soirée — qu'il considérait avec le mépris des prospecteurs d'Images pour les vulgaires plaisirs physiques — lui permettait de penser qu'elle n'était qu'une humaine comme les autres.

Blaine prit la femme d'ébène par le bras et lui cria à l'oreille, pour se faire entendre, en anglais :

— Excusez-moi…

Elle se retourna, surprise.

— Je cherche…

— Qui ça ?

— Aïda.

— Ouais, qu'est-ce que vous lui voulez ? rétorqua la femme avec un accent anglais.

— Elle est là ?

Elle lui jeta un regard furibard, comme s'il l'avait giflée.

— Vous me prenez pour sa duègne ? lança-t-elle sur le fond musical. Vous croyez que vous n'avez qu'à vous pointer comme ça pour la voir, hein ? Mais pour qui vous vous prenez ?

La musique, qui semblait déjà assourdissante, était encore plus forte derrière les portes qui se trouvaient sur le côté de la pièce. C'était un *thump* d'enfer, dont les modulations dévastèrent les tripes de Blaine, leur faisant saigner des neurotransmetteurs extatiques brûlants. Des gens dansaient, collés ventre à ventre dans l'obscurité vibrante. Il se faufila entre un mur et les gens qui s'agitaient, se dirigea vers des rectangles inclinés, à quinze mètres de là.

Des portes insonorisées donnaient sur un petit couloir fermé, au bout, par une autre porte. Dans la pièce de réception qui se trouvait derrière, un immense lustre diffusait une lumière atténuée avec goût, faisant briller de tous ses feux l'argenterie d'un somptueux buffet. Dans les plats de porcelaine de Chine étaient disposés des fromages, du poisson fumé, des salades exotiques, des pâtisseries extraordinaires. Des gens de la meilleure société se servaient. D'autres bavardaient sur un ton à la fois assourdi et intense, assis dans des canapés et des fauteuils disposés en rond. Blaine se demanda si les conversations portaient sur la situation politique troublée.

Il passa devant le buffet et jeta un coup d'œil par les hautes fenêtres en arcade. Le crépuscule rose orangé qui s'assombrissait très vite éclairait un grouillement de bâtiments de quelques étages seulement, loin en bas : des villas avec des palmiers et des manguiers dressés au-dessus de murs de pierre, des immeubles aux façades de stuc vieillottes, ornées de balcons de fer forgé et de fenêtres garnies de moucharabiehs. Une antique mosquée. Tout cela était éparpillé sur un kilomètre, jusqu'à des huttes de torchis et de vastes champs cultivés séparés par des touffes de palmiers. Les derniers rayons du soleil couchant embrasaient l'eau des rizières. Quelques paysans enturbannés, en djellaba, avançaient lentement, à pied ou à dos d'âne, sur une route qui passait à travers champs.

Il éprouva un curieux sentiment au creux de la poitrine. Il regardait le Caire comme il était, ou comme on rêvait qu'il avait été cent ans plus tôt, peut-être même seulement cinquante.

— Vous êtes policier ? demanda une voix, en anglais.

Il se retourna. C'était la femme d'ébène qu'il avait vue en entrant. Une Nubienne, sûrement, se dit Blaine, à en juger par sa taille, son corps sculptural, couleur chocolat, qui avait l'air aussi fort que le sien. Mais elle avait les cheveux blonds et elle parlait avec l'accent anglais.

— Non, répondit-il en souriant.

— Je m'appelle Frieda.

Il lui serra la main qu'elle avait forte, élégante.

— Vous êtes nouveau. C'est la première fois que je vous vois par ici.

— Coupable.

— Désolée d'avoir été impolie. Mais quand on tombe sur quelqu'un qui ne connaît pas les règles, on commence par se poser des questions.

— Toutes mes excuses. Personne ne m'avait dit qu'il y avait des règles.

— Vous avez prononcé son nom comme si vous pensiez qu'elle était à vous, ou je ne sais pas quoi.

— Désolé.

— Personne ne dit son nom. Ça met les gens mal à l'aise. On pourrait dire que nous sommes tous des papillons qui tournent autour d'une flamme, et personne ne veut l'admettre, ajouta-t-elle d'un air penaud.

— Eh bien, je tourne, moi aussi, si je comprends bien ce que vous voulez dire. En réalité, je voudrais plonger droit dedans.

— Oh, ne dites pas ça.

Il eut un rire poli.

— Vous croyez que je plaisante ? reprit Frieda en se penchant vers lui, avide de parler, malgré les « règles ». Son cinquième mari s'est tué, il y a un an. On l'a trouvé vingt et un étages plus bas, fit-elle en tendant un long doigt vers le sol. Tous les autres, avant lui, ont péri de mort violente. Il y en a un qui s'est tiré une balle. Un qui s'est noyé ; un autre s'est collé trop de patches. Et ses amants, pareil. Elle était avec un militaire, depuis quelques semaines, un pilote de chasse ; il est devenu accro aux patches. On la connaît jusqu'aux États-Unis ?

— Je ne crois pas. J'ai entendu parler d'elle en Jordanie. Je suis venu ici voir à quoi elle ressemblait.

— C'est un suicide en marche. Quelqu'un qui essaie de se noyer.

Blaine eut un regard interrogateur.

— Elle fait durer la fête vingt-quatre heures sur vingt-quatre. Il y a longtemps que ça n'a pas été aussi calme : les gens commencent à s'en aller à cause des problèmes politiques. Elle est camée en permanence, surtout depuis le début des tremblements de terre. Elle dit que ça lui fait peur, dit Frieda en le regardant, et il vit que des gouttelettes de sueur perlaient sur ses tempes, comme si parler d'Aïda était une sorte de drogue, peut-être un moyen de la posséder par procuration. Elle dévore les amants à la chaîne, elle vit dans les boîtes de nuit, les casinos, les soirées comme ça. Il faut toujours qu'elle soit entourée d'admirateurs, de bruit, de musique…

Soudain, le bourdonnement des voix, autour d'eux, se tut. Les gens regardaient fixement quelque chose. Certains s'étaient levés d'un bond.

Aïda était dans la pièce, devant la double porte, du côté opposé à celui par où Blaine était entré. Le mince filet de fumée de sa cigarette montait vers le plafond. Elle était accompagnée de toute une suite. Elle portait une robe noire très simple. Elle était d'une pâleur mortelle, et paraissait, avec son regard perdu dans le vide, avoir oublié où elle était, à moins qu'elle n'ait sombré dans une sorte de rêverie.

Tous les yeux, dans la pièce, étaient rivés sur elle. Blaine savait que ça ne se faisait pas, mais il ne pouvait s'empêcher de la dévisager. Elle était d'une beauté intense, inconsciente, douloureuse, comme si elle avait une importance spirituelle, un rapport avec le but réel, profond, de la vie humaine.

Les conversations reprirent, à voix basse. Un vieil homme extravagant, en costume de prix et lavallière, s'approcha d'Aïda d'une démarche saccadée, pendu au bras d'une jeune Scandinave à l'air drogué et au décolleté pigeonnant. Il prononça quelques paroles entrecoupées d'un rire sifflant, illustrées de gestes de ses mains crochues, tremblantes.

Aïda porta sa cigarette à ses lèvres et esquissa un sourire vaguement amusé. La plupart des gens, dans la pièce, étaient maintenant debout et feignaient de bavarder par petits groupes tout en la regardant du coin de l'œil. Blaine était au fond de la pièce, mais sa taille lui permettait de voir tout cela.

La cigarette d'Aïda arrivait à sa fin. Elle tendit la main comme si de rien n'était et l'écrasa sur l'un des seins de la Scandinave.

Après une seconde d'incompréhension, la femme recula d'un bond en hurlant. Ce fut un beau tumulte. Blaine entrevit le visage supplicié de la femme, le profil atone d'Aïda et, autour, une agitation fébrile, désordonnée. On aida la femme à quitter la pièce. Elle sanglotait. Deux hommes en smoking qu'il avait vus chez Abou Sheikha, un grand aux joues creuses et un petit chauve, s'avancèrent, fendant la foule surexcitée, médusée, curieuse de voir ça de plus près, discutant poliment avec les gens qui protestaient ou essayaient de poser des questions.

— L'homme qui se trouve derrière elle est le vice-ministre de la Justice, souffla Frieda à l'oreille de Blaine. Vous croyez qu'elle va avoir des ennuis ? demanda-t-elle en gloussant bizarrement.

Le vice-ministre de la justice était un homme

sombre, au crâne dégarni, en costume strict. Il se tenait à côté d'Aïda avec une expression digne et retenue. Rien, dans son attitude, ne permettait de soupçonner qu'il ait vu quoi que ce soit d'inhabituel. Aïda s'éloigna en direction de la salle de danse, accompagnée de sa suite, et il leur emboîta le pas.

12

Le grand appartement était le théâtre d'une fête sauvage, presque désespérée. Certains invités particulièrement chargés jouaient à des jeux virtuels, les yeux masqués derrière des lunettes opaques, se lançant des invectives dénuées de sens, bousculant ceux qui ne partageaient pas leur réalité. Mais Blaine vit aussi des gens qui regardaient subrepticement leur montre, peut-être pour vérifier combien de temps ils avaient avant de partir pour l'aéroport.

Il lui fallut un moment pour reprendre empire sur lui-même et retourner dans la salle de danse où le *thump* s'abattait tel un orage stroboscopique sur la foule, qui déferlait comme un raz de marée, un macro-organisme de corps convulsés et d'esprits imbriqués, unis dans un même orgasme. Appuyé au mur, les mains vainement plaquées contre les oreilles, les pensées en ébullition, un véritable branle-bas dans le ventre, Blaine plissait ses yeux larmoyants comme s'il espérait discerner quelque chose dans ce tumulte neural. Aïda dansait frénétiquement au milieu de la foule, les yeux clos, les lèvres entrouvertes dans une expression extatique, les cheveux collés sur le front par la sueur.

Il la regardait fixement, fasciné, lorsqu'il se passa une chose bizarre. Il sentit que son attention, sa conscience, étaient attirées vers elle, aspirées comme l'eau dans un trou de vidange. Il n'entendait plus la musique et les autres n'étaient que de vagues taches floues dans une lumière crépusculaire, dans laquelle *elle* était parfaitement nette. Elle dansait au ralenti, dans le silence, elle ondulait des hanches avec une extrême concentration, comme si elle copulait avec un esprit invisible, le lent mouvement sinueux l'emplissant tout entière, tel le vaste et profond gonflement d'un océan sur lequel il était, lui, un naufragé cramponné à une épave.

Il s'avança vers elle, à peine conscient de heurter les autres danseurs, leurs bras en mouvement. Elle semblait irradier de la chaleur comme un brasier. Arrivé près d'elle, il la prit par le poignet. Et sentit la brûlure de sa peau. Elle entrouvrit légèrement les yeux, ses prunelles étincelantes entre ses paupières étrécies.

Des mains l'empoignèrent. Deux hommes essayaient de l'éloigner d'elle. Ils portaient des espèces de vestons raides, antisons, et des casques. La musique se referma soudain sur lui et les danseurs se remirent à évoluer à la vitesse normale.

Les deux gardes du corps l'entraînèrent de l'autre côté des portes insonorisées, dans le hall d'entrée où la musique était réduite à un fort bourdonnement. Ils n'avaient pas l'air de se souvenir de lui ; ils l'avaient pourtant bien vu, la nuit passée. Il s'affala contre le mur, vidé, après coup, par la sauvagerie du *thump*.

Un autre homme le suivit dans le couloir, laissant

échapper une bouffée de musique sauvage avant que les portes ne se referment dans son dos. Blaine le reconnut. C'était Munir Helwan, l'agent d'Aïda, qu'il avait rencontré aux Studios du Nil. Ses cheveux, alors noués en catogan sur la nuque, lui pendaient maintenant sur les épaules en grosses mèches humides de transpiration. Il tourna vers Blaine des yeux hagards, aux pupilles dilatées, peut-être à cause d'un exhausteur neurologique. Il tremblait de tous ses membres. L'excitation induite par le *thump*, son souffle rauque, ses narines frémissantes, l'odeur de sa sueur en faisaient un être hypertrophié, effrayant.

Il regarda Blaine avec attention, farouchement, comme s'il étudiait un animal qu'il devait éliminer.

— Flanquez-le dehors, dit-il aux gardes du corps.

Il y eut une autre bouffée de musique, puis un rire léger, musical, et Blaine sentit un frisson lui parcourir la colonne vertébrale.

Tout le monde se retourna. Aïda sortait de la salle de danse, au bras d'un grand et beau mâle, dans le genre athlétique. Elle était en nage et ondulait encore doucement comme si elle ne pouvait se sortir le *thump* de la tête. Quelques danseurs la suivaient en riant et en hurlant, manifestement ivres. Parmi eux, le vice-ministre de la justice marchait avec raideur, l'air renfrogné, comme s'il était à mille lieues de tout ça. Il portait un veston antison, rigide comme une cuirasse, et enleva le casque qui lui couvrait les oreilles. Il était serré de près par des gardes du corps ou des policiers en civil. Un type servile, genre chargé de relations publiques, lui baragouinait quelque chose d'un air sérieux.

— Où vont-ils tous ? s'écria Aïda. Je t'ai dit que je

voulais danser, Munir, mon chou ! Qu'est-ce que tu fabriques ? Qui est-ce ?

— Personne, chérie, répondit Helwan. Un fou. Nous le jetions dehors.

— C'est lui qui m'a touchée ? fit-elle avec un nouveau gloussement, et elle renvoya ses cheveux en arrière, en peignant avec ses doigts les mèches plaquées par la sueur sur son visage et son cou. Laisse-moi le regarder. Il est vraiment fou ? Il ne mord pas, au moins ?

— C'est l'un de ces docteurs des rêves étrangers dont je vous ai parlé, qui *doivent* absolument vous parler, sinon ils mourront, répondit Helwan. Il est venu m'importuner aux Studios du Nil, il y a quelques jours. Je ne sais pas comment il a réussi à entrer.

Elle s'approcha, le visage rayonnant de fougue et de gaieté, en pétrissant tendrement le bras de son chevalier servant, le bassin tressautant car la danse était encore et toujours en elle, le regard extatique, vitrifié par la drogue et par le plaisir. De près, ses yeux noirs avaient des reflets violacés.

Mais lorsqu'elle regarda Blaine, son expression changea. L'exaltation laissa place à une vague appréhension. Comme se fige en se refroidissant la lave d'un volcan, elle cessa peu à peu de bouger, et ses mains se crispèrent sur le bras de son compagnon.

— Qui est-ce ? demanda-t-elle, d'une voix étranglée. Est-ce… ?

— Personne, ma Dame, répondit Helwan, et Blaine crut lire de l'angoisse sur son visage aussi. Un admirateur qui est entré sans être invité.

Mais Aïda regardait Blaine en fronçant les sourcils.

Les gardes du corps les emmenèrent vers un salon au plafond voûté, aux murs ornés de pâtisseries en stuc, éclairé par des lampes de cuivre anciennes. Un brasero alimenté au charbon de bois brûlait dans un coin. Il était près de minuit, mais un crépuscule bleu foncé, sombre, fumeux, entrait par les fenêtres ouvertes qui donnaient sur les étroites ruelles et les petites échoppes du Caire, ses dômes et ses minarets, ses jardins entourés de murs et ses fenêtres à moucharabieh. Dans la pièce planait une sorte de brume qui semblait en partie mentale, comme une fumée d'opium ou une espèce de champ de force qui affectait directement les nerfs, de sorte que les douces courbes des meubles, l'odeur fraîche, nostalgique du jasmin et le léger tintement d'un carillon à vent avaient quelque chose d'onirique, d'intense et de vague à la fois. La femme s'assit sur un divan, près des fenêtres, et Blaine resta debout devant elle, sur l'épais tapis persan.

Elle avait l'air mal à l'aise. Elle passa maladroitement le dos de sa main un peu tremblante sur ses yeux et l'observa. Les deux gardes du corps étaient appuyés contre le mur, quelques pas derrière lui. Le beau ténébreux sur lequel elle s'appuyait un moment plus tôt était debout à côté d'elle. Il avait le visage congestionné et les yeux mi-clos, comme s'il était sous l'emprise d'une drogue. Helwan était avachi dans un fauteuil. Il transpirait abondamment et respirait mal, sans doute assommé par une drogue ou une autre. Un cinquième homme, un petit Européen chauve, maigrichon, aux mains osseuses et au costume mal fichu, planait un peu plus loin.

Le type des relations publiques du studio papillonnait autour d'Aïda.

— Miss Aïda, le vice-ministre voudrait vous voir avant de partir. Il a une réunion importante avec le

Premier ministre, mais il vous attend dans la salle de bal…

— Êtes-vous… l'homme qui m'a appelée ? coupa Aïda d'une voix vibrante en regardant Blaine. Du… ? Qu'est-ce que… qu'est-ce que vous voulez ?

— Ce qu'il veut ? fit Helwan en essayant de se redresser dans son fauteuil. Ma chère, cet homme est mûr pour l'hôpital psychiatrique. Pourquoi lui parlez-vous ?

Blaine s'éclaircit la gorge en tremblant. Il se rendait compte que tout ce qu'il avait prévu de lui dire était vide, creux, absurde. Il comprenait qu'il était venu à elle en amant, pour la sauver de la brute qui la battait dans le jardin de Kraïma, pour prendre dans les siennes ses mains brisées…

— Vous m'avez appelée Buthaïna, dit-elle comme si la mémoire lui revenait lentement. Où avez-vous entendu ce nom ? Où aurait-il pu entendre ce nom, Hussein ? lança-t-elle d'une voix devenue stridente.

— Sur ma vie, je l'ignore, répondit le beau ténébreux, et il ajouta en gloussant : Retournons danser.

Blaine se fit violence pour reprendre la parole. Il avait la gorge sèche et il était tellement nerveux que c'est à peine s'il se rendait compte de ce qu'il disait.

— Je vous ai vue en rêve, dit-il dans un coassement. Vous vous appeliez Buthaïna, c'était votre nom. Vous étiez juchée sur un mur, et… quelqu'un vous faisait tomber par terre et vous battait… Et puis il y avait un tremblement de terre.

L'expression de la femme l'incita à s'interrompre. Elle porta ses mains tremblantes à son visage.

— Comment ? siffla-t-elle, le visage convulsé comme s'il avait proféré une monstruosité, comme si elle n'avait jamais rien entendu de plus abominable.

Ses yeux cherchèrent craintivement un endroit qui n'existait que dans sa tête.

— Oh, Seigneur ! Dieu tout-puissant ! fit Helwan d'une voix rauque, en se levant. Non, non ! Par le saint nom de Dieu, ça ne va pas recommencer !

Mais elle ne l'écoutait pas.

— Les rêves ne sont pas réels, dit-elle dans un gémissement, sa poitrine se soulevant spasmodiquement. Je ne dois pas m'en inquiéter !

Le petit Européen obliqua vers Blaine.

— Vous troublez Miss Aïda, siffla-t-il en anglais avec un accent slave à couper au couteau, alors que tout le monde parlait arabe jusque-là. Vous devez partir, maintenant.

— Hussein, reprit-elle en tremblant, les poings crispés. Hussein, les rêves ne sont pas réels, n'est-ce pas ? Non, ils ne peuvent pas être réels. Et pourtant, il l'a vu, lui aussi.

Elle regarda à nouveau Blaine, les paupières papillotantes. Il perçut la chaleur sombre, désespérée, de ses prunelles.

— Vous devriez prendre votre médicament, maintenant, chérie, dit Helwan avec douceur, en se plantant à côté d'elle.

Il tremblait spasmodiquement, comme si cet effort de gentillesse sous l'influence de la drogue provoquait chez lui un dysfonctionnement physique.

— Non.

— Si, chérie. Vous vous sentez bien ? Regardez, vous tremblez. Vous savez ce qui pourrait arriver, si vous ne prenez pas votre remède.

— Je n'en veux pas tout de suite, dit-elle. Ça me fait entendre la voix.

— Regardez-vous, voyons… vous transpirez, dit

Helwan. Vous commencez à avoir les symptômes. Vous vous sentirez mieux après avoir pris votre médicament. Ça évitera qu'il se passe quelque chose de pire.

Le petit docteur slave avait tiré de sa poche une seringue plate, en plastique.

— Il faut vraiment que je vous fasse votre injection, Miss Aïda, dit-il en arabe, qu'il parlait étonnamment bien. Vous savez le mal que vous avez à vous remettre quand vous vous effondrez. Vous vous souvenez, la dernière fois ? Vous vous souvenez, l'hôpital, vous vous rappelez, hmm ?

Elle leva les yeux vers lui avec une soudaine appréhension.

— Non, dit-elle faiblement. Il faut que je parle à cet homme. Il a quelque chose à voir avec ce qui m'arrive, les événements qui se préparent. Il me rappelle un élément important de mes rêves.

— Il vous rappelle quoi ? releva amèrement Helwan. Que vous êtes une prophétesse envoyée pour annoncer les tremblements de terre au monde ? C'est ça ? C'était bien ça, la dernière fois, non ? Ne soyez pas absurde, chérie. Prenez votre médicament. Vous ne comprenez pas que vous pourriez perdre l'esprit à nouveau ? Vous ne vous rappelez pas, la dernière fois ?

Elle leva sur lui un regard dubitatif, sans répondre. Le petit Européen lui prit le poignet, tira doucement son bras vers lui.

— Ne bougez pas, Miss Aïda, dit-il gentiment. Restez tranquille ou M. Helwan va se mettre en colère.

Elle regarda Blaine, troublée, mais laissa le docteur redresser son bras, trouver la veine et appuyer sur le piston de la seringue. Il y eut un petit bruit lorsque la seringue à ultrasons trouva l'intérieur de la veine, inséra son aiguille rétractable et administra sa dose de produit, quel qu'il soit. Puis le petit docteur fit disparaître la seringue.

Elle battit des paupières, prit une inspiration profonde, saccadée. Son visage se détendit, ses traits s'apaisèrent. Elle inspira à nouveau, eut un gloussement. Son regard devint langoureux, moqueur, son corps ne fut plus, tout à coup, que courbes accueillantes et muscles tentateurs. Elle s'enfonça dans les coussins du canapé et partit d'un petit rire gras, lubrique, stupide. Elle congédia Blaine d'un geste désinvolte de la main.

— J'en ai assez de lui, dit-elle. Allez, Hussein, dansons.

Le grand gaillard camé à mort ne se le fit pas dire deux fois. Il l'aida à se relever, toute guillerette.

Les gardes du corps s'approchèrent de Blaine. La dernière chose qu'il vit fut le visage convulsé de haine de Munir Helwan. Mais ce n'était pas lui, Blaine, qu'il regardait. Il foudroyait du regard le magnifique spécimen qu'Aïda appelait Hussein.

Le grand garde du corps aux joues creuses raccompagna Blaine jusqu'à l'ascenseur. Blaine avait la cervelle embrasée. C'est à peine s'il se vit aller jusqu'au toit, s'il entendit les pieuses invocations du vieux chasseur ratatiné, les amabilités du chauffeur. Pourtant, alors que la limousine volante s'élevait avec une douce vibration dans le noir, au-dessus de la Tour des Rêves, il crut remarquer un mouvement soudain dans le smog, en dessous. Le phénomène se reproduisit : un éclair orange, silencieux. Une explosion, dans l'un des quartiers pauvres au pied des gratte-ciel, peut-être. Ou bien une bataille de rues, une échauffourée entre la police du gouvernement et une milice quelconque. C'était impossible à dire.

Ils tournèrent une demi-heure autour du Méridien du Nil avant de recevoir l'autorisation de se poser. Il était une heure du matin, mais la plate-forme sur le toit était aussi bondée et il y régnait la même frénésie que lorsqu'il était parti. De plus, l'endroit grouillait maintenant de soldats du gouvernement en tenue de combat. Une demi-douzaine d'hommes empilaient des sacs de sable dans un coin du toit, d'autres regardaient par-dessus le parapet à l'aide d'une sorte de dispositif optique intelligent. Une petite table de camping avait été installée devant la porte du salon de transit et la police militaire relevait l'empreinte du pouce de tous ceux qui partaient pour l'aéroport. Blaine était apparemment le seul passager qu'ils avaient vu arriver de toute la soirée. Ils l'entraînèrent à l'écart.

Blaine se soumit à l'interrogatoire du lieutenant assis devant la petite table, un homme d'une quarantaine d'années, d'une beauté martiale, à la moustache soignée, au regard dur, plein d'âme. Il regarda sans le voir le passeport de Blaine, que l'empreinte de son pouce avait fait apparaître sur son portable à camouflage « tempête du désert ».

— Vous revenez d'une soirée ?

— Oui.

— Elles sont comment, les rues, vues d'en haut ? demanda le lieutenant avec curiosité.

— Embrumées.

Le lieutenant eut un grognement.

— Vous allez bientôt quitter le Caire ?

— Pourquoi devrais-je partir ? Écoutez, mon lieutenant, je suis au courant de la situation politique, mais y aura-t-il vraiment des problèmes ? Après tout, les forces gouvernementales sont intervenues, et…

Blaine laissa sa phrase en suspens sur un haussement d'épaules.

— Il y a déjà des « problèmes », répondit le lieutenant, et il leva rapidement le doigt : Ce n'est pas moi qui vous l'ai dit. Si j'ai un conseil à vous donner, c'est de partir au plus vite. Et si vous ne voulez pas partir, restez à l'hôtel.

Il vida l'écran de son portable et, très grand seigneur, invita Blaine à entrer.

Dans sa chambre, un message prioritaire clignotait sur son écran mural. Une icône indiquait qu'il venait de Jenny Chan.

Blaine appuya sur « Effacer » et coupa le téléphone, après avoir commandé une bouilloire au service d'étage. Lorsqu'il réalisa ce qu'il était en train de faire, il avait bel et bien commencé à mélanger les poudres et les feuilles sèches de ses sachets d'herbes sur le bureau Louis XV. Il interrompit le chant qu'il murmurait machinalement — le chant qui, d'après les textes anciens, était censé se concilier les dieux, et dont les chercheurs de l'Ikôn disaient qu'il plaçait l'inconscient dans un état réceptif, propice à l'action des Images.

Il s'installa dans son fauteuil et tenta de se raisonner. Il n'avait pas besoin de se jeter dans le vide comme ça, se dit-il. Le fait de rêver ne lui dirait pas nécessairement ce qui se passait au Caire : la traduction des métaphores du rêve d'Image en messages reconnaissables était complexe, même pour les experts de l'application qui se trouvaient à Los Angeles, et ce n'était pas vraiment son rayon. Un autre rêve ne lui en apprendrait vraisemblablement pas plus que les autres, il se contenterait de confirmer que l'actrice Aïda disposait d'un puissant pouvoir d'une espèce ou d'une autre, et qu'elle avait plus ou moins des ennuis.

De plus, ce nouveau rêve risquait d'avoir des conséquences désagréables. Haseeb Al Rahman lui-même, cet homme que Blaine croyait assez stable, assez solide pour prospecter à Auschwitz ou à Hiroshima, avait craqué après avoir fait ici même, au Caire, un rêve d'Image probablement en rapport avec Aïda.

Cela dit, il sentait vaguement, mais intensément, que ce qu'il avait vu aux Tours d'Ehlam exigeait une réaction, une sorte de contrecoup psychologique. Il pouvait se terrer dans cette confortable chambre d'hôtel en essayant d'oublier ou de rationaliser la terrible beauté de cette Aïda, le champ d'énergie imaginaire qui l'entourait, accepter de se laisser congédier par cette déesse accro à Dieu sait quelle drogue et retrouver sa vie contrôlée, dissociée, de Prospecteur Neurosocial de Terrain Senior, la vie terne et morne de chevalier servant de Jenny Chan, émotionnellement et spirituellement castré, comme ces Occidentaux sans Dieu qui horrifiaient tellement Shukri, le chauffeur de taxi.

Blaine savait que le Méridien du Nil avec son atmosphère occidentale aseptisée, hermétiquement scellée, était probablement le plus mauvais endroit de la ville pour prospecter des Images. Il était coupé du dehors, du temps qu'il faisait, des bruits, des odeurs et de l'ambiance dont se nourrissaient les gens qui surfaient sans s'en rendre compte à la surface de l'inconscient collectif, et l'alimentaient de leur énergie vitale. Il n'avait aucun endroit où fixer valablement son ancre neurale. D'un autre côté, peut-être que ça le sauverait ; rêver dans cet hôtel sans le support de l'électronique devrait grandement atténuer toutes les images meurtrières qu'il pourrait capter.

Il se pencha sur le bureau où il avait préparé les herbes, tendit l'oreille. Un silence de mort régnait dans l'hôtel, peut-être déserté par la plupart de ses clients. Il se remit à psalmodier en écrasant et en mélangeant les herbes à petits coups précis, mesurés, de ses mains fermes. Leur odeur poussiéreuse, puissante, enivrante, lui chatouilla les narines.

C'est qu'il y avait autre chose, une chose qu'il pensait avoir imaginée mais qu'il n'arrivait pas à se sortir de la tête. À la seconde où la seringue avait émis son petit chuintement et où les yeux d'Aïda s'étaient mis à papilloter, Blaine pensait avoir entendu quelque chose : un rire gargouillant, hurlant — le rire de l'homme-démon qui avait fait tomber Buthaïna, la fille du rêve, à bas du mur et l'avait battue à mort, et que Blaine avait vu à Darb Al Ahmar.

L'exaltation et la clarté lui firent l'effet d'un coup en plein plexus solaire et dans la colonne vertébrale. On ne s'y habituait jamais. Il avait pris le train du rêve lucide qui charriait les Images de l'inconscient collectif. Il s'éveilla dans une étroite ruelle de terre battue, dans la chaleur étouffante de la journée. Son exaltation se mua en désespoir lorsqu'il réalisa qu'il était à Shafa'i, la Cité des Morts.

Il reçut l'odeur en plein nez : la fumée des braseros et la puanteur des égouts à ciel ouvert, des corps jamais lavés et de la saleté organique accumulée dans les taudis au fil des années. Il regarda autour de lui et fut pris d'une nausée. Sur l'un des côtés de la rue, des corps squelettiques, en haillons, gisaient dans l'ombre de cahutes de terre battue à moitié effondrées.

Quelqu'un venait vers lui, dans la ruelle, une silhouette vêtue de noir de la tête aux pieds, forme bienvenue, solide, sur la crasse grise et brune des taudis, une femme musulmane portant le *lefeh* noir traditionnel, sous lequel on ne voyait que les mains et les yeux noirs, maquillés au kohl. Elle marchait lentement, gracieusement, et sans ce terrible environnement, on aurait pu croire qu'elle allait au marché, ou voir sa famille.

En se rapprochant de Blaine, elle le regarda avec curiosité, de ce regard direct, innocent, de paysanne. Mais quand elle n'en fut plus qu'à une dizaine de mètres, elle détourna furtivement le regard, comme si elle venait de remarquer où elle se trouvait. Elle ouvrit de grands yeux horrifiés et porta à sa bouche voilée sa main ornée d'un bracelet. Blaine entendit son hoquet de l'endroit où il se trouvait.

La femme en noir resta debout là, à regarder autour d'elle, tremblante, éperdue. Elle émettait de petits gémissements, invoquait Dieu d'une voix étouffée. Elle bascula sur ses talons comme si elle défaillait.

Finalement, ses doigts tremblants, s'agitant désespérément, déchirèrent le devant de sa robe noire, dévoilant ses seins.

Des seins d'une blancheur crémeuse, pleins et fertiles.

Un râle hoquetant, sur sa droite, fit sursauter Blaine, terrifié. L'un des êtres squelettiques massés dans l'ombre d'une cahute de torchis bougeait, s'agenouillait péniblement, ses mains d'une finesse de serre grattant la terre. Un homme ou une femme ? Blaine n'aurait su le dire. Son visage était un masque de privation, parcheminé. La créature s'approchait en titubant de la femme en noir lorsque Blaine, épouvanté, manqua sombrer dans l'inconscience.

Mais le squelette humain se contenta de se laisser tomber à genoux devant la femme. Elle prit sa tête desséchée dans ses mains tremblantes et lui offrit le sein. Le monstre téta avidement, désespérément, ses lèvres arides claquant horriblement.

D'autres râles gémissants se firent entendre, et des cohortes de silhouettes faméliques approchèrent, en rampant, à quatre pattes ou en titubant, de la femme en noir. Elle donna le sein à un second malheureux, le soutenant de son bras libre, mais ils étaient maintenant des douzaines autour d'elle. Ils se cramponnaient faiblement à ses genoux, essayant de lui arracher les deux squelettes qu'elle nourrissait déjà, achevant de déchirer sa robe avec leurs doigts osseux, grouillant, grimpant les uns sur les autres comme un horrible essaim d'insectes, poussant de rauques cris de désespoir.

Celui à qui elle avait donné le sein en premier, dans son avidité et sa panique à l'idée d'être arraché à elle, la mordit.

Blaine vit couler de sa bouche un flot de sang pourpre, violacé, noirâtre. La femme poussa un hurlement. Ses vêtements tombèrent, ses longs cheveux cascadèrent sur ses épaules.

Il tenta de se boucher les oreilles, de se détourner, mais il ne pouvait ni bouger, ni fermer les yeux. Il aurait préféré mourir plutôt que de voir…

Les deux cadavres vivants à qui elle donnait le sein s'y cramponnaient à présent de leurs dents pourries, son sang noir coulait sur son corps blanc, et elle se tordait en hurlant de douleur. C'est alors que son voile lui fut arraché. C'était Buthaïna. Les créatures squelettiques, en proie à la frénésie du désespoir, lui infligeaient à présent d'innombrables morsures, lacéraient ses chairs. Elle serait tombée s'ils ne l'avaient tirée dans toutes les directions à la fois, la griffant, la dévorant, buvant son sang. Ils lui arrachèrent un bras, et elle cessa bientôt de hurler. Alors ils lui ouvrirent le corps : ses côtes cédèrent avec un bruit déchirant, horrible à entendre, et un jaillissement phénoménal de sang et d'organes se déversa à terre, sur lequel se ruèrent avidement les monstres agenouillés. Elle ne fut bientôt plus qu'un amas d'os brisés et de débris sanglants dans une mare de sang noirci que le sol absorba aussitôt, et quelques organes écrasés, immangeables. Ses longs cheveux trempés de sang furent rejetés comme une dépouille d'animal à quelques pas de là.

Les êtres décharnés se levèrent lentement, abandonnant leur festin, et reculèrent en titubant, couverts de sang séché. Il était difficile de dire s'ils étaient épouvantés par ce qu'ils avaient fait.

Il y eut un cri bredouillant et un hurlement de rire. Un éclopé, bancal, contrefait, venait vers lui, dans la rue. Il était nu, couvert de plaies et de bosses, et ses yeux globuleux, vitreux, étaient gonflés de pus. Ses cheveux et sa barbe pendouillaient, feutrés par la crasse, et il avait les dents noires, pourries, horriblement longues. Des bouts de ficelle et de corde étaient attachés à ses bras, à ses jambes, à sa taille, et des choses dansaient au bout : des crânes et des os de petits animaux.

C'était l'homme-démon de Darb Al Ahmar.

Un sourire exultant illuminait son visage boursouflé, infecté, débile. Il poussa un hurlement de rire, la bave gargouillant aux commissures de ses lèvres. Il écrasa les os de Buthaïna sous ses pieds, les éparpilla, les éclats acérés lui entaillant les chairs de sorte que son propre sang empoisonné s'unit à celui de la fille dans la terre de la ruelle.

Blaine était incapable de réfléchir, il avait tout oublié de lui, de son histoire. Il était un nœud d'horreur, de dégoût et d'angoisse mêlés.

Et puis la terre se mit à trembler.

Le rugissement était celui du Nil échappant à son lit, il le savait, mais le grondement se poursuivit lorsqu'il se réveilla dans sa chambre, au Méridien, trempé de sueur et tous les muscles noués, l'hôtel tremblant autour de lui, émettant les mille craquements qui étaient ses harmoniques. Il était trop épouvanté pour bouger. Il se rappelait le bâtiment qui s'était abîmé dans l'eau, la nuit passée.

Lentement, le bruit et les vibrations diminuèrent, s'estompèrent, jusqu'à ce qu'il n'entende plus que le silence, souligné par le souffle du climatiseur. Blaine s'obligea à se décrisper suffisamment pour pouvoir bouger, se lever, aller à la fenêtre et regarder au-dehors en tremblant de tous ses membres, se demandant s'il y avait vraiment eu un séisme, ou si ce n'était encore qu'une partie de son rêve.

Tout avait l'air normal : le sombre éclat des lampadaires crevant le brouillard, la noire énigme du Nil, entre ses berges, les feux clignotants d'une limousine volante qui s'éloignait en direction de l'aéroport.

Il acheva de se détendre. Les draps, du côté où il était couché, étaient trempés, alors il changea de côté, s'adossa aux oreillers moelleux en luttant contre sa peur et sa nausée. Les prospecteurs étaient entraînés à gérer les drames intenses, évidemment, et puis il avait des tranquillisants, des somnifères et même des neuroleptiques dans sa trousse de premier secours, mais Haseeb lui avait toujours déconseillé d'y toucher. S'il y avait une chose qu'il ne fallait jamais essayer de faire, disait-il toujours à son petit groupe de protégés, c'était d'essayer de *résister* à une Image. Les Images étaient des créatures de l'inconscient collectif, qui était à la psyché du prospecteur ce que l'océan était à la goutte d'eau. Tenter de réprimer une Image, de l'oublier ou de la modifier à son gré —en dehors du fait qu'on pouvait dire adieu à sa commission — pouvait être douloureux, sinon pire. On ne pouvait pas plus combattre une Image qu'on ne pouvait lutter contre un raz de marée, mais on pouvait surfer dessus, même quand elle était d'une grande sauvagerie. Il y avait de nombreuses façons de s'y prendre, leur avait dit Haseeb. Il leur recommandait donc, premièrement, de ne pas essayer d'oublier, de changer ou d'ignorer l'Image — il fallait, au contraire, lui accorder toute l'attention qu'elle exigeait, se laisser obséder par elle le temps voulu pour l'éliminer par catharsis de son système nerveux. Deuxièmement, il ne fallait pas prendre de drogues pour refouler ses sentiments et ses perceptions ; ç'aurait été contraire à la règle numéro un. Troisièmement, il ne fallait pas craindre de se rendormir après un rêve d'Image — le corps avait besoin de sommeil et de pouvoir libérer la tension du rêve, de préférence aussitôt, afin d'éviter tout dommage. Quatrièmement, il fallait parler de l'Image — pas à des étrangers à la Compagnie, afin d'éviter les risques de vol, ou de voir se dissiper son pouvoir, mais à des amis de la Boîte, à d'autres prospecteurs, à Haseeb lui-même, si nécessaire.

Sauf qu'il ne pouvait plus entrer en contact avec lui,

se dit Blaine, les joues trempées de larmes. Haseeb était dans un hôpital psychiatrique, probablement décérébré par toutes leurs saloperies de drogues.

Ce qui voulait peut-être dire que ses idées sur la façon de garder l'esprit n'étaient pas infaillibles. Seulement maintenant que Blaine avait été viré de l'Ikôn, il n'avait plus personne à qui en parler.

Il s'obligea à se détendre dans son lit douillet. Si Haseeb avait disparu de la circulation, Blaine était tout seul pour régler son problème, tout comme Haseeb avait été livré à lui-même quand il était un jeune prospecteur d'Images et qu'il n'y avait pas de prospecteurs expérimentés autour de lui pour le conseiller.

Avant qu'il n'ait compris ce qui lui arrivait, il sombra dans un sommeil agité, entrecoupé de rêves. Il en fut tiré, dans un spasme de pure terreur, par le signal sonore annonçant l'arrivée d'un appel. Il s'accroupit dans son lit en jurant, attendit que les battements de son cœur s'apaisent et alla répondre. Il s'apprêtait à engueuler le visage à l'air officiel qui le regardait sur le petit écran de son palmtop lorsqu'il comprit que c'était un message enregistré, un nouveau flash de l'ambassade des États-Unis : « Nous regrettons de vous déranger à cette heure matinale, mais nous vous retransmettons ci-après une communication urgente de L.P. Symington, ambassadeur des États-Unis en Égypte, adressée à tous les ressortissants américains de la région du Caire. Il s'agit d'un avis émis par le Département d'État pour l'Égypte, concernant plus particulièrement la zone du Caire. Des émeutes ont éclaté dans les quartiers nord et nord-est de la ville, et les troubles s'étendent rapidement, des groupes extrémistes menant des attaques isolées. Le Département d'État américain, la Sécurité interne égyptienne et les Forces Armées pourraient être incapables de contrôler la situation. Tous les citoyens américains sont vivement incités à quitter immédiatement le Caire. Si vous avez besoin d'aide pour organiser votre transfert, veuillez contacter immédiatement l'ambassade des États-Unis. L'ambassade des États-Unis ne sera pas capable… »

Blaine coupa la communication, ouvrit la porte-fenêtre et sortit sur le balcon. Les briques granuleuses étaient fraîches sous ses pieds, mais l'air âcre était déjà lourd.

Il n'y avait pas grand-chose à voir dans l'obscurité brumeuse, juste les petits feux qui clignotaient comme toujours dans les barques, sur le Nil, et la lueur orange, diffuse, du ciel, mais il imagina que l'immense rugissement de la ville avait changé de tonalité. Il lui paraissait plus ardent, rageur, comme si un million de voix hurlaient de colère, juste à la limite de l'audition. Loin, très loin, il entendait des sirènes, plus que d'habitude, se dit-il. Il les écoutait lorsque le ronflement pulsatile des rotors d'un hélicoptère se fit entendre, assourdissant, au-dessus de lui, et ce qui devait être un convoi d'appareils militaires survola l'hôtel et descendit le long du fleuve. Lorsque ces engins furent passés, il entendit le *whomp* étouffé par la distance mais bien reconnaissable d'une explosion dans le lointain.

13

Une journée.

Plus qu'une journée. La dernière. Il ne pouvait pas se permettre de rester plus longtemps au Caire. C'est ce qu'il se disait, ce matin-là, en mangeant sans en sentir le goût l'assiette de fèves réchauffées qu'un serveur jovial lui avait montée dans sa chambre, cinq minutes après qu'il l'ait commandée. Le Méridien du Nil était vide, maintenant. Même sans la rapidité inhabituelle du service d'étage, Blaine l'aurait senti, bien que rien n'eût changé dans le silence feutré de sa suite. Vue de son balcon, la circulation était moins dense sur les deux ponts qui franchissaient le Nil avant de disparaître dans le brouillard. Au lieu des bateaux de plaisance, de grosses vedettes de la police voguaient lentement dans un sens et dans l'autre. C'était un peu démoralisant en soi, mais le garçon qui lui avait monté son plateau, un petit bonhomme allègre et plein d'entrain, lui avait assené le coup de grâce. L'hôtel ne recevait plus CNN ni aucune autre chaîne d'informations majeure, et il n'avait pas eu le temps de se connecter sur le Net, mais le garçon lui avait dit que tout était calme, que les Forces Armées avaient la situation bien en main et qu'il n'y avait pas de quoi s'inquiéter, absolument pas. Supposant que ces protestations étaient des propos aimables et rassurants destinés à ménager la clientèle, Blaine en avait conclu que ça devait vraiment aller très mal. Tout ça, après son terrible rêve d'Image, avait achevé de lui mettre le moral à zéro.

Il s'était donc accordé une dernière journée. Il essaierait de revoir Aïda, de lui parler du rêve, et il verrait bien ce qui en sortirait. Après, il quitterait le Caire. Logiquement, elle ne devrait pas tarder à partir, si ce n'était déjà fait, avec tout ce que le Caire comptait encore de gens aisés ; et quand les choses se seraient tassées, il pourrait revenir et reprendre sa quête. L'élucidation de son mystère ne valait pas la peine qu'il risque sa vie. Cela dit, dans son cœur, il n'en croyait absolument rien. D'une façon ou d'une autre, il était sûr qu'elle était l'axe d'un vortex d'événements qui englobaient les émeutes, les Images et les tremblements de terre, et quand le Caire s'engloutirait en gargouillant dans ce vortex, elle disparaîtrait aussi, pour toujours et à jamais.

Mais la terreur induite par le rêve et le badinage du petit serviteur l'avaient glacé au point qu'il était prêt à s'en remettre à la logique. Il avait retenu une place dans le vol du soir et laissé un message sur le répondeur d'Aïda lui disant qu'il avait encore rêvé d'elle. Il n'aurait su dire pourquoi, il était sûr qu'elle enverrait une voiture.

C'est ce qu'elle fit, en fin de matinée, alors que l'appel à la prière retentissait dans le ciel, ponctué par les tirs sporadiques d'une mitrailleuse dans le lointain, comme une dernière supplication humblement adressée à Dieu. Lorsque Blaine arriva sur le toit et traversa le salon en plein ciel maintenant désert, Abou Tayib, le chauffeur d'Aïda, discutait avec les soldats au point de contrôle, qui était maintenant entouré de sacs de sable sur trois côtés. De grosses armes compliquées, montées sur des tourelles de visée cybernétiques pareilles à des araignées et reliées à des ordinateurs portables, avaient été installées sur trois des coins du parapet et ceinturées de sacs de sable. Deux hélicoptères de combat d'un gris terne étaient posés sur le tarmac, les pales de leur rotor retombant comme des oreilles de cocker. Plusieurs douzaines de soldats étaient assis par terre, adossés aux sacs de sable, raides et transpirants dans leur cuirasse de plastique, leur masque à gaz sale et leur casque bouclé trop serré sous le menton. Ils tenaient des mitraillettes en travers de leurs cuisses. Ils regardaient Blaine, ou ne regardaient rien du tout. Le sentiment d'attente était étouffant. Même le vent était mort, de sorte que la plate-forme semblait flotter dans un nuage brûlant, âcre, très éloigné de toutes les catastrophes qui pouvaient s'abattre sur la ville, en bas. Aucun membre du personnel de l'hôtel n'était en vue, et la grosse Mercedes volante noire d'Abou Tayib était le seul appareil civil sur la terrasse.

Les soldats lui disaient que Blaine ne pouvait pas quitter l'hôtel et qu'il devait lui-même repartir tout de suite, ou qu'ils allaient l'arrêter. Blaine joignit sa voix à la controverse. En fin de compte, Abou Tayib dut laisser tomber assez de noms de gradés de l'armée et de hauts fonctionnaires amis de sa patronne car les soldats laissèrent passer Blaine de mauvaise grâce.

En souriant à Blaine sous sa grosse moustache,

Abou Tayib lui ouvrit la porte de l'appareil, et ils décollèrent dans le bourdonnement assourdi des rotors. Ils volaient haut, en prenant garde à rester au milieu du fleuve, mais Blaine entendit quand même le *chtink* amorti d'un petit objet volant à grande vitesse heurter le fuselage.

— Une balle perdue, dit la voix d'Abou Tayib, sur l'intercom. Assurez-vous que votre ceinture de sécurité est bien bouclée, M. Blaine, et restez calme.

Une minute plus tard, l'appareil s'inclinait sur l'aile et descendait en piqué. Blaine entendit le rugissement des rotors poussés à pleine puissance même dans la cabine, et se retrouva collé au dossier de son siège. La limousine plongeait vers les Tours d'Ehlam avant que les groupuscules hostiles qui étaient peut-être dissimulés sur la berge du fleuve ne réalisent qu'ils étaient à portée de tir.

La torsion des rotors inversant la poussée projeta Blaine contre sa ceinture de sécurité, mais ils se posèrent en douceur. Abou Tayib ouvrit la porte de la cabine, regarda Blaine d'un air préoccupé, comme s'il craignait de l'avoir un peu trop secoué, et l'aida à sortir.

Il y avait une autre limousine volante sur la plate-forme, avec une vingtaine de personnes autour, et Blaine surprit les éclats de voix d'une altercation en arabe alors que les rotors de l'appareil d'Abou Tayib s'immobilisaient. Une demi-douzaine de personnes se détachèrent du groupe et se ruèrent sur lui.

— Bienvenue, *effendi*, lança, avec un signe de tête à Abou Tayib, l'homme en tenue sombre, impeccable, qui menait la marche. Allons-y. À l'aéroport, ordonna-t-il.

Des femmes envisonnées et un autre homme vêtu

avec la même élégance que le premier commencèrent à monter dans la limousine en écartant Blaine avec des murmures d'excuse et des plaisanteries.

— Je regrette, monsieur, mais c'est l'appareil de Miss Aïda, murmura Abou Tayib. Il ne peut quitter cet endroit.

L'homme qui s'apprêtait à monter dans la limousine volante fit marche arrière et réagit avec emportement, d'abord, puis en s'efforçant de lui faire entendre raison.

— Écoutez, mon frère, nous allons juste à l'aéroport et vous pourrez revenir aussitôt.

Il claqua des mains comme pour illustrer la rapidité à laquelle Abou Tayib pourrait effectuer l'aller et retour.

— Écoutez, je vous en offre de quoi permettre à Miss Aïda de s'offrir un autre véhicule. Combien voulez-vous ? fit-il en brandissant un terminal bancaire gainé de cuir.

— Impossible, monsieur, impossible, murmura Abou Tayib, l'air embarrassé, en écartant le terminal bancaire.

Puis il fut entouré de gens qui vociféraient et gesticulaient, les hommes lui enjoignant avec fureur de garder son calme, les femmes maintenant le col de leur manteau de fourrure fermé sous leur menton et lui demandant en battant des cils, dans un langage de mélodrame paysan, s'il voulait leur mort à tous.

Blaine se dirigeait vers le salon en plein ciel lorsqu'une demi-douzaine de représentants du gratin de la société se ruèrent hors des portes étincelantes. Les moteurs de l'autre appareil se mirent à ronfler, dans son dos, puis le bruit devint un hurlement strident, se changea en rugissement, et l'appareil s'éleva dans un tourbillon de vent chargé de poussière.

La porte de l'appartement 21C cracha un jaillissement de gens alors que Blaine en approchait. Parmi eux se trouvait Frieda, la femme d'ébène.

— Les unités de l'Armée Nationale se sont soulevées contre le gouvernement ! lui dit-elle en passant, les yeux brillants d'excitation. Nous partons pour l'aéroport. Le taxi nous demande une somme astronomique !...

Dans le foyer, toujours plongé dans l'obscurité irradiante, le cyberclash autohumain poursuivait son martèlement assourdissant selon les mêmes schémas subtilement mouvants, mais il n'y avait plus personne. Deux jeunes gisaient, morts ou drogués, sur les canapés. Une demi-douzaine d'autres dansaient frénétiquement dans la pièce voisine, les lumières stroboscopiques éclairant spasmodiquement des vêtements épars, des boîtes de médicaments, des assiettes encore à demi pleines et toutes sortes de débris épars. Dans la salle où se tenait le buffet, un homme émacié, sombre, qui ressemblait marginalement à un fêtard de haute volée et aurait tout aussi bien pu être un livreur ou un domestique qui aurait enfilé un smoking trouvé sur place, remplissait avidement son assiette. Le buffet, fraîchement regarni, semblait avoir été à peine touché. Une poignée d'invités en tenue de voyage étaient juchés comme des hérons anxieux sur le bord des fauteuils et parlaient à voix basse, tendue. L'un d'eux secoua la tête sans répondre quand Blaine lui demanda où était Aïda.

Il explora l'immense appartement en se maudissant, les paumes en sueur. Il avait apporté son palmtop pour se tenir au courant des nouvelles, mais il n'y avait nulle part d'endroit à ciel ouvert où clipser l'antenne. Il tomba sur quelques jeunes zombis aux yeux invisibles derrière leur masque qui jouaient à des jeux virtuels, et même un couple qui forniquait sur un canapé, mais tout le monde évacuait visiblement les lieux. Il était dans une petite bibliothèque intime et confortable lorsqu'il entendit rire Aïda.

Il remonta rapidement vers l'origine du son. Un couloir menait à une salle de danse vide, aux murs et au plafond ornés d'un revêtement métallisé. Aïda était plantée au milieu de la pièce, pieds nus, les bras raides et les poings serrés. Elle portait une robe noire très courte qui découvrait les marques de patches hallucinogènes sur l'intérieur de ses cuisses. Elle arborait une expression glacée, hautaine. Elle regarda la douzaine de fêtards qui l'avaient suivie dans sa chambre : quelques Eurokids dépenaillés, camés à mort, de jeunes Arabes à peine d'âge à se raser, à la pomme d'Adam proéminente, le type efflanqué que Blaine avait vu remplir son assiette au buffet, ses deux gardes du corps et une poignée d'autres. Elle n'accorda pas un regard à Blaine. Son visage était convulsé de dégoût.

— Êtes-vous les derniers ? demanda-t-elle avec mépris. Où est passé tout le monde ? *Hein ?* Où se cachent-ils ?

— La cité est en feu, Votre lumineuse Présence n'est donc pas au courant ? répondit l'un des jeunes Arabes. Tout le monde se sauve. Mais nous…

Son regard se troubla soudain, et Blaine vit blanchir les jointures de ses mains crispées.

— *Se sauve ?* releva-t-elle, les dents serrées, en les

parcourant du regard comme si elle avait décidé de prendre des mesures.

Et elle se mit à hurler à pleins poumons.

C'était un bruit terrifiant, dément, désespéré, qui éveilla des échos dans la tête de Blaine : des clameurs de monstres, les cris caverneux des morts. Elle regardait autour d'elle, en proie à une agitation confuse.

Ses gardes du corps firent reculer le groupe de fêtards pour laisser passer deux hommes : Munir Helwan et le petit docteur slave, maigre et chafouin, avec ses mains veinées, nerveuses, noueuses.

— Munir, où sont-ils tous ? Où sont-ils passés ? demanda Aïda d'une voix étranglée, les yeux hagards. On s'amusait avec Hussein, et quand je suis sortie, il n'y avait plus personne.

— Ce n'est pas grave chérie. Ce n'est pas grave, répondit Helwan.

Il avait l'air sobre et professionnel, cette fois. Derrière lui, le docteur avait tiré une seringue de sa poche.

— Où sont-ils tous passés ? répéta-t-elle, affolée. Avec qui vais-je danser ?

— Il y a eu une alerte, répondit gentiment Helwan. Le vice-ministre vous avait proposé de partir avec lui, vous ne vous souvenez pas ? Nous devons y aller, maintenant. Votre limousine est là-haut…

Le docteur se glissait vers elle.

La pensée traversa l'esprit de Blaine que s'ils la droguaient à nouveau, elle ne pourrait rien lui dire. Il s'avança.

— Ma sœur, dit-il.

Elle tourna vivement la tête, stupéfaite, effrayée par ce mot. Ses prunelles oscillaient comme si elle était ivre. Un reflet vitreux atténuait leur nuit profonde. Et malgré tout la fente violet sombre de ses yeux donnait le vertige.

— Ma sœur, répéta Blaine. Buthaïna.

Helwan lâcha un chapelet de jurons rageurs. Il les entendit, il sentit que des mains s'emparaient brutalement de lui. Mais il lut une vague reconnaissance dans les yeux de la femme.

— Oui ? dit-elle faiblement.

De si près, il sentait le champ de force qui avait focalisé tous ses sens sur elle, de sorte que les choses autour d'elle paraissaient lointaines, assourdies. En même temps, son corps était la proie de sensations qu'il reconnaissait. Être près d'elle était comme une plongée dans un rêve, c'était ça, l'impulsion et la pression de l'inconscient collectif qui faisait vibrer sa colonne vertébrale, son plexus solaire. C'était *elle*, l'Image, se dit-il confusément, une Image incarnée, mais comment ? Sous une forme humaine, vivante.

— Qui l'a encore laissé entrer ? Jetez-le dehors ! hurla furieusement Helwan à l'intention des gardes du corps.

— Laissez-le, dit-elle.

Les mains hésitèrent, puis retombèrent.

Il remarqua un mouvement, à côté d'elle. Le docteur s'approchait avec la seringue.

Elle tourna vivement la tête, suivant le regard de Blaine, et son visage se contracta de rage. Elle flanqua au docteur un coup en pleine figure, de sa main crispée en forme de serre, et il tomba les quatre fers en l'air, le nez en sang.

Helwan lança un nouveau juron. Il se pencha sur le docteur, avec les gardes du corps.

— Vous avez laissé un message, dit-elle à Blaine comme si elle avait peine à se souvenir. Au téléphone. Au sujet d'un rêve.

Elle avait l'air troublé.

— Oui.

Elle ne répondit pas, mais son regard l'implorait.

Derrière elle, Helwan disait au docteur, en montrant les dents, de se relever, et les gardes du corps discutaient avec animation. Blaine lui raconta son rêve. Lorsqu'il eut fini, il ne sentit rien, que les yeux de la fille sur lui. Il repensa à ses mains qu'il avait tenues dans les siennes, dans le *wadi* de Kraïma, à leur contact froid, lointain, à ses yeux qui regardaient la lune sans la voir.

Elle se mit alors à glousser, et en entendant ce gloussement, Blaine sentit ses cheveux se dresser sur sa tête.

— Eh bien, allons-y, dit-elle.

Elle était couverte de sueur, tout à coup. Elle avait les bras croisés, serrés sur son estomac, et se balançait d'avant en arrière, comme une autiste.

Helwan se retourna d'un bloc, face à elle.

— Nous ne pouvons plus aller nulle part, vous ne comprenez pas ? hurla-t-il. Nous devons partir pour l'aéroport !

— À Shafa'i, rectifia-t-elle. À Shafa'i, pour voir si cet homme dit la vérité. Cet homme fait les rêves, lui aussi. S'ils disent vrai, je suis damnée ! Je suis condamnée à rôtir en enfer, vous comprenez ?

Son rire s'était changé en un hurlement dément et son visage était un masque terrifiant.

— Je suis un démon, vous comprenez ? dit-elle en écartant, d'un revers, la main d'Helwan, et la seringue qu'il avait prise au docteur tomba bruyamment par terre. Je suis le diable et je dois aller en enfer ! En enfer ! En enfer !

— Mon Dieu ! hoqueta Helwan en regardant Blaine, les yeux hors de la tête. C'est ce qu'il vous a dit ? C'est lui qui vous a dit ça ?

Le docteur, qui s'était enfin relevé, s'approcha d'Helwan en se palpant délicatement le nez et lui murmura quelque chose à l'oreille.

Helwan l'écouta, devint d'une étrange pâleur et se tourna vers Aïda, haletante, frémissante.

— C'est bon, nous allons vous emmener à Shafa'i, dit-il, et il tourna les talons.

Le groupe de fêtards, qui n'avait rien manqué de l'échange, blêmit et s'esquiva.

Blaine était assis juste derrière Aïda, près de la vitre du milieu, à gauche, de sa limousine volante. Elle avait insisté pour qu'ils réveillent Hussein Falwa, qui, à ce qu'avait compris Blaine, était dans une sorte de coma après s'être « amusé » avec Aïda. Il avait reparu, les yeux dilatés, le visage furieusement empourpré, comme s'ils lui avaient administré un puissant stimulant. Le chauffeur, Abou Tayib, n'était plus là lorsqu'ils arrivèrent sur le toit — sans doute avait-il pris la tangente avec les autres domestiques —, et c'est Falwa qui pilotait l'appareil, ce qui laissait un siège libre dans la cabine.

Blaine était à peu près sûr, lorsqu'ils décollèrent, qu'ils allaient à l'aéroport, malgré les ordres d'Aïda. Helwan s'était secrètement entretenu avec Falwa avant le décollage. Et puis Helwan et le grand garde du corps aux joues creuses qui les accompagnait avait l'air aussi calme que s'ils allaient faire la tournée des boîtes de nuit. Le docteur slave, mal attifé, semblait dormir, la tête calée au dossier de son siège, les yeux clos et le visage impassible, sous un gros pansement.

L'heure n'était pourtant plus au calme, Blaine s'en était rendu compte à l'instant où ils avaient émergé sur la plate-forme du toit. Les bâtiments se renvoyaient le crépitement d'armes automatiques diverses et variées, tout en bas, dans la rue. Une odeur d'explosifs planait dans l'air. Derrière la mitraille, ils entendaient ce qui ressemblait à la rumeur distante d'une foule, une incompréhensible corne de brume et, beaucoup plus loin, des sirènes d'alerte aérienne.

Aïda avait revêtu une tenue digne de la star de cinéma qu'elle était : un tailleur à veste croisée bleu nuit qui dévoilait très haut ses jambes magnifiques, gainées de bas blancs, des talons aiguilles, des lunettes noires. Blaine se demanda quelle idée elle pouvait se faire de Shafa'i, ou ce que le fait même d'y aller pouvait bien vouloir dire pour elle. Pensait-elle que voir cet endroit de ses propres yeux confirmerait la réalité des rêves qui la perturbaient ? Avait-elle fait le même cauchemar que Blaine ?

La puissance du décollage le colla au dossier de son siège. Il vit, par le hublot, la plate-forme sur le toit se réduire rapidement à la taille d'un timbre poste dans le magma de la ville, puis le brouillard l'avala. Après une rapide montée, Falwa, qui maniait la Mercedes avec la précision abrupte d'un pilote de chasse, vira sur l'aile, et ils allèrent à ce que Blaine estima, à en juger par le rugissement des rotors et les vibrations de son siège, être sa vitesse maximale.

Quelques minutes plus tard, tout aussi brusquement, ils tombèrent comme une pierre. Blaine se cramponna aux accoudoirs de son siège, la poitrine déchirée par l'idée qu'ils avaient été abattus en plein vol, mais les rotors tournaient sans à-coup et ils suivaient une pente régulière : il devina au bout de quelques secondes que Falwa amorçait une descente rapide afin de réduire la cible qu'ils offraient aux éventuels tireurs.

Helwan, qui était assis face à Aïda, se mit à gueuler, aussitôt imité par le garde du corps qui se trouvait derrière lui. Helwan tripota le panneau au-dessus de sa tête, à la recherche du bouton de l'interphone.

— Qu'est-ce que tu fiches, espèce de chien ? hurla-t-il.

Il y eut un silence, dans le cockpit.

— *Je t'ai dit d'aller à l'aéroport, fils de chienne !* beugla Helwan, au bord de l'apoplexie. *Tu veux nous tuer, et Miss Aïda avec ?*

Aïda eut un rire à la fois pétillant et sauvage. Le visage d'Helwan devint d'une pâleur de cire. Il lui jeta un coup d'œil et, à cet instant, Blaine vit que pour Helwan, être ridiculisé devant elle était pire que tout, pire, même, que les dangers de Shafa'i.

Shafa'i surgit dans la grisaille embrumée et fonça quelques instants vers eux à une vitesse vertigineuse, puis les moteurs rugirent, ils encaissèrent une soudaine accélération et se retrouvèrent en train de survoler les taudis, au niveau du troisième étage. Falwa cherchait un endroit où se poser — en espérant, devina Blaine, que les éventuels détenteurs d'armes étaient partis avec combattre le gouvernement dans les parties de la ville où l'autorité régnait encore.

Shafa'i, la Cité des Morts, était un quartier entier de la vieille ville du Caire consacré aux défunts, un grand cimetière de vingt-six kilomètres carrés à l'abandon, quadrillage de rues silencieuses, poussiéreuses, bordées de rangées interminables d'enclos de pierre, sans toit, entourant des tombes familiales, et de petits bâtiments décoratifs qui permettaient aux vivants de s'asseoir à l'ombre lors de leurs visites occasionnelles. Dans les années 1980 et 90, quand la population du Caire s'était mise à croître si vite que la construction ne pouvait suivre le rythme, les gens avaient commencé à s'installer dans le cimetière. Qu'était-ce, après tout, sinon un patchwork de parcelles ceintes de murs, entourant une petite maison avec cour ? Au tournant du siècle, deux millions de gens vivaient dans les tombes de Shafa'i, puis on avait cessé de tenir le registre des naissances. Pendant les intifadas, le gouvernement avait perdu le contrôle du bidonville et fait la part du feu en l'abandonnant aux intégristes et aux milices. L'armée se contentait désormais de patrouiller autour du cimetière et de le boucler lorsqu'une épidémie ou des émeutes éclataient dans la crasse et la surpopulation.

Blaine avait vu des images de villages de Somalie et d'Éthiopie, avec leurs huttes de torchis au toit de tôle ondulée et ces enfants nus, décharnés, gris de poussière comme les rues incrustées de détritus dans lesquelles ils jouaient, disputant des déchets aux chiens errants. Il aurait pu être en train de regarder l'un de ces villages, en ce moment précis, si ce n'est qu'il s'agissait d'une ville. Les rues étaient envahies par des cahutes serrées les unes contre les autres comme des caisses de boue, entre lesquelles ne subsistaient que d'étroits passages. Des tanières avaient été installées dans les tombes proprement dites, et parfois entre celles-ci, dans les vieilles chapelles sinistres, décrépites, où l'œil décelait encore çà et là une pierre sculptée, une grille de fer forgé, la grâce d'une colonne barbouillée de graffitis, un dôme terminé par une flèche, troué, fissuré, une frise lépreuse, dégradée, mutilée. Ils survolèrent les ruines d'une mosquée, son minaret de guingois, amputé de la partie supérieure.

Des hordes de gens en haillons sortirent de leurs taudis pour les regarder, mais personne ne leur tira dessus. Le bidonville s'étendait à perte de vue, sur des kilomètres et des kilomètres. Ils suivirent ainsi, les rotors de l'appareil soulevant la poussière du sol alors qu'ils étaient vingt mètres au-dessus, une enfilade de ruelles jonchées d'ordures, noircies par la fumée des feux de camp, jusqu'à ce que Blaine se sente envahi d'une sorte de nausée, que la voix démoniaque du crétin hurlant de Darb Al Ahmar lui emplisse la tête, le gangrène, le persuade que la vie, la vie réelle était cette misère et cette crasse interminable, éternelle, que tout le reste n'était qu'une brève illusion.

La piste de terre battue s'élargit, et ils arrivèrent à une sorte de place ou de carrefour où plusieurs allées se rejoignaient. Falwa n'hésita pas : il descendit dans un geyser de poussière et de détritus. L'appareil s'immobilisa après un choc sourd, et la rotation des pales se ralentit.

— Shafa'i, annonça Falwa, par l'interphone.

Une minute plus tard, il ouvrait la porte de la cabine, et Blaine fut pris à la gorge par une puanteur de corps pourrissants, d'immondices, de poussière, d'égouts à ciel ouvert et d'une souffrance qui passait la compréhension.

Helwan bondit de son siège en proférant des imprécations, les dents serrées, et se jeta sur Falwa. Celui-ci recula précipitamment et s'affala comme un idiot à quatre pattes dans la poussière pestilentielle.

Aïda poussa son petit rire farouche, crépitant. Falwa la regarda en souriant.

Les yeux d'Helwan étaient d'un rouge terrifiant dans son visage d'une pâleur mortelle. Il tremblait comme une feuille. Il mit la main dans la poche de son veston, en tira maladroitement une petite arme automatique.

Falwa lâcha un juron et lui flanqua un méchant coup de pied en pleine tête. Helwan s'étala dans la poussière et resta là, sur le flanc, l'arme pendouillant dans sa main inerte.

Le garde du corps sortit dans la chaleur et la puanteur renversante en marmonnant une prière. Blaine le suivit. Le type sentait la transpiration sous le parfum d'after-shave. C'est à peine s'il fit attention à Helwan qui se tortillait légèrement dans la crasse, le blanc de l'œil brillant entre les paupières à demi fermées. Il balada machinalement son pistolet mitrailleur dans un sens puis dans l'autre, tout en scrutant les environs à travers les tourbillons de poussière qui n'en finissaient pas de retomber.

Le gémissement des rotors s'était tu, laissant place à un silence vibrant. Falwa aida les autres à quitter l'appareil en scrutant les alentours avec angoisse, un pistolet à la main. De l'autre, il retint Aïda qui trébuchait avec ses talons aiguilles sur le sol inégal. Il était difficile de déchiffrer son expression derrière ses grosses lunettes.

La place où ils s'étaient posés était un carré de vingt-cinq mètres de côté, entouré de tombes aux murs branlants, effondrés par endroits, sales, couverts de graffitis. À un endroit étaient entassées des ordures desséchées. Dans un coin se tenait une pitoyable caricature de marché. De pauvres hères à la peau presque noircie par le soleil étaient assis à l'ombre du mur, leurs marchandises étalées devant eux sur des torchons posés à même le sol : des vieux vêtements, des pièces détachées de voitures rouillées, de maigres provisions qui attiraient les mouches. Puis la place commença à se remplir de monde. Les gens qui s'étaient enfuis revenaient en clopinant, en traînant la patte, voir ce qui se passait, pourquoi une luxueuse limousine volante, qui coûtait plus cher que tout ce qu'il y avait dans le secteur, s'était posée là. Ce n'étaient pas les horribles morts-vivants que Blaine avait vus dans son rêve, mais pas loin. Il y avait de nombreux enfants étiques, nus ou vêtus de haillons, les pieds gris de poussière, qui dévisageaient les étrangers d'un air grave et perplexe. Une femme tenait un bébé au crâne rasé, un moyen d'éviter la vermine. Sa tête pendait, comme alourdie par un œil horriblement enflé et suppurant. Un jeune débile en haillons noirs de sueur et de crasse les regardait fixement. Il ferma les yeux et secoua la tête, rouvrit les yeux, plissa les paupières et les regarda à nouveau sans comprendre. Des douzaines de mouches grouillaient dans la salive qui coulait sur son menton. Un homme arriva en se traînant, appuyé sur une canne, l'un de ses pieds squameux monstrueusement gonflé par l'éléphantiasis. Il y avait un lépreux à la face et aux mains tremblantes, tavelées de gris vert, comme un lézard.

Blaine entendit une inspiration sèche. Aïda regardait autour d'elle, les lèvres entrouvertes, les sourcils froncés. Elle chancelait sur ses hauts talons. Falwa lui offrit l'appui de son bras. Elle porta ses mains tremblantes à ses tempes, faisant tomber ses lunettes. Elle avait les yeux écarquillés d'horreur.

— D'accord, fit Falwa en s'essuyant le visage avec

un mouchoir qu'il tenait maladroitement de la même main que son arme. Nous avons vu ça, Dieu nous protège, dit-il. Vous avez vu, ma Dame ? Vous êtes satisfaite ? Très bien, alors nous pouvons repartir. Allez, venez, ma Dame.

Mais elle restait là, le menton tremblant, les lèvres frémissantes. Blaine mit une bonne minute à comprendre ce qu'elle répétait inlassablement, de façon obsessionnelle, à voix basse : « En enfer. En enfer. En enfer. » Et les gens continuaient à affluer, il en venait toujours, des ruelles, des sentiers qui entouraient la place, ils étaient des centaines, maintenant, à les regarder en silence. Soudain elle se mit à hurler, les mains tendues vers eux :

— En enfer ! *En enfer ! En enfer !*

Comme mis en rage par son blasphème, ou enhardi par son désespoir, quelqu'un dans la foule poussa un cri et une pierre heurta la carlingue de la Mercedes, derrière Blaine. La foule, se tut, en état de choc. Blaine parcourut du regard les visages qui se trouvaient devant lui, une mosaïque de peur, de confusion, de colère et de surprise. Puis le garde du corps tira un coup en l'air, et après cela, tout se brouilla pour Blaine : il y eut une grêle de pierres, des coups de feu, il se débattit fébrilement parmi une centaine de gens pour regagner l'appareil. Enfin, les rotors se mirent à rugir et les bras, les poings et les visages en furie qui grouillaient derrière les vitres disparurent dans les tourbillons de poussière et une brutale accélération.

Ils n'eurent pas le temps de regagner leur siège. Tout le monde tomba dans l'espace limité de la cabine alors que la limousine volante bondissait dans l'air instable. Blaine se cramponna au dossier d'un fauteuil comme si sa vie en dépendait. Helwan s'était affalé dans l'étroit couloir central. Puis, alors que l'appareil se stabilisait et que sa peur s'apaisait un peu, Blaine se rendit compte qu'Aïda gisait, inconsciente, sur son siège, un filet de salive coulant à la commissure des lèvres. Son tailleur, ses bas déchirés étaient gris de poussière et elle avait perdu ses chaussures.

— À l'aéroport, Hussein, mon frère ! hurla le garde du corps. À l'aéroport, tout de suite !

Falwa répondit, sur l'interphone :

— Nous n'avons pas assez de carburant, après ce décollage. Il va falloir que nous tentions de refaire le plein aux Tours.

Le garde du corps émit un juron d'une voix rauque et forte.

Sous les yeux de Blaine, pétrifié, Aïda commençait à s'animer. Sa langue humecta rapidement ses lèvres, elle remua les épaules, cherchant une meilleure position. Enfin, ses paupières papillotèrent et elle leva les yeux sur lui.

L'espace d'une seconde, son regard resta atone, indifférent. Puis elle ouvrit de grands yeux pleins d'une horreur indicible.

La sueur perla sur son visage. Elle se mit à trembler. Elle porta ses mains tremblantes à son cou et se gratta comme si elle espérait y trouver des patches. Ses lèvres remuaient convulsivement. Elle essayait de dire quelque chose. Blaine se pencha pour l'entendre.

— Mon médicament. J'ai besoin de mon médicament, disait-elle d'une voix rauque, entrecoupée.

Une voix de cendre, la voix d'une créature démoniaque, inaccessible à la miséricorde divine.

Il y eut une sèche détonation, un jet de poussière, et un bout de moquette s'arracha, dans le couloir, à l'endroit où gisait Helwan. Un trou rond, par lequel on aurait pu passer le doigt, s'ouvrit dans le plafond, au-dessus de lui.

Helwan s'assit d'un bloc. Il était livide et suait à grosses gouttes. Il avait un œil au beurre noir et la joue enflée. Il tenait toujours son pistolet. Il le pointa vers Blaine, les tendons de sa main crispés, le bras tremblant.

— Lâchez-la et écartez-vous d'elle, grinça-t-il.

L'appareil était stabilisé, à présent. Blaine hésita, le cœur battant, redressa brutalement la femme, s'attendant à moitié à sentir l'impact d'une balle. La toucher était enivrant, électrisant, comme si elle était parcourue par une sorte de courant. Il l'attacha avec sa ceinture de sécurité, passa prudemment devant Helwan sans le regarder, reprit sa place et boucla sa propre ceinture de sécurité.

Derrière lui, le garde du corps jurait et parlait tout seul d'une voix rauque. À côté de lui, le médecin slave, au visage bandé, était toujours avachi sur son siège. Seules ses mains crispées sur les accoudoirs indiquaient qu'il était conscient. Blaine regarda par son hublot. Du brouillard émergeaient les pâles stries de balles traçantes qui montaient vers eux. Les carénages des rotors de l'appareil étaient tournés presque à l'horizontale afin de leur procurer la poussée latérale maximale. Un petit point, en dessous d'eux, s'épanouit soudain et devint flou. Blaine ne put retenir un cri. Il entrevit un aileron mince, profilé : la queue d'un missile sol-air précybernétique qui passait à dix mètres de la limousine.

Ils passèrent au-dessus du fleuve large et sombre ; le rugissement des rotors devint plus grave et la gravité projeta Blaine sur le côté. La plate-forme sur le toit des Tours d'Ehlam bascula en dessous d'eux.

Falwa en faisait le tour, afin, se dit Blaine, d'estimer s'ils pouvaient se poser en toute sécurité. En dehors d'un peu de fumée et d'un petit éclair, dans une rue, beaucoup plus bas, le bâtiment n'avait apparemment pas changé depuis qu'ils en étaient partis.

Ils descendirent. On n'entendait pas un bruit dans la cabine, en dehors de celui des rotors, mais dès qu'ils se furent posés et que la porte s'ouvrit, ils entendirent des bruits de bouchon qui sautent : des mitraillettes, la détonation d'un tir de sniper et, venant d'on ne sait où, un rugissement de voix qui chantaient et hurlaient. Une fumée épaisse, âcre, montait de la rue.

Par la porte, Blaine vit Falwa composer un code sur une pompe à essence, puis tirer le tuyau rétractable vers l'appareil. Le bruit du raccordement de l'embout, le sifflement du liquide lui parvinrent à travers le fuselage.

Helwan se releva en se cramponnant aux sièges des deux côtés de l'allée, son pistolet à la main. Il tremblait de tous ses membres. Il descendit de l'appareil. Il y eut une pause. Blaine, trop assommé pour vraiment réaliser ce qui se passait, se cala à son dossier et ferma les yeux, écoutant par-delà le rugissement du sang dans ses veines les coups de feu et les chants qui montaient de la rue. Puis il se rendit compte que le garde du corps avait quitté la cabine et hurlait désespérément, au-dehors :

— Monsieur Munir ! Pour l'amour de Dieu ! Monsieur Munir !

Il y eut un coup de feu. Le temps que Blaine réussisse à sortir, Falwa se tordait par terre, Helwan debout au-dessus de lui. Il vida son chargeur sur lui, posément, délibérément, le petit pistolet bondissant dans sa main, jusqu'à ce que Falwa reste inerte, le visage figé en un masque inhumain de ce qui avait été de l'angoisse. Un épais ruisseau de sang coulait de son corps sur le tarmac noir, brûlant.

Helwan se mit à flanquer des coups de pied dans le cadavre en jurant, le visage blafard, luisant de sueur, convulsé. Le garde du corps, son smoking incongru maintenant taché de sueur sous les bras, le regardait, planté là, le souffle court.

Les bruits de la populace avaient maintenant reflué, et dans le silence brûlant, venteux, seules quelques mitrailleuses se faisaient encore entendre, plus ou moins loin. Elles avaient chacune leur style, se dit Blaine. Il y en avait une qui tirait relativement lentement, et ça faisait *poc, poc, poc*, comme le rebond d'une balle de ping-pong amplifié mille fois. Une autre rugissait furieusement, par salves tellement rapprochées qu'il était impossible d'en distinguer la succession.

Dans le vent brûlant, chargé de fumée, Blaine se sentait glacé. C'était un froid qui ne vous quittait jamais complètement une fois qu'il s'était insinué en vous, il s'en apercevrait plus tard. Un froid qui, parfois, surgissait à nouveau de nulle part, vous laissant peut-être pas exactement effrayé, mais en proie à la conviction que rien ne marcherait plus jamais tout à fait comme il aurait fallu en ce bas monde.

Helwan se tourna vers Blaine et le garde du corps.

— Le pilote automatique, dit-il d'une voix étranglée. Nous utiliserons le pilote automatique.

Ses yeux étaient d'une étroitesse inhumaine dans son visage gris, ruisselant. On aurait dit une idole de pierre, éternelle, immuable.

Ils s'écartèrent afin de lui laisser faire le tour de

l'appareil et aller vers le poste de pilotage. Après une pause, le garde du corps dit :

— En arrivant à l'aéroport, nous pourrons appeler la police. Mais pour le moment, nous devons l'aider à piloter si nous ne voulons pas qu'il nous tue tous.

Il suivit Helwan. Un nuage de fumée apporté par le vent couvrit le toit, et Blaine toussa, pris à la gorge par une odeur d'essence et de plastique brûlé. Il ferma les yeux pour éviter les cendres et les flammèches. Lorsqu'il les rouvrit, Aïda était près de la porte du salon et courait, sans chaussures, avec ses bas déchirés, sur le tarmac brûlant.

À la même seconde, il y eut un déclic, les rotors de la limousine volante pivotèrent, les pales se mirent à tourner et le bruit devint assourdissant.

Blaine poussa un cri, inaudible dans le vacarme. Il fut déchiré, l'espace d'une seconde, entre Aïda et la porte ouverte de la cabine de l'appareil. Il traversa le toit en courant, à sa suite.

Derrière lui, la limousine volante s'éleva dans un hurlement de rotors et une soudaine bourrasque. Blaine fit volte-face et agita frénétiquement les bras en hurlant :

— Mais elle est là, espèces de chiens galeux ! Elle est là ! Revenez !

Puis il lui passa vaguement par l'esprit que le garde du corps était dans le cockpit avec Helwan. Ils ne se rendraient compte qu'Aïda, pour qui Helwan venait de tuer un homme, n'était pas avec eux, qu'en arrivant à l'aéroport. S'ils y arrivaient jamais.

L'appareil s'éleva lentement, lourdement, en se balançant, ses rotors faisant un bruit de tonnerre. Mais il se stabilisa et continua à monter jusqu'à ce qu'il disparaisse dans le brouillard.

Blaine ouvrit la porte du salon en plein ciel. Il n'y avait pas signe d'Aïda. L'air climatisé tombant sur sa peau en sueur lui parut glacial. Il devina que l'électricité était maintenant coupée en ville, mais que les générateurs de secours du bâtiment avaient pris le relais. Il appuya sur le bouton de l'ascenseur.

14

Le long couloir cossu était vide et silencieux, mais une vague musique se faisait entendre derrière la porte du 21C. Elle s'ouvrit d'une simple poussée — la serrure avait été soit brisée, soit déconnectée. Il n'y avait personne dans l'entrée, pourtant le martèlement, les pulsations de la musique étaient aussi fortes que si la fête battait son plein. Dans la salle crépusculaire qui se trouvait juste à côté, le *thump* faisait toujours rage, mais personne ne dansait plus. Plus loin, le buffet raffiné offrait toujours ses délices exotiques, sauf qu'il n'y avait plus de convives pour en profiter. La salle de danse était vide, comme toutes les pièces et tous les couloirs qu'il traversa. Et puis il arriva dans le salon silencieux, à l'éclairage chaleureux. Et il sut qu'elle était là avant de la voir, à l'odeur de menace, de nostalgie qui l'envahit.

Elle était debout, immobile, au milieu de la pièce, dans son tailleur de star défraîchi, et elle le regardait. Son regard noir semblait avoir retrouvé sa lucidité. On n'entendait que le doux tintement des carillons à vent placés devant les fenêtres d'où l'on dominait la vieille ville du Caire, sereine et désuète. Le Caire d'un rêve de publicitaire.

— Vous, dit-elle d'une voix réduite à un murmure. Vous pouvez me connecter au Net du Caire ? Mon serveur est HS.

— Comment ?

Elle était folle, se dit-il.

— Les chaînes de télévision n'émettent plus. Le seul moyen de donner l'alerte, c'est le Net.

Avait-elle vu décoller sa limousine volante ?

— Vous connaissez quelqu'un qui pourrait nous sortir d'ici ?

Il eut l'impression qu'elle se demandait ce qu'il racontait. Elle reprit d'une voix haletante, entrecoupée, comme si elle n'arrivait pas à finaliser sa pensée.

— Vous ne comprenez pas, dit-elle enfin. S'il est trop tard, maintenant, alors j'ai échoué, j'ai... Mes souvenirs, mes rêves... On me disait qu'ils n'étaient pas réels. On me donnait... (Des gouttelettes de sueur perlèrent sur son front.) Mais je n'aurais pas dû les écouter. Je ne *voulais* pas vraiment me rappeler. Je voulais faire du cinéma, être une vedette, une déesse, vous comprenez ? Mais si vous pouvez me connecter sur le Net tout de suite, il y a peut-être encore une chance. Une petite chance. Vous comprenez ? Il se pourrait que j'arrive à sauver mon âme.

C'était dingue. Il fallait qu'ils sortent d'ici avant que la populace, dans la rue, n'envahisse le bâtiment ou n'y mette le feu.

— Vous... Vous avez une prise satellite ?

Il y en avait une, encastrée dans une table ancienne, vermoulue, incrustée de nacre et d'argent. Les mains tremblantes, Blaine prit l'étui de son palmtop dans la poche de son veston, l'ouvrit, choisit un câble dans une petite pochette. Il se brancha, déploya l'écran, accrocha NetStar II à Beyrouth, refusa deux messages urgents de l'ambassade des États-Unis, trois de Jenny Chan, et cliqua sur quelques sites de serveurs du Caire qui figuraient parmi ses favoris. Tous les deux injoignables. Il lança une recherche des sites localisés au Caire et encore en activité. En dehors de quelques ambassades étrangères et d'agences locales de sociétés étrangères, fermées à tout accès par crainte de sabotage, il obtenait toujours le même message.

— Le réseau Internet du Caire est crashé. Des pannes de secteur, probablement, peut-être des dégâts à l'infrastructure.

Il leva les yeux vers elle. Elle le regarda sans le voir, statue d'ivoire aux yeux pareils à deux soleils ultraviolets.

Finalement, ses lèvres tremblantes formèrent des mots.

— Il faut que je prenne mon médicament.

Elle s'approcha d'un coffre ancien dans un coin de la pièce et commença à fouiller désespérément dedans en flanquant tout par terre.

Blaine s'efforça de rassembler ses pensées. Il devait réfléchir, trouver quoi faire. Il devait se projeter dans la peau du jeune Haseeb Al Rahman et se débrouiller tout seul.

Une chose était possible, pour ce qu'il en savait : monter sur le toit et lancer un appel de détresse en direction du ciel. Peut-être les Américains ou leurs sympathisants avaient-ils des véhicules en orbite, ou de stations qui écoutaient le Caire, peut-être pourraient-ils venir les chercher ou au moins leur dire quoi faire.

La femme se détourna du coffre, une seringue à la

main, l'air en état de choc. Les doigts tremblants, elle remonta ses manches de veste et de chemisier sur son poignet gauche et appliqua dessus la seringue, qui émit un petit chuintement.

Elle laissa tomber la seringue et poussa un long soupir hoquetant, désespéré, puis sa respiration devint languide, extatique. On aurait dit qu'elle avait été emportée loin de cette planète, dans les environs du paradis.

Elle battit des paupières, et il vit qu'un voile était retombé sur ses yeux. Son regard vitreux ne fixait plus rien. C'était celui de la vedette de cinéma démente. Elle s'approcha de lui, comme au ralenti, comme il l'avait vue dans la salle de danse. Et dans le silence complet, elle posa les mains sur lui. Elle avait les paumes brûlantes.

— Dansez avec moi, dit-elle d'une voix de gorge, douce, enivrante, au bord des larmes.

Une voix qui semblait directement venir de sa poitrine.

Il essaya de réfléchir malgré son cœur qui éclatait, le déchaînement de neurotransmetteurs.

Ils dansaient. Il n'en eut pas conscience tout de suite, juste d'un mouvement, quelque part, un rythme, une pulsation interne, de plus en plus forte, tumultueuse, puis une musique en émergea, et il bougeait, il dansait, marionnette animée par le *gut-thump*, imbriqué, corps et âme, dans un autre corps mouvant, ombre du noir le plus noir et lumière aveuglante, une panthère, un ange, un démon, et finalement, la femme. Il entrait en phase de lucidité, en sortait, se débattant avec une grâce inconsciente, violente, pas toujours très sûr de savoir lequel des deux danseurs il était, se prenant parfois pour elle, puis sa vision semblait se dilater, et elle lui faisait l'impression de se dresser sur un promontoire, une montagne, entourée d'un immense espace battu par les vents. La terre verte, traversée d'un fleuve marron, s'étendait à perte de vue, loin en dessous, en une interminable perspective de clarté et d'exaltation, mais alors que l'exaltation atteignait un summum, des fantômes l'entouraient, des millions et des millions de fantômes pressaient autour d'elle leurs corps momifiés, la puanteur de leur mortalité, leurs voix rauques, criardes, leur terrible souffrance et la souffrance de leurs enfants, et soudain leurs visages s'écrasaient sur elle, en trois dimensions et bien réels à travers le voile neurochimique dans lequel elle était drapée, la crucifiant avec leur regard douloureux, alors elle se retournait et se replongeait dans l'obscurité d'une pièce où une musique bouleversante lui dévastait les entrailles...

Puis tout devint confus jusqu'à ce qu'il réalise qu'elle avait cessé de danser alors que la musique continuait, impérieuse, irrésistible, et elle était agenouillée par terre comme si elle n'en pouvait plus, et elle se faisait une nouvelle injection.

Elle jeta la seringue au loin et se releva en hoquetant de joie. À cette seconde, par-delà l'orgasme imposé du *thump*, Blaine crut entendre un vague son.

Un rire. Un rire hurlant, gargouillant.

Il regarda autour de lui, choqué, soudain dégrisé par la terreur. Ils étaient seuls, Aïda et lui, dans la salle de danse. Il n'y avait aucun signe du crétin spasmodique, démoniaque.

Aïda recommençait à danser de façon paroxystique, en riant, mais Blaine était trop terrifié pour se laisser emporter. Il n'avait pas idée de l'heure qu'il pouvait être, ou de ce qui avait pu arriver dehors. Il attrapa la femme, l'entraîna hors de la salle.

Elle se laissa faire, la dernière injection l'incitant provisoirement à la docilité. Une fois dans la salle de réception elle se détacha de lui.

— Que faites-vous ? Je veux danser !

Elle lançait follement sa tête d'un côté et de l'autre en fredonnant une mélodie à bouche fermée. Ils étaient debout devant une grande fenêtre par laquelle on voyait des rues calmes, pittoresques, mille étages plus bas.

— Il faut que nous sortions d'ici. Ça se bagarre, en bas, c'est la révolution, en ville, vous ne vous souvenez pas ? Si elle réussit, les gens comme nous vont en baver.

Elle dansait, collée contre lui, souriante, les yeux mi-clos, dans une sorte de béatitude neurochimique.

— Bavons-en, murmura-t-elle. Mourons.

Il la prit par les épaules avec une rage soudaine, la secoua si bien qu'elle riva au sien son regard perdu.

Un vieil homme en djellaba avançait lentement à dos d'âne, dans une rue aux antiques pavés, à l'ombre d'une mosquée. Ses pieds touchaient presque le sol. Les palmiers oscillaient dans le soleil de l'après-midi. Une femme voilée battait un tapis sur un balcon, au-dessus d'une ruelle ombreuse, étroite, où des marchands de fruits vantaient leur marchandise.

Une sourde vibration fit trembler le sol, comme si une explosion avait ébranlé l'énorme bâtiment loin en dessous d'eux.

— Nous devons sortir d'ici ! hurla Blaine.

— Comment ? Et pour aller où ? dit-elle avec un rire dément. Je veux danser, chuchota-t-elle.

Blaine essaya de se calmer, de réfléchir.

— Écoutez, dit-il. S'ils arrivent au bâtiment, nous ne pourrons plus danser. L'électricité sera coupée et il n'y aura plus de musique. Vous comprenez ? Plus de musique, et vous serez obligée de trouver vos drogues dans le noir. Que le noir, le vide, et rien à faire, juste réfléchir. Nous devons trouver de la musique, une fête, ailleurs, quelque part. Vous comprenez ? Il faut que nous sortions d'ici.

Unc vague inquiétude effleura lointainement son visage.

Ça sentait la fumée dans le couloir silencieux, hors de l'appartement. Les trois ascenseurs étaient en panne.

Il se demanda s'ils trouveraient des miliciens en train de courir dans l'escalier de secours du bâtiment. Il entrouvrit la porte et tendit l'oreille, mais la femme le bouscula et commença à monter, impatiente de trouver une autre fête. Ils gravirent les quatre étages qui les séparaient de la plate-forme et se retrouvèrent dans le brouillard aveuglant de l'après-midi. Quelque chose brûlait près d'un corps inerte, du côté des pompes à essence, et un panache de fumée noire planait au-dessus du parapet. Ça sentait la cordite et le caoutchouc brûlé.

La femme regarda la scène d'un œil morne, en s'humectant les lèvres. Blaine n'aurait su dire si elle avait reconnu le cadavre de Falwa. Il l'entraîna en courant dans l'air brûlant, enfumé, jusqu'au kiosque des responsables de la plate-forme. Arrivés là, ils s'accroupirent contre le mur. On entendait le hurlement assourdissant d'une sirène et le rugissement de la populace dans la rue, tout en bas. Si c'était la révolution, il ne fallait pas une imagination délirante pour penser que les Tours d'Ehlam seraient aussitôt désignées au peuple affamé du Caire comme le symbole de l'opulence décadente, et immédiatement attaquées. Blaine sortit son palmtop, raccorda sa petite antenne fragile, la déploya en forme d'émetteur non directionnel, lança un protocole de communication locale et dit en arabe, dans le micro incorporé : « Transport urgent demandé. Deux adultes civils, non armés. Citoyen américain. Forte prime de risque. Urgence absolue. Répondez, s'il vous plaît. » Et il émit à la puissance maximale autorisée par la petite machine.

La femme était blottie contre le mur du kiosque comme une sorte de sauvage urbaine, opulente, avec son visage souillé, son tailleur élégant, sali, froissé, et les bottes en cuir qu'il avait dénichées pour elle dans un placard.

Le palmtop émit un bip signalant l'arrivée d'un message.

Blaine répondit.

— Nous avons un moyen de transport aérien, annonça une voix métallique.

Il n'y avait pas de retour visuel, et celui, quel qu'il soit, qui avait répondu, utilisait une largeur de bande fragmentée, peut-être pour éviter les formes de ciblage par missile les plus sophistiquées.

— Quelle prime de risque proposez-vous ?

— Dieu vous garde ! Nous en parlerons quand vous arriverez ici. Je vous donne nos coordonnées GPS.

— Que Dieu vous garde. Il vaudrait mieux en parler maintenant, si possible.

La voix n'était pas égyptienne. L'homme devait être jordanien, peut-être syrien.

— Faites-moi une proposition.

Il y eut une minute de silence.

— Quarante mille dollars américains.

— Quarante mille ! Pour une course en taxi ? Vous êtes dingue !

— Nous vous avons plein cadre, mon frère. Nous sommes juste au-dessus de vous. Il nous faudra deux minutes pour arriver une fois que nous serons d'accord sur les conditions, deux minutes exactement, si Dieu le veut. (Il y eut un bref silence.) Mon partenaire a le cœur tendre. Il me demande de vous proposer le prix spécial de trente-cinq mille.

— Ça, un prix spécial ? Ha ! Je vous propose dix mille. Pas une piastre de plus ! Dieu tout-puissant ! Tant que je vivrai… !

— Pardonnez-moi, mon frère, mais vous n'en avez peut-être plus pour longtemps. Nous vous avons localisé. Vous êtes en haut du complexe des Tours d'Ehlam. Par Dieu, je n'arrive pas à croire que vous émettiez encore. Vous êtes entourés par les milices et les unités rebelles de l'armée, et on dirait qu'elles sont entrées dans le bâtiment. Elles seront sur le toit d'ici quelques minutes, et puis…

— Mais profiter de cette tragédie pour abuser d'un frère dans l'Islam !

— Mon frère, j'ai des enfants ! Et ces miliciens ont des missiles, des armes antiaériennes, et ils sont dingues ! Je risque ma vie en venant vous chercher. Et que deviendront mes enfants, si je meurs ? C'est moi qui les fais vivre ! Trente-deux mille dollars et nous vous emmenons.

— Quinze mille. Pas un dollar de plus.

— Mon frère, voulez-vous mourir ? Ils chargent des lance-missiles plus loin, dans la rue, pour faire sauter le bâtiment dans lequel vous vous trouvez ! Trente mille et nous vous emmenons à l'aéroport en cinq minutes. Trente mille, une misère ! Nous avons demandé bien plus à tous nos clients de la journée.

— Je vous donne vingt mille, point final. Et plus un mot. Plus un mot ! Je ne peux pas me permettre de payer davantage, mon frère ! Je ne les ai pas ! Croyez-moi, je vous les donnerais si je pouvais. Vous croyez que j'ai envie de mourir ? Allez, descendez, et vite, et que Dieu vous accompagne !

Il y eut une terrible explosion et le tarmac disloqué se retrouva tout de guingois, autour de lui. Des débris enflammés retombèrent sur le parapet, suivis par un nuage noir, ardent. Si Blaine avait pu s'incruster dans le mur, il l'aurait fait.

— ... juste parce que vous êtes mon ami et mon frère dans l'Islam, dit la petite voix venant du palmtop.

— Pardon ?

— Vingt-huit mille, c'est mon dernier prix. Je ne peux pas baisser davantage, mon associé ne voudra jamais. C'est lui qui pilote l'appareil. Il ne marchera pas pour moins. Il est israélien, mon frère, et il se fiche pas mal des musulmans ou des Arabes.

— Vingt-deux mille.

— Vingt-cinq mille.

— D'accord, d'accord, venez ! Mais tout de suite ! Vous abusez de la situation, fils de chienne ! Allez, maintenant, descendez, venez nous chercher !

— Si Votre lumineuse Présence veut bien d'abord me transférer la somme. Je vous envoie mes coordonnées...

— Que le père de votre mère soit maudit ! Vous allez prendre mon argent et vous envoler, bougre d'escroc, espèce de porc ! Venez me chercher et je vous paierai !

— Du calme, monsieur ! Nous allons garantir la créance. Je vous envoie la formule de caution. À la seconde où j'aurai vu la couleur de l'argent, en dollars américains, à cette seconde même, nous serons à votre service, si Dieu le veut !

Un formulaire de cautionnement d'une banque suisse apparut sur l'écran du palmtop de Blaine. Il se concentra et la remplit avec soin, en vérifiant deux fois le nombre de zéros dans la case « montant ». Il l'envoya en se demandant s'ils n'avait pas fait d'erreurs, s'il n'allaient pas lui demander de la refaire, en priant pour que le processeur bancaire, en Suisse, ne soit pas embouteillé, que la ligne soit dégagée pendant une minute ou deux…

C'est alors que le ciel leur tomba sur la tête.

La fumée, autour d'eux, se dispersa subitement, dans un rugissement. Blaine aida la femme à se relever en la tirant brutalement par le bras et courut vers l'hélicoptère qui planait à trois mètres au-dessus du toit.

Un harnais oscillait dans les tourbillons de fumée. Blaine aida la femme à passer une de ses jambes dedans, en fit autant, et agrippa le filin comme si sa vie en dépendait tout en se cramponnant à elle. Il y eut une soudaine accélération qui mit tous ses muscles à rude épreuve, puis des mains hissèrent la femme dans l'appareil. Il la lâcha, regarda vers le bas. Ils étaient déjà à plusieurs centaines de mètres au-dessus du toit, noyé dans les flammes et dans une fumée noire. Ballotté dans le harnais, sous l'hélicoptère qui montait toujours, Blaine fut pris d'une nausée. On l'empoigna enfin, et il grimpa tant bien que mal à bord, en s'éraflant les avant-bras et les tibias sur le métal. Une fois à l'intérieur, il entendit une porte de métal se refermer tout près de lui, après quoi le rugissement des rotors fut un peu moins assourdissant. Il avait les jambes en flanelle. Il se cogna la tête sur quelque chose, rampa maladroitement dans un siège de plastique à côté d'Aïda. Quelqu'un lui fourra une sangle dans les mains. Il la boucla sur son ventre. Puis le pilote mit le turbo et l'hélico monta comme une fusée.

— L'empreinte de votre pouce, monsieur, s'il vous plaît ! fit, en hurlant pour se faire entendre malgré le vacarme, l'homme qui les avait aidés à entrer dans l'hélico.

Il s'était retourné tant bien que mal, malgré son harnais, dans le siège du copilote, devant Blaine, et lui tendait un formulaire de levée de cautionnement affiché sur l'écran d'un portable de l'armée qui en avait vu de toutes les couleurs. C'était un Arabe moustachu, d'une cinquantaine d'années environ, au visage grêlé, aux cheveux crépus, un peu clairsemés. Une vieille cicatrice qui avait dû être sérieuse courait de sa lèvre supérieure à son oreille, lui barrant la joue gauche. On aurait dit un pirate de tableau cubiste.

L'intérieur de l'hélicoptère à réaction était à l'image du portable : délabré. Le métal ultra-léger apparaissait sous la peinture gris militaire, écaillée. Le poste de pilotage était bourré d'instruments dignes d'un avion de chasse, d'extincteurs, de canots gonflables, de lampes de secours, de fusées éclairantes, de lunettes de vision nocturne, de trousses de premiers secours et de tout un fourniment militaire, chaque chose étant maintenue à la paroi par des clips de métal usés. Ça sentait fortement l'huile de moteur.

— Où on va ? À l'aéroport ? demanda le pilote, dans un arabe guttural.

Blaine lui jeta un coup d'œil. Il portait une veste bleue, éraillée, et arborait sur les manches des étoiles de David en guise d'insignes. Une vareuse de pilote de l'armée de l'air israélienne, si Blaine ne se trompait pas. Ses énormes lunettes de visu lui cachaient l'essentiel du visage, mais ses cheveux raides, très courts, étaient poivre et sel.

Blaine ouvrait la bouche pour dire oui quand une voix dit :

— Non.

Blaine et l'Arabe assis à côté du pilote regardèrent Aïda.

— Pas à l'aéroport, dit-elle d'une voix atone, comme son visage, et à peine audible dans le tonnerre mécanique.

— Alors, où on va, mon chou ? Vous ne voulez pas partir d'ici ? demanda l'Israélien en se retournant pour lui jeter un coup d'œil.

L'Arabe étudiait son visage et ses longues jambes. S'il la reconnut, il ne le montra pas.

— L'aéroport est encore ouvert, mais d'ici quelques heures, il ne le sera peut-être plus, dit-il. La dernière fois que nous y sommes allés, il y avait toujours des avions sur le tarmac. Je parie que vous avez encore un peu d'argent, fit-il avec un sourire, en regardant Blaine d'un air inquisiteur.

— Emmenez-le à l'aéroport, fit Aïda, en indiquant Blaine. Moi, je vais ailleurs.

— Où ça ?

— Wadi Sel.

— Wadi Sel ? Vous ne voulez pas dire, l'oasis dans le désert de l'Ouest ? Personne ne vit là-bas, Miss.

— C'est hors de question, décréta le pilote. Trop loin.

— Il y a un village là-bas, dit la femme.

— Nous ne pouvons pas vous y emmener, répondit l'Arabe. C'est trop loin. Ce n'était pas compris dans le prix. Nous pouvons vous emmener à l'aéroport, éventuellement à Fayoum, mais pas plus loin.

Aïda passa la main sous son baudrier et prit un terminal bancaire pas plus épais qu'une carte de crédit dans la poche de sa veste. Elle appuya sur les touches, y appliqua l'empreinte de son pouce et recommença quinze secondes plus tard. La chose émit un petit bruit.

— Vous avez du papier ? demanda-t-elle.

L'Arabe fouilla dans ses poches, trouva un billet égyptien de cent livres tout mâchuré. Elle prit le papier sans valeur, appliqua le terminal dessus. Blaine distingua l'impression orange fluo lorsqu'elle le lui rendit.

— Et il y en aura autant quand vous me déposerez à Wadi Sel.

L'Arabe regarda le script, le tendit au pilote qui l'examina à son tour.

— On a du carburant en rab à bord, dit le pilote.

— Qu'est-ce que vous faites ? grinça Blaine à l'intention de la femme.

— On pourrait refaire le plein à Qara en revenant, non ? fit l'Arabe.

Le pilote opina du chef, puis tapota, d'une main, sur un clavier.

La femme essaya de sourire à Blaine, en vain.

— Je me souviens de Buthaïna, maintenant, dit-elle. Je me souviens de tout à son sujet.

— Nous sommes à vos ordres, madame, dit poliment l'Arabe. Voulez-vous que nous emmenions d'abord le monsieur à l'aéroport ?

— Non, répondit Blaine.

— Allez à l'aéroport, souffla la femme. Ce n'est pas votre mort.

Elle avait l'air tellement épuisée, tout à coup, que c'était à peine si elle arrivait à parler.

— Alors venez avec moi.

Elle ferma les yeux, secoua la tête.

— Qu'est-ce qui ne va pas ? demanda Blaine. Que se passe-t-il ?

— Partez. Sauvez-vous, murmura-t-elle sans rouvrir les yeux.

— L'aéroport est au nord et Wadi Sel à l'ouest, intervint le pilote.

— Dites-moi ce qui se passe, insista Blaine en regardant la femme, la déesse effondrée devant lui.

Elle ne répondit pas, ne bougea pas.

Blaine jura.

— Wadi Sel, dit-il. J'imagine que nous allons à Wadi Sel.

L'Arabe les regarda, intrigué. Le pilote incurva doucement la trajectoire de l'hélicoptère et le soleil passa devant eux ; ses lunettes s'assombrirent.

Aïda s'enfonça encore dans son siège, les yeux clos. Elle était d'une pâleur extrême. Par instants, Blaine avait l'impression d'entendre un bourdonnement sous le rugissement des rotors et de voir des points lumineux autour d'elle.

L'Arabe les observait. Blaine se dit qu'il valait mieux que leurs sauveteurs ignorent l'identité de la femme qu'ils avaient emmenée. Il posa une question pour prévenir celles qu'il sentait venir.

— Vous êtes israéliens, les gars ?

Il obtint un « Oui » et un « Non » simultanés. L'Arabe flanqua une bonne claque derrière la tête du pilote. Il passa un doigt le long de la cicatrice qui lui barrait la joue.

— En 1982, quand les Israéliens sont entrés au Liban, j'étais à Samsoun, dans la Bekaa. Je me battais contre les Faucons du Fatah. Les Israéliens ont bombardé Samsoun, ils en ont fait un tas de gravier. C'est cet homme qui commandait l'escadrille de bombardiers. Il a tué la plupart de mes amis. À un centimètre près, il n'avait pas de partenaire dans ce bizness. Et vous savez ce qui m'a fait m'associer avec un type pareil, un meurtrier et un criminel de guerre ?

— L'argent, répondit Blaine.

Le Palestinien eut un petit rire.

— C'était une mission magnifique, dit l'Israélien. Très efficace, très professionnelle. Nous avons intégralement détruit le complexe terroriste, pierre par pierre, en deux heures. Il n'en est rien resté. Pas *ça* ! J'étais vraiment content de nous.

— Il faut bien vivre et gagner sa croûte, même quand on n'a plus rien à combattre, expliqua le Palestinien.

Les deux hommes regardaient maintenant droit devant eux, sans rien dire, plongés dans leurs pensées, l'Israélien procédant de temps en temps à de petits ajustements des commandes. Aïda était avachie sur son siège, les yeux clos.

Vers la fin de l'après-midi, ils se posèrent dans une tornade de sable crépitante, l'Israélien se lamentant de la destruction probable de toutes les parties mobiles de l'hélico, puis le Palestinien l'aida à décharger les jerricans d'essence. Blaine descendit se dégourdir les jambes dans la brise du désert, âpre et brûlante. Il regarda en plissant les paupières le paysage pareil à une plage aride, jonchée de pierres, qui s'étendait jusqu'à l'horizon teinté de gris par le vent de sable. Le ciel était bleu pâle, sans un nuage. Il avait les oreilles qui sifflaient après le rugissement de l'hélico. Le soleil était un globe jaune d'or, très bas dans le ciel. Il remonta dans l'appareil et regarda Aïda en écoutant, à travers la paroi de métal ultra-léger, les craquements, martèlements et gargouillis signalant que les hommes refaisaient le plein. Il était sûr qu'ils n'avaient pas remarqué les éruptions de lumière et d'électricité statique qui environnaient la femme, mais elles n'avaient pas échappé à Blaine, le prospecteur d'Images. Il savait qu'elles étaient envoyées à ses sens par l'intermédiaire de son inconscient. Elles constituaient la matière d'une Image si puissante qu'elle s'était imposée à son esprit, même à l'état de veille, comme les épisodes qu'il avait captés au Caire, ces fantasmes issus de l'inconscient collectif, véhiculés par des acteurs humains qui l'ignoraient. Pourtant, en dehors des manifestations lumineuses, elle ne donnait aucun signe de vie. Blaine tendit une main hésitante et lui prit le poignet.

C'était comme s'il avait saisi un câble à haute tension. Il la lâcha, repoussa convulsivement son bras qui retomba mollement sur son corps.

L'Israélien remonta dans l'hélico. Sans les lunettes, il avait l'air fatigué. Il aurait aussi bien pu venir de New York. Il demanda avec angoisse si Blaine pensait que la femme — qui n'avait pas encore imprimé le script de la prime — allait bien, mais paraissait hésiter à la toucher, par professionnalisme, par galanterie, ou parce qu'un instinct subliminal lui disait qu'elle était dangereuse.

Quoi qu'il en soit, les deux hommes étaient pressés — de retourner au Caire, sauver d'autres naufragés en déroute avant la fin des combats, supposa Blaine. L'Israélien vérifia les systèmes pendant que le Palestinien grimpait sur le toit de l'appareil pour s'assurer que le carénage des rotors n'avait pas été endommagé par le sable. Quelques minutes plus tard, ils avaient repris l'air, la boule orange du soleil qui descendait derrière l'horizon se reflétant sur le pare-brise. L'Israélien semblait suivre une carte projetée sur ses lunettes. Il procédait occasionnellement à des ajustements infimes mais décisifs à leur trajectoire. Ils volaient depuis une bonne heure lorsqu'il annonça :

— Wadi Sel.

Blaine se pencha pour regarder par le pare-brise. Il vit, sous le croissant rouge cerise du soleil, une gigantesque vallée à fond plat de la même couleur que le désert, mais pleine d'ombres. Une route serpentait sur les crêtes acérées. Loin devant, une ombre plus profonde, vert foncé, laissait soupçonner de la végétation. Tous les oasis du désert de l'Ouest, à l'exception de Fayoum, se trouvaient au fond de dépressions de cinq cents mètres de profondeur, près de la nappe phréatique saumâtre.

— Elle dit qu'il y a un village, leur rappela Blaine, Aïda étant toujours endormie, ou comateuse.

— Je le vois, confirma l'Israélien en mettant le cap sur la tache verte.

Le soleil disparut d'un seul coup derrière l'horizon, et tout se détacha avec netteté sur des kilomètres dans la lueur bleutée du soir. L'effet était surprenant quand on était habitué à la visibilité limitée par la pollution du Caire. En dessous d'eux, Blaine voyait des bosquets de palmiers couchés par les vents dominants et des buissons vert foncé séparés par de vastes étendues de sol stérile, dénudé, une sorte de savane desséchée, tavelée de boue grise. Ils ralentirent l'allure et descendirent à cinquante mètres en suivant un étroit ruban d'asphalte : la route qu'ils avaient repérée, comprit Blaine.

Elle était bordée, des deux côtés, par des champs rectangulaires de mottes de boue et de pousses vertes. Ils descendirent encore. Droit devant eux, dans le crépuscule, Blaine vit le village, un paquet de maisons de torchis aux fenêtres vides et noires dans le soir, enserrant d'étroites ruelles de terre battue.

L'Israélien posa l'hélico sur la route, à une centaine de mètres du village qu'ils observaient, le Palestinien et lui, avec une prudence toute professionnelle. L'Israélien ne coupa pas les rotors, mais les laissa tourner au ralenti.

— Louange soit à Dieu qui vous a permis d'arriver sain et sauf, dit le Palestinien.

Aïda ouvrit les yeux.

— Le soir de jasmin, murmura le Palestinien en la regardant. Si Dieu le veut, dans son infinie bonté.

Blaine vit que les deux hommes étaient mal à l'aise et avaient hâte de recevoir leur argent et de repartir.

Les mains tremblantes, elle imprima un script sur un autre billet égyptien tout ramolli, après quoi le Palestinien déplia les marches de métal en murmurant des remerciements polis et des paroles de piété.

— Où allez-vous ? demanda la femme à Blaine alors qu'il descendait derrière elle.

Il trouva curieux le contact de l'asphalte solide, poussiéreux, sous ses pieds.

— Non, partez. Remmenez-le avec vous ! appela-t-elle à l'intention des deux hommes restés dans l'hélico.

Le Palestinien lui fit signe de remonter à bord.

— Non, je viens avec vous, annonça Blaine alors que les rotors recommençaient leur lente rotation.

— C'est impossible. Personne ne peut m'accompagner là où je vais.

— Si, moi.

— Alors, vous mourrez, fit la femme, les yeux hagards dans le crépuscule.

Il se contenta de la regarder.

— Ma sœur, nous devons repartir ! appela le Palestinien, penché hors de l'hélico, sa main râblée sur le levier qui rétractait l'escalier pliant.

— Qu'attendez-vous de moi ? demanda-t-elle à Blaine.

— Pas de vous, de Buthaïna. M'assurer qu'elle va bien.

— Elle ne va pas bien. Elle est morte, dit-elle, les mains tremblantes, un soudain filet de salive coulant le long de son menton.

Et s'il repartait sans elle ? Même s'il pouvait reprendre son poste à l'Ikôn, à quoi bon ? Jenny Chan, sa « maîtresse », Haseeb qui n'était plus là, ses voyages autour du monde à courir après des illusions, n'éprouvant rien, ne croyant à rien…

La femme se détourna, s'éloigna dans le crépuscule. Il la suivit.

— La paix soit sur vous ! lança le Palestinien, dans leur dos.

Les rotors rugirent, il y eut une bourrasque de vent, puis le bruit monta et s'estompa.

15

Après le départ de l'hélicoptère, tout redevint silencieux. Le vent murmurant sentait la terre et l'eau. Un rossignol chantait quelque part, à peine audible. Il faisait presque noir, à présent. La nuit tombe vite, dans le désert.

Soudain, des flammes de trois mètres, blanches, rugissantes, enveloppèrent Aïda. Blaine recula d'un bond, affolé, terrorisé. La pensée le traversa, flamboyante, qu'elle s'était aspergée d'essence et immolée par le feu, sous ses yeux. Elle s'était laissée tomber à genoux et hurlait en se lacérant le corps de ses mains crispées. Et ses cris semblaient réverbérés par des montagnes qui n'existaient pas.

C'est alors que les premiers hommes arrivèrent en courant du village, des paysans moustachus, en djellaba, les yeux écarquillés brillant à la lueur de leurs torches. Les bandes de tissu blanc enroulées autour de leur tête offraient un violent contraste avec leur peau noire, brûlée par le soleil.

Les flammes qui environnaient Aïda se dissipèrent aussi soudainement qu'elles étaient apparues. Elles ne l'avaient pas touchée. Elle se releva tant bien que mal. En la voyant, les villageois reculèrent en murmurant des prières. Quelques femmes les avaient suivis, dans le noir. Leurs torches projetaient sur la scène une lueur orangée. Le cœur de Blaine cognait si fort contre ses côtes qu'il manqua défaillir.

L'espace d'une minute, Aïda donna l'impression d'avoir un problème d'accommodation, mais lorsqu'elle vit les villageois, elle cracha par terre, le visage convulsé de rage.

— Qu'y a-t-il, bande de cochons ! Vous ne me reconnaissez pas ? hurla-t-elle, la bouche pâteuse.

Ils rentrèrent la tête dans les épaules, roulèrent des yeux affolés, l'air prêts à fuir. Elle s'avança vers eux en hurlant :

— Vous ne me reconnaissez pas ? Vous ne me reconnaissez pas ?

— Bien sûr que si… bien sûr que nous reconnaissons Votre Présence, dit craintivement l'un des hommes.

Des langues de feu bondirent à nouveau autour d'elle et elle retomba à genoux, en poussant des cris affreux. Les flammes dégageaient une chaleur intense, Blaine la sentait sur son visage et ses mains.

La plupart des autres prirent leurs jambes à leur cou, en voyant les flammes ou terrorisés par ses cris, Blaine n'aurait su le dire. Les flammes se dissipèrent au bout d'une minute. Blaine se pencha sur le corps inerte d'Aïda, sans oser la toucher. Au bout d'un moment, elle reprit conscience, se redressa péniblement, en tremblant, et s'assit sur la route, les jambes écartées devant elle comme si elle était paralysée. Elle portait toujours ses bas déchirés.

— Où est l'*umdah* ? demanda-t-elle d'une voix rauque, atone, comme si les flammes l'avaient atteinte.

— L'*umdah*... l'*umdah* va venir, madame, dit l'homme qui s'était déjà adressé à elle. Le voilà !

Des ténèbres sortit en claudiquant un digne vieillard flanqué de deux hommes plus jeunes, suivis d'une meute d'une cinquantaine ou d'une soixantaine de personnes, dont certaines avaient pris la fuite un peu plus tôt. Le vieil homme portait une djellaba de toile grège et portait autour du cou une sorte de longue écharpe blanche qui traînait presque jusqu'à terre. Il avait un profil d'oiseau de proie, et la ressemblance avec un oiseau était accentuée par la main noueuse, pareille à une serre, qu'il crispait sur sa canne. Il regarda Aïda en clignant des yeux, comme ébloui par la lumière des torches. Autour de lui, les yeux des autres spectateurs silencieux paraissaient moins brillants, dans le noir.

— Ma Dame, vous êtes revenue, dit-il.

— Oui, espèce de porc ! Je suis revenue. Et il faut me marier. Ce soir. Je paierai, comme d'habitude.

Le vieil homme eut l'air troublé.

— Encore une fois, ma sœur ? Dieu n'a-t-il pas touché ton cœur ?

— Non, c'est le diable qui a touché mon cœur ! hurla-t-elle. C'est l'enfer qui m'a touché le cœur ! Mais tu me marieras, n'est-ce pas ?

— Oui, ma Dame. Oui, nous vous marierons, répondit le vieillard en reculant craintivement parmi les autres, alors qu'elle se levait en titubant comme une femme ivre.

— Je vous avertis, tous : ne me contrariez pas ! Je n'ai pas pris mon médicament ! Je n'ai plus de médicament ! Je pourrais perdre le contrôle de moi-même !

— Qui Votre Présence veut-elle épouser ? Cet homme ? demanda l'*umdah* en indiquant Blaine.

— Oui, celui-là. À moins qu'il ne saisisse sa dernière chance de fuir, il m'épousera ce soir.

— Oui, ma dame. À vos ordres, ma Dame. Tout de suite, ma Dame.

Dès que l'*umdah*, le chef du village, eut annoncé le mariage, l'atmosphère commença à changer. On dit aux femmes, conformément au rite, d'emmener Aïda et de la préparer pour son mariage, et elles l'entourèrent, craintivement au début, en gardant prudemment leurs distances ; mais au fur et à mesure qu'elles approchaient du village, Blaine, qui marchait parmi les hommes, cent pas derrière, les entendit pousser les youyous du mariage, et quelques-unes commencèrent même à chanter un chant traditionnel. La catégorie culturelle « mariage » s'était apparemment imposée à l'esprit des villageois, prenant le pas sur l'étrangeté du contexte et la soudaineté de la nouvelle.

Les hommes étaient tout aussi joyeux et excités. Un mariage était l'équivalent local de l'arrivée d'un cirque en ville, et les *moulids* ne venaient sûrement pas jusque-là, se dit Blaine. Ils avaient de grosses voix graves, rauques, des visages francs, ouverts, ils sentaient agréablement la sueur et l'ail, et ils s'intéressaient vivement à lui. Lorsqu'ils eurent réalisé qu'il parlait arabe, ils le soumirent à un feu roulant de questions à la fois polies et indiscrètes, posées avec l'accent paysan, sur l'endroit d'où il venait, sa famille, son état de fortune, ses autres femmes s'il en avait, et d'ailleurs savait-il comment faire avec une femme ? et ainsi de suite.

Il essaya de leur répondre, mais il était en proie à la plus grande confusion. Il n'avait jamais rien vu de pareil aux flammes qui avaient surgi du corps imaginal de la femme. Que voulaient-elles dire ? *Qui était-elle ?* Ou bien aurait-il dû dire *qu'était-elle ?* Comment ces villageois la connaissaient-ils ? Pourquoi voulait-elle l'épouser, et allait-il y consentir ? Sa peur, son trouble devaient se voir, mais si tel était le cas, les hommes les mettaient sur le compte de l'excitation du futur marié avant sa nuit de noces.

Mais qu'était-elle donc ? Une Image vivante, en chair et en os, se répondit-il, bien que la réponse n'ait pas de sens. Un être humain ne pouvait pas plus être une Image qu'un archétype ne pouvait parler, marcher et jouer au billard. D'un autre côté, l'inconscient collectif l'investissait — elle, une créature humaine, vivante — d'une énergie imaginale suffisante pour alimenter une Image plus forte que tout ce qu'il lui avait jamais été donné de voir. Était-ce cela, un prophète ? Une « variable d'avertissement » lancée par l'inconscient collectif, investie d'une énergie psychique telle que le monde conscient ne pouvait que l'écouter quand elle parlait ? Mais qu'avait-elle dit qui ait le moindre sens ?

Ils passèrent devant des champs de blé, puis des rangées de grands palmiers-dattiers sous lesquels on avait planté des orangers, pour donner de l'ombre. Dans une rizière où la lumière des torches alluma des reflets, des buffles à bosse dormaient paisiblement, attendant la journée de travail du lendemain. Ils enjambèrent un étroit canal d'irrigation d'une immobilité de miroir. C'était une immense plaine, lisse et plate sous les étoiles étincelantes. Il faisait délicieusement doux. Des odeurs de citronniers, de jasmin, de terre humide planaient dans l'air. Les feuilles de palmier murmuraient dans la brise. Très loin, des chiens aboyaient. Un âne se mit à braire dans son sommeil.

La route menait à un terrain vague, jonché de caillasse et de détritus. Deux vieilles jeeps étaient garées à la limite du village. Les maisons de briques cuites au soleil étaient séparées par d'étroites ruelles de terre battue. Les hommes menèrent Blaine le long d'une de ces ruelles : des murs qui sentaient la terre et la poussière, des fenêtres sans vitres et des portes de bois usées qui paraissaient très rapprochées les unes des autres. Derrière certaines des fenêtres brillaient des lanternes. Une sorte de frénésie régnait dans la venelle ; des enfants tout excités les regardaient, bouche bée, par les fenêtres, ou couraient après eux en dévisageant Blaine. Les femmes chantaient, quelque part, dans le village. Plus près, on entendait roucouler des pigeons. Des jeunes gens échangeaient des plaisanteries, des bourrades.

Un homme était debout dans la ruelle, devant l'une des maisons. La façade était badigeonnée à la chaux. Au-dessus de la porte ouverte, une peinture murale rustique représentait le *hadj*, le pèlerinage rituel à La Mecque et à Médine, qu'avait effectué le maître des lieux. C'était un homme d'âge mûr, à la peau sombre, aux cheveux grisonnants. Il portait une djellaba de belle qualité, des anneaux d'or aux doigts. Il invita, par des formules cérémonieuses rituelles, Blaine et sa suite à entrer chez lui. Il examina Blaine, l'air un peu troublé, mais dit :

— Bienvenu au futur époux. C'est un honneur.

— Louange à Dieu, murmura Blaine en franchissant la porte.

Il entra dans une petite cour dallée de pierre grise. Les étoiles brillaient dans le ciel bleu, glacé. Des fillettes et des adolescentes assises auprès d'un colombier pouffèrent en regardant entrer Blaine et quelques-uns des hommes, les plus âgés. Les autres restèrent dans la ruelle, à tourner en rond en riant, en chantant d'une grosse voix des chants masculins.

La cour était éclairée, au bout, par la lumière jaune venant d'une autre porte. Elle donnait sur une vaste pièce carrée, au sol de pierre, aux murs de brique ornés de tapisseries, de plateaux et de pots, chichement éclairée par une unique lanterne et meublée de gros fauteuils en bois laqué, à l'air inconfortable. Le toit était couvert de palmes simplement posées sur les poutres. L'endroit sentait l'essence et le vieux bois. Il y avait là une douzaine d'hommes qui serrèrent la main de Blaine et murmurèrent des paroles de félicitations en l'observant avec une franche curiosité. Ils avaient de grosses pattes fortes et rudes, rendues calleuses par les travaux des champs. Des femmes et des fillettes regardaient en ouvrant de grands yeux par la porte entrouverte de la pièce voisine.

L'homme d'âge mûr qui avait accueilli Blaine à son arrivée entra en murmurant des « Bienvenue » et « C'est un honneur pour nous ». Lorsque Blaine eut achevé le tour de l'assistance et serré toutes les mains, il se planta devant lui.

— Nous sommes votre parenté, dit-il d'une voix forte, en gesticulant comme si Blaine pouvait ne pas comprendre l'arabe.

— Dieu vous ait en Sa sainte garde, répondit Blaine, employant une formule de politesse qui n'engageait à rien, appropriée quand on ne savait pas très bien où l'autre voulait en venir.

— Êtes-vous musulman ? demanda l'homme.

— Grâce en soit rendue à Dieu.

— Grâce en soit rendue à Dieu, répéta l'homme, soulagé.

« Grâce en soit rendue à Dieu », firent les autres, en écho, et Blaine comprit que ce mariage était déjà assez dur à avaler sans y ajouter le tabou d'une union entre une musulmane et un non-musulman.

— Nous sommes votre parenté, répéta l'homme. Je m'appelle Mohammed Fahlawi. Nous serons votre parenté pour la cérémonie de mariage.

— Je suis très, très honoré, Mohammed *hadj*, répondit Blaine, et les autres hommes murmurèrent pieusement des paroles approbatrices et des souhaits de bienvenue.

Blaine se demanda quelles incitations pécuniaires ou autres avaient été fournies au clan Fahlawi pour qu'il risque son honneur en parrainant un étranger lors d'un mariage discutable. Au bout d'une seconde, la curiosité l'emporta.

— Quelqu'un peut me parler de ma femme ? demanda-t-il.

Il y eut un silence gêné.

— Vous ne la connaissez pas ? s'étonna Mohammed Fahlawi.

Si les mariages arrangés étaient assez communs dans cette partie du monde, du moins les intéressés étaient-ils préalablement pourvus de toutes les informations utiles l'un sur l'autre.

— Je la connais un peu, *hadj*, mais par certains côtés, pas du tout, répondit Blaine. Par exemple, je ne savais pas qu'elle était de ce village.

— L'*umdah* pourra vous parler d'elle, éluda poliment Mohammed Fahlawi. Nous ne savons pas grand-chose sur elle, nous non plus.

— Mais se marie-t-elle souvent dans ce village ?

C'est alors que se firent entendre, au-dehors, les claquements de mains rythmés et les youyous des femmes.

— Voilà les femmes, dit Mohammed Fahlawi, manifestement soulagé de cette interruption. Nous devons organiser la présentation des présents à la mariée.

Dans la ruelle, devant la cour, les hommes avaient laissé place à des femmes en djellabas noires, brodées, et foulards multicolores. La lumière des torches faisait briller leurs dents et leurs yeux dans leurs faces réjouies de paysannes à la peau tannée, aux joues roses. Elles chantaient, de leurs bonnes grosses voix, un chant à répons :

— *Regardez la maison du futur mari !*

— *Nous la regardons !*

— *Pensez à la vie qu'ils auront !*

— *Nous y pensons !*

— *Bénis soient les enfants à venir !*

— *Nous les bénissons !*

Lorsque Blaine entra, derrière Mohammed Fahlawi, par la porte donnant sur la cour, les femmes poussèrent les youyous traditionnels qui évoquaient immanquablement, pour les oreilles occidentales, les cris de guerre des Indiens, dans les westerns. Blaine fut aussitôt entouré de femmes rubicondes, qui chantaient et tapaient dans leurs mains avec excitation.

Des plateaux de rotin emballés dans des linges de toutes les couleurs avaient été posés par terre, sur les pierres de la cour, et les femmes disposaient dessus des pains de sucre, des sacs de pâtes et de riz, des sucreries, des grappes de raisins, des oranges, des dattes. Blaine les regardait faire lorsque d'autres femmes arrivèrent de la ruelle avec des bracelets et des colliers d'or, des foulards auxquels étaient cousus des sequins dorés, et proposèrent leurs marchandises à la vente dans l'excitation générale, sur fond de chants, de claquements de mains, de battements de tambours et de youyous.

Une femme leva la manche de sa djellaba, exhibant un bras généreux, bruni par le soleil, couvert de bracelets d'or.

— Deux cents dollars, dit-elle.

À l'évidence, même ici, la valeur relative des différentes monnaies n'avait pas échappé à l'attention de la population.

— Deux cents dollars ! se récria Mohammed Fahlawi. Ma sœur, cet homme est de notre famille ! Ce bracelet ne vaut pas cinquante dollars !

— Je vous en donne soixante-quinze dollars, proposa gentiment Blaine, stimulé par l'ébauche de marchandage de Fahlawi.

Il faut croire qu'il était très au-dessus du cours réel du marché ; en quelques minutes, la cour était pleine de femmes couvertes de bijoux d'or — « les économies de toute une vie » — et Blaine imprimait des scripts à une allure vertigineuse. Les femmes de la famille Fahlawi n'avaient plus qu'à disposer les bijoux d'or entre les fruits, les sucreries et les objets de ménage entassés sur les plateaux.

Lesquels furent bientôt passés par-dessus le mur de la cour — ils étaient trop grands pour passer par la porte. Les femmes poussèrent de grands cris approbateurs, de l'autre côté : « Allah est Grand ! », « Lumière des lumières », « Ô Seigneur des mondes ! » Et, avec force chants, youyous, battements de tambours et claquements de mains, la joyeuse procession descendit la ruelle afin de livrer les présents dans la maison qui avait adopté la future épousée pour les festivités de la nuit.

— Nous fêtons trois nuits en une seule, souffla Mohammed Fahlawi à l'oreille de Blaine. *Laylit il-gelwa*, *laylit il-enna* et *laylit il-dukhla*, les trois à la fois. Nous devons donc nous dépêcher. La famille de Dame Buthaïna est arrivée pour écrire le contrat avant la cérémonie de présentation des cadeaux de la mariée.

Au nom de Buthaïna, il sentit ses cheveux se dresser sur sa tête.

— Sa famille ? Sa vraie famille ?

— Son oncle et les fils de son oncle.

Ils étaient assis dans la pièce intérieure, dans les fauteuils de bois inconfortables, à fumer des cigarettes roulées à la main en buvant de petites tasses de café apportées sur un plateau par un gamin intimidé en djellaba bleu ciel toute neuve. Ils se levèrent pour serrer la main de Blaine, de Mohammed Fahlawi et des autres hommes de la famille Fahlawi. L'oncle, dont le nom de famille était Darwish, était un gaillard basané, imposant d'une soixantaine d'années, coiffé d'un turban d'homme riche. Ses fils et lui-même, aussi grands et basanés les uns que les autres, conservaient une attitude de sombre et raide dignité et regardaient farouchement autour d'eux comme pour s'assurer que personne ne mettait en cause l'honneur de la famille à cause de la conduite de ce membre féminin de la tribu. Mais tout le monde dans la pièce paraissait se répandre en innocentes congratulations, comme si ce mariage n'était pas différent de la poignée d'autres qui avaient lieu tous les ans au village, et les représentants de la famille Darwish semblaient avoir du mal à trouver un prétexte de querelle. L'oncle et ses fils réservaient leurs regards les plus soupçonneux à Blaine, un étranger qui projetait peut-être de déshonorer leur famille avec ses manières d'Occidental dégénéré. Mais même ici, les salutations obséquieuses et respectueuses émises dans son arabe presque parfait semblèrent lui attirer leurs bonnes grâces.

Un très vieil homme à barbe blanche resta assis pendant que les autres échangeaient des salutations, et Blaine devina que c'était l'imam, le prêtre laïque qui officiait lors des mariages et autres événements solennels et religieux du village. Ses yeux étaient des billes d'un bleu laiteux. Il était aveugle. Il murmura des paroles pieuses alors que les hommes se penchaient pour lui serrer la main. Après la fin des salutations rituelles, quand les hommes se furent mutuellement invités à prendre place puis effectivement assis, il y eut un silence, et tous les yeux se tournèrent vers l'imam.

Il entonna lentement la *Fatiha*, la première sourate du Coran :

Au nom de Dieu le Miséricordieux plein de miséricorde
Louange à Dieu le Seigneur des mondes
Le Miséricordieux plein de miséricorde
Le Maître du jour du jugement
C'est toi que nous adorons, c'est toi que nous implorons
Conduis-nous vers le droit chemin
Le chemin de ceux que tu combles de bienfaits,
Non de ceux qui t'irritent ni de ceux qui s'égarent.

Tous les hommes, qui étaient restés assis, les paumes tournées vers le ciel, sur leurs cuisses, pendant que l'on récitait la sourate, portèrent leurs mains en coupe à leur visage, dans le geste traditionnel d'ablution. Blaine en fit autant, comme sa grand-mère le lui avait appris, il y avait bien longtemps.

— Qui est le marié ? demanda l'imam. Est-il là ?

— Je suis ici, grand-père, répondit Blaine.

— Dieu vous bénisse, mon enfant. Venez vous asseoir près de moi.

L'homme assis à la droite de l'imam libéra sa chaise, et Blaine se mit à sa place.

— Et le représentant de la fiancée ? demanda l'imam.

— Présent, répondit l'oncle, et il vint s'asseoir à la gauche de l'imam.

— Êtes-vous musulman, mon enfant ? souffla l'imam de sa vieille voix douce, en tournant son regard aveugle, inquisiteur, vers Blaine.

Blaine répondit que oui, et le vieillard lui posa quelques questions de catéchisme, puis le soumit à un interrogatoire destiné à révéler s'il était en âge de se marier, non marié, et généralement en droit de se marier, ne le faisait pas sous la pression, était sain d'esprit, ne souffrait d'aucune maladie grave, et ainsi de suite. Lorsqu'il fut satisfait, le vieillard se tourna vers l'oncle et s'entretint à voix basse avec lui. Des bribes de conversation que saisit Blaine, il déduisit que l'imam avait déjà rencontré la fiancée et obtenu son consentement au mariage. Ainsi qu'il convenait à un parent soucieux de ses devoirs, l'oncle aborda alors la question de la dot.

— La dot n'est pas nécessaire en raison de l'indépendance financière de la fiancée, répondit le vieillard, et il se retourna vers Blaine. Êtes-vous venu faire une proposition de mariage ?

— Oui.

— Les témoins sont-ils présents ?

— Oui, grand-père, répondirent deux grosses voix rauques de paysan.

— Alors faites votre proposition.

C'était très soudain. Non qu'il ait jamais songé à changer d'avis ; n'était-ce pas ce pour quoi il était venu en Égypte, l'antidote à sa vie antérieure ? Et il doutait qu'un homme, qu'aucun homme puisse refuser de la prendre pour épouse, si étrange que ce soit…

— Je… je voudrais proposer, je propose à Buthaïna Darwish de l'épouser et de vivre avec elle comme mari et femme, dit maladroitement Blaine, et sa voix résonna, douce et légère, dans cette enclave de hardis paysans.

— Au nom de Buthaïna, la fille de mon frère, et m'étant entretenu avec elle et ayant obtenu son consentement, j'accepte la proposition, répondit gravement l'oncle, ses yeux noirs brillant à la lumière des lampes.

— Dans ce cas, ainsi soit-il, et Dieu bénisse leur union, répondit l'imam.

Et c'est ainsi que Blaine et Buthaïna furent mariés.

— Vous êtes maintenant mariés, notre sœur, notre fille Buthaïna et vous, dit l'imam à Blaine, son regard aveugle le cherchant dans la maigre lumière de la lampe. Mais écoutez-moi, poursuivit-il, coupant court aux congratulations des autres hommes présents dans la pièce. Écoutez-moi avant de partir, répéta-t-il dans le silence. Vous pourriez croire, vous ou l'une des personnes ici présentes ce soir, qu'en raison de la soudaineté de ce mariage, parce que votre femme Buthaïna distrait les populations de la grande ville, ou que l'institution du mariage ne serait pas, dit-on, respectée en Occident, la miséricorde de Dieu soit sur vous — vous pourriez croire que pour l'une ou l'autre de ces raisons le contrat que nous avons conclu ce soir ne vaut pas grand-chose, n'est qu'une simple formalité, ou un prétexte à débauche, négligence ou déshonneur. Eh bien, il n'en est rien. Vous êtes, votre femme et vous, tenus par toutes les obligations du mariage, et tous les enfants nés de cette union seront légitimes, et la chair de votre chair. Ce mariage est béni de Dieu, et sera jugé par Dieu lors du Jugement Dernier. Comprenez-vous cela, mon enfant ?

— Je le comprends, grand-père, répondit Blaine.

— Tout le monde a bien compris ? insista le vieil homme.

Il y eut un murmure d'assentiment.

— Alors réjouissez-vous, allez à votre femme, consommez le mariage, et Dieu vous protège et protège vos enfants. Écoutez, je crois que j'entends la procession des cadeaux de la mariée, dit le vieil homme avec un petit rire doux.

Il devait avoir des problèmes d'audition. Blaine entendait depuis plusieurs minutes déjà le vacarme des chants et des roulements de tambour, des battements de mains et des ululations qui allait crescendo alors que la procession de la mariée s'approchait de la maison. Blaine se leva et serra à nouveau toutes les mains à la ronde, répondant par de pieuses paroles à tous les compliments. Mohammed Fahlawi était dans la pièce intérieure et incitait les femmes à se surpasser sur le plan culinaire — une odeur de viande épicée et de sauce tomate passant par la porte ouverte rappela à Blaine qu'il mourait de faim. Soudain, les gamins et les jeunes gens se mirent à courir en tous sens avec des supports pliants, des plateaux et des chaises. Lorsque Blaine retourna dans la cour, il vit qu'on en installait jusque dans la ruelle. Des guirlandes lumineuses furent accrochées et raccordées à des batteries de voiture, de sorte qu'elles n'éclairaient pas très bien. Des hommes et des enfants s'interpellaient, leurs voix couvertes par les chants des femmes. Les femmes de la maisonnée de Fahlawi, debout dans la ruelle, jouaient du tambourin, tapaient dans leurs mains et répondaient à la procession de femmes de la maisonnée de Darwish qui apportaient leurs plateaux chargés de présents, en équilibre sur leur tête, en chantant les paroles rituelles.

— *La maison de Fahlawi est honorée !* chantaient les femmes de la maison de Darwish.

— *Et la maison de Darwish est honorée !* répondaient les femmes de la maison Fahlawi.

— *Les deux familles ne font qu'une !*

— *Et les deux familles sont du même sang !*

Puis, en claquant des mains sur un rythme fébrile, les femmes de la maison Fahlawi s'écartèrent pour laisser entrer les femmes de la maison Darwish qui passèrent, à leur tour, leurs plateaux par-dessus le mur.

Sur les plateaux étaient empilés des cadeaux du genre de ceux qui avaient été envoyés à la fiancée — des friandises, des amandes de Jordanie et des fruits que Blaine offrit à ses hôtes et à ses hôtesses, avec une profusion de louanges et de remerciements adressés à Dieu et aux femmes de la maison Darwish. Il y avait aussi une djellaba blanche et un turban de coton fin, qu'il prit.

Les invités étaient déjà assis dans la cour et dans

l'allée. Des plateaux de cigarettes et des petits verres de thé à la menthe circulaient. Un quatuor de musiciens s'installa dans un coin de la cour. Au-dessus, l'air sombre, frais, montait jusqu'aux étoiles lointaines, mais dans les maisons des hommes, ce n'était que bruit et réjouissances, le mariage et son cérémonial vieux comme le monde faisant monter dans l'inconscient collectif une pression que percevaient les sens affûtés de Blaine : une Image induite, rituelle, antique, qui parlait de fertilité, de choses qui poussaient, d'enfants, de la terre et du soleil, du cycle de l'année et du cycle de la vie humaine.

Le marié et sa parentèle — Mohammed Fahlawi et les principaux membres de la famille — faisaient la haie à l'entrée de la cour, et Blaine serrait la main de tous les gens du village, lorsque quelqu'un lui pinça le bras. C'était un jeune homme qui le regardait bien en face.

— Il est temps d'aller vous laver, lui susurra Mohammed Fahlawi en serrant la main à un vieillard en haillons qui était venu le féliciter, et profiter des aumônes et du repas gratuit en perspective. Nous fêtons trois nuits en une, alors vous devez vous dépêcher.

Blaine prit sa djellaba, la longue bande de tissu avec laquelle il se ferait un turban, et suivit le jeune homme parmi un concert de cris, de youyous et de claquements de mains. Le jeune homme lui fit traverser la pièce du fond de la cour, celle qui se trouvait derrière — une grande cuisine où la douzaine de femmes qui s'affairaient autour des fourneaux s'arrêtèrent pour pousser des youyous assourdissants sur son passage — puis une petite chambre étouffante aux volets fermés, au plafond de bois. Ils arrivèrent enfin dans une salle de bains éclairée par un chandelier à trois branches. Un trou de vidange était ménagé au centre du sol de pierre. Deux jeunes gens versaient des seaux d'eau bouillante dans un grand tub en métal galvanisé.

— *Mabruk, hadj*. Félicitations, *hadj*, dirent-ils respectueusement.

Blaine n'avait jamais fait le pèlerinage à la Mecque et à Médine que tous les musulmans prospères étaient censés faire ; c'était un terme de respect traduisant la conviction du locuteur qu'il s'adressait à un homme de qualité, d'âge respectable, et qui avait foi en Dieu.

— Que Dieu vous félicite, répondit Blaine, comme il convenait.

Il posa sa djellaba et son turban sur une table bancale, se déshabilla et s'assit dans le baquet. Les jeunes gens lui versèrent dessus des brocs d'eau chaude et le frottèrent avec un savon rugueux et des loofas jusqu'à ce qu'il brille comme un sou neuf, tout cela en chantant un chant de mariage pour homme, un chant qui parlait de travail, de santé et de richesse, de belles femmes et de nombreux fils, de récoltes, de troupeaux et d'honneur. Lorsqu'ils eurent fini, ils l'essuyèrent, le peignèrent et l'aspergèrent d'une profusion de parfums fleuris. Ils l'aidèrent à enfiler sa djellaba et à nouer son turban, puis ils le conduisirent dans une autre partie de la demeure de Mohammed Fahlawi : une petite pièce dont la fenêtre donnait sur des orangers pas plus hauts que l'épaule plantés le long des murs du village. Les jeunes gens lui laissèrent la lampe à pétrole et se retirèrent respectueusement, en refermant la porte derrière eux. Un tapis de prière était posé en diagonale sur le sol — tourné vers la Mecque, pensa Blaine. Ils lui laissaient le temps de prier et de se recueillir avant la consommation du mariage. Il resta les bras posés sur l'appui de fenêtre, à contempler le paysage, intact parce qu'il ne pouvait faire vivre que quelques centaines de personnes, à humer l'air calme et frais en écoutant chanter les grillons et les grenouilles, dans l'écrin profond, parfumé, de la nuit. Il se retourna en entendant l'ouverture de la porte.

C'était le vieux chef du village, l'*umdah*, appuyé sur sa canne.

— Dieu vous entende, murmura-t-il comme si Blaine était en prière. Puisse-t-il vous apporter la paix.

— Puisse-t-il vous entendre et vous apporter la paix, répondit Blaine.

Le vieil homme referma la porte derrière lui et resta planté là, à regarder Blaine en oscillant légèrement, un effet de l'âge ou de l'indécision, Blaine n'aurait su le dire.

Finalement, l'*umdah* dit :

— Si vous voulez vous enfuir, il est encore temps. Le mariage n'a pas été consommé. Pour cinquante dollars, Mahmoud Shakfi vous conduira à Qara dans sa jeep. Elle ne vous en voudra pas. Vous avez entendu ce qu'elle a dit.

Blaine observa le vieil homme pendant une minute.

— Serait-ce, mon père, que vous me conseillez de prendre la fuite ?

— C'est ce que je vous conseillerais si vous étiez mon fils.

— Pourquoi ?

— Vous ne voyez pas comment elle hurle et délire ? Elle est possédée par les djinns, les démons, Dieu nous garde ! Elle le dit elle-même. Et tous les hommes qu'elle a épousés, que leur est-il arrivé ? On dit qu'ils sont morts, ou devenus fous.

— Combien en a-t-elle épousé ?

— Ici, au village, elle en a épousé six, mon fils. Je ne sais combien de fois elle s'est mariée en tout.

— Et pourtant, vous continuez à célébrer ses mariages.

— Oui, Dieu nous pardonne.

— Elle est de ce village.

— En effet.

— Alors, *umdah*, vous devez connaître son histoire. Voulez-vous me la raconter ?

Le vieil homme resta là, à se balancer doucement.

— Vous voyez bien qu'il faut que je sache, mon père.

— Je vais tout vous dire, répondit le vieillard. Si vous me promettez de garder le secret. Il y en a, au village, qui la tueraient pour préserver l'honneur de leur famille.

— Je vous le promets.

— Alors, écoutez mon histoire, mon fils. Je vais tout vous dire. Au nom de Dieu le Miséricordieux plein de miséricorde.

« Il y a trente ans, la plus riche famille du village était la famille Darwish. Le chef de famille était Omar Darwish, et son plus jeune frère s'appelait Tawfik. Tawfik Darwish, que vous avez rencontré ce soir, et qui a accepté de vous donner la main de sa nièce, Buthaïna. Buthaïna, était la troisième fille d'Omar Darwish.

« Omar Darwish était un maître généreux, mais un homme fier et hautain, au caractère emporté. Ses terres étaient fertiles, ses troupeaux prolifiques, et ses enfants en bonne santé. Sa fille, Buthaïna, était devenue une jeune fille d'une grande beauté. Omar Darwish était fier d'elle, mais il redoutait que sa beauté n'attire le déshonneur sur la famille, et il veillait jalousement sur elle. Il lui imposait une surveillance éprouvante pour une jeune fille qui n'était encore, en réalité, qu'une enfant. C'est ainsi qu'elle prit l'habitude, quand son père était avec des amis, ou à cheval dans les champs, de faire le mur et d'aller jouer dans la palmeraie ou au bord du désert avec ses camarades.

« Elle avait quinze ans lorsqu'on commença à raconter que la belle Buthaïna Darwish avait perdu sa vertu avec le fils de l'un des fermiers du voisinage. Omar interrogea Buthaïna, et elle jura que ce n'était pas vrai. Pourtant, les rumeurs continuaient à courir, et Omar finit par appeler les sages-femmes du village pour examiner Buthaïna et tordre le cou aux ragots.

« Le lendemain, l'un de mes fils rentra à la maison en pleurant. Il travaillait à la limite du village, face à la maison des Darwish, et il avait entendu par-dessus le mur de leur cour Buthaïna Darwish hurler comme si elle avait perdu l'esprit, les hurlements tout aussi déments de son père, et des coups de fouet.

« La fille niait inlassablement avoir commis le péché, et son père lui ordonnait de lui dire qui l'avait déshonorée, afin qu'il puisse le tuer, mais elle continuait à nier, et il eut beau la frapper, elle ne voulut pas en démordre. Alors, en proie à une fureur comme seul le déshonneur familial peut en occasionner chez un homme fier et hautain, Omar Darwish lui fit raser la tête, l'emmena dans la palmeraie, à la limite du désert, et la fit enterrer jusqu'au cou par ses hommes. Il jura qu'elle n'aurait rien à boire ou à manger et qu'il ne la déterrerait pas tant qu'elle ne lui aurait pas dit qui l'avait déshonorée, jetant ainsi l'opprobre sur son nom.

« Sa mère et les femmes de la famille l'implorèrent de la libérer. Elles lui dirent que, quand elle avait treize ans, elle avait trébuché sur une pierre en courant ; quand elle s'était relevée, ses jambes étaient couvertes du sang coulant de son hymen rompu, et c'est pourquoi elle n'était plus intacte. Mais Omar n'avait pas cédé. Son amour pour sa fille semblait avoir été balayé par la rage.

« Je me dis que si la chose venait à se reproduire, j'agirais autrement. Peut-être tout le monde dans le village se dit-il la même chose. Mais à notre grande honte à tous, personne, alors, n'osa défier Omar Darwish. L'une des filles du village alla voir subrepticement Buthaïna, la troisième nuit après qu'on l'ait enterrée, et dit en sanglotant, à son retour, qu'elle allait mourir. Elle avait la figure d'une vieille femme, elle n'arrivait plus à tenir sa tête droite, elle implorait dans un souffle qu'on lui donne de l'eau, et elle répétait encore et toujours qu'elle était vierge.

« C'était en 1378, selon le calendrier musulman. L'année du grand *zilzal*. Il se produisit cette nuit-là.

« Ce fut terrible. Omar Darwish, ses deux fils et sa femme moururent sous les ruines de leur maison. Ceux qui avaient été épargnés étaient occupés à fouiller les décombres à la recherche de survivants, à enterrer les morts, à récupérer et à nourrir les animaux, de sorte que tout le monde oublia Buthaïna pendant un moment. Quand nous repensâmes enfin à elle, mes fils et moi, nous courûmes à la palmeraie, à la limite du désert, mais nous ne trouvâmes qu'un trou à l'endroit où elle avait été enterrée. Le *zilzal* avait fendu la terre ; le sol était convulsé, ravagé. Des douzaines d'arbres étaient tombés et un filet d'eau avait surgi de nulle part. Nous espérions que le *zilzal* l'avait libérée, d'une façon ou d'une autre, ou que quelqu'un était venu la déterrer. En tout cas, elle n'était plus nulle part, et nous ne l'avons jamais revue. Enfin, pas pendant des années.

« Et puis, des mois plus tard, Aliya Lateef m'a raconté une histoire que j'avais considérée, à l'époque, comme un conte de femme hystérique et chassée de mon esprit. Elle m'a dit que, la nuit du *zilzal*, elle était dehors, en train de courir après l'un des chevaux de son frère qui avait rompu sa longe et détalé. On dit que les animaux ont le don de sentir venir le *zilzal*. Au moment du tremblement de terre, Aliya était dehors. Elle se plaqua au sol, les bras sur la tête, en criant et en se repentant de ses péchés. Après le tremblement de terre, elle retourna en courant au village, mais en chemin, elle dit qu'elle avait vu Buthaïna Darwish. Elle l'avait appelée :

« — Buthaïna, ma sœur ! Que s'est-il passé ? C'est la fin du monde ? Es-tu vivante ?

« Mais Buthaïna n'avait pas répondu. Elle avait l'air plus en vie que jamais, d'après Aliya. On aurait dit une lionne. Ses yeux lançaient des éclairs, mais elle n'avait rien dit. Aliya avait pris peur et était rentrée au village en courant. »

Le vieil homme s'interrompit un instant et reprit.

— Cinq ou six ans plus tard, des hommes du village qui étaient allés au cinéma à Qara avaient eu la grande surprise de voir, sur l'écran, Buthaïna Darwish qui était devenue une femme et plus belle que jamais.

« Les gens du village ne savaient que penser. Et puis, un jour, une grosse limousine volante s'était posée sur la route. Les gens avaient couru voir ce qui se passait, et Buthaïna Darwish en était sortie. Là, nous avons eu peur. Parce qu'il était clair qu'elle était très riche, à présent, et aussi très bizarre. Une folie semblait s'être emparée d'elle. Elle n'avait que du mépris pour nous, au village ; elle nous donnait des ordres comme si nous étions ses domestiques. Et il s'avéra bientôt que nous étions ses domestiques : quelqu'un avait acheté la majeure partie des terres du village au cours des dernières années, quelqu'un qui payait bien et qui demandait le secret, de sorte que chaque propriétaire terrien s'était félicité d'avoir été plus malin que les autres familles. Lorsqu'elle était venue nous voir, cette première fois, elle nous avait montré les actes de vente et nous avions compris que presque toutes les terres sur lesquelles nous vivions et travaillions étaient maintenant à elle.

« Elle a fait venir une entreprise de construction du Caire qui lui a bâti une maison — un véritable palais, devant Dieu — sur la crête, à la limite du désert, au-dessus de la palmeraie où elle avait été enterrée des années auparavant. Depuis, elle est revenue plusieurs fois dans sa limousine volante. Chaque fois avec un homme avec qui elle voulait qu'on la marie. Et comme nous avions peur d'elle, nous faisions ce qu'elle nous demandait. Nous nous disions que ces mariages étaient étranges, mais pas interdits, voilà ce que nous nous disions. Nous lui devions notre loyauté en tant que femme de notre village, et parce que nous lui avions manqué. Voilà ce que nous nous disions. Et nous nous disions aussi que nos enfants n'auraient rien à manger si nous la mettions en colère et si elle nous chassait de chez nous. »

Le vieil homme s'abîma un instant dans un silence méditatif.

— Quant à savoir si vous devez l'approcher en tant que mari, Dieu seul peut vous aider à en décider. Les hommes vont revenir d'ici quelques minutes. Si l'on venait à découvrir que vous êtes parti — si, par exemple, vous vous faufiliez par la fenêtre et rencontriez Mahmoud Shakfi dans sa jeep, sur la route —, personne ne vous en voudrait, pas même votre femme, je crois. Dieu soit avec vous.

16

Dix minutes plus tard, les hommes trouvèrent Blaine debout devant la fenêtre de la salle de prière et ils l'emmenèrent en chantant à tue-tête, en tapant très vite et très fort dans leurs grandes et solides pattes, en riant, en sifflant, en feignant de l'attraper par la barbe qu'il n'avait pas, en lui flanquant de grandes claques dans le dos et sur les bras. Ils le portèrent en triomphe hors de la maison puis dans la ruelle en tapant sur des tambours, accompagnés par les youyous des femmes, les enfants courant derrière eux, sous les étoiles qui brillaient tout là-haut. Ils le conduisirent vers un groupe d'hommes qui se trouvaient juste en dehors du village, dans un espace dégagé, envahi par les mauvaises herbes et les broussailles, devant une plantation d'orangers éclairée par des torches. Alors, certains d'entre eux arrivèrent en courant avec un grand cheval blanc sorti de nulle part, qu'ils immobilisèrent dans le tumulte en posant leurs mains sur lui. On hissa Blaine dessus, et on lui donna les rênes. La foule s'ouvrit, et il vit, à une vingtaine de mètres, à peine, devant lui, un groupe de femmes éclairées, elles aussi, par des torches, et devant elles, Buthaïna.

Elle ressemblait étonnamment à une mariée occidentale, dans sa longue robe blanche, vaporeuse, et son voile de dentelle. Les femmes chantaient à tue-tête, en tapant dans leurs mains, l'incitant à venir la chercher, à l'emmener, à être son mari.

Il y eut alors un moment un peu embarrassant : Blaine ne savait pas monter à cheval, et de plus celui-ci était énorme, et n'était pas sellé. Il le serrait de toutes ses forces entre ses genoux, terrifié à l'idée de tomber. Mais l'animal n'eut pas le temps de faire un pas, de se cabrer ou quoi que ce soit ; quelqu'un lui flanqua une tape sur la croupe et il trotta jusqu'auprès de Buthaïna.

Elle s'approcha, raide et pâle dans sa robe blanche, les traits tirés comme si elle souffrait. Il lui tendit la main. Elle sauta sur le dos du cheval, devant lui et les hommes, dans son dos, applaudirent en riant, en poussant des ululements et des sifflets.

La foule s'écarta. Elle enfonça ses talons dans les flancs du cheval qui bondit comme s'il avait reçu une décharge électrique, et ils partirent au galop dans le noir, Blaine se cramponnant à elle pour ne pas tomber, sentant se crisper en rythme les muscles de son dos, de son ventre, de ses flancs, sentant la ferme minceur de sa taille, le battement de son cœur, le tressaillement du gros animal entre ses cuisses. Il n'éprouva pas le choc qu'il avait reçu quand il l'avait effleurée dans l'hélicoptère. Il n'y avait pas trace non plus de flammes ou de feu.

En moins d'une minute, ils étaient hors de vue et de portée de voix des villageois. Ils galopaient à travers champs dans la profonde fraîcheur de la nuit niellée d'argent par la lune qui montait, ronde et pleine, au-dessus d'une palmeraie, droit devant eux. Ils passèrent entre les troncs de vingt mètres de haut, le cheval volant d'un pied sûr, ses sabots heurtant doucement les palmes sèches tombées à terre. De l'autre côté de l'oasis, un vaste no man's land de vase salée, desséchée, semée de broussailles, courait jusqu'aux pentes sablonneuses de la crête qui montait, à mi-distance, vers le plateau désertique.

Elle talonna le cheval qui traversa la plaine à vive allure. En arrivant sur le sable, l'animal ralentit sa course, mais elle le harcela de plus belle. Blaine se cramponnait à elle de toutes ses forces, péniblement conscient de n'être qu'un poids mort. Puis il vit, deux cents mètres plus haut, sur la crête, la masse sombre d'une demeure qui se découpait en ombre chinoise sur la lune.

Le cheval gravit péniblement la crête. Blaine sentait sa sueur chaude lui piquer les jambes, sous sa djellaba. Lorsqu'ils arrivèrent en haut, le sable et les pierres du désert s'étendaient à perte de vue au clair de lune. Ils sautèrent à bas du cheval, Buthaïna lui flanqua une tape sur la croupe et il redescendit la crête au trot, le sable glissant sous ses sabots.

La demeure de pierre dressée devant eux était construite sur une corniche rocheuse qui affleurait du sable à la limite même de la crête. C'était une bâtisse de trois étages, aux hautes fenêtres en arcade, avec un long et large escalier sur le devant. Elle était entourée par un haut mur de pierre.

Buthaïna tenait d'une main tremblante une clé de métal à l'ancienne. Il la regarda avec attention. Ses yeux lui mangeaient toute la figure. Ses lèvres tremblaient, des gouttelettes de sueur perlaient sur son front et sa respiration était saccadée. Blaine songea avec un sentiment d'accablement que dix heures avaient passé depuis sa dernière injection. Intoxiquée comme elle devait l'être, le manque serait brutal, même sans l'énorme pression de l'inconscient collectif qui semblait s'accumuler en elle. Peut-être trouverait-elle sa dose dans la maison ; il ne savait pas s'il devait l'espérer ou le redouter.

Il lui prit la clé des mains, la souleva impulsivement de terre, faisant bruisser et voltiger sa robe de mariée, et la porta dans ses bras. Son corps était fort et doux, sa colonne vertébrale mince et souple sous ses mains. Elle avait les yeux plus noirs que la nuit. La toucher lui faisait un drôle d'effet ; il éprouvait une sorte de picotement, comme si elle avait recommencé à se charger d'électricité, et elle lui paraissait aussi faiblement luminescente.

Une grille de métal, dans le mur de pierre, était entrouverte. Blaine la poussa. Elle émit un grincement, vite emporté dans le silence du désert par le murmure du vent. Puis il gravit les marches de pierre, faisant crisser le sable sous ses pieds, tourna la clé dans la serrure de la porte de métal, la poussa vers l'intérieur.

Dedans, il faisait noir et tout était silencieux, de sorte que le friselis de sa robe alors qu'il la tenait dans ses bras, parut assourdissant. Au milieu d'une grande pièce plongée dans l'obscurité, il sentit qu'un frémissement s'emparait d'elle.

— Repose-moi, murmura-t-elle, puis elle gémit : Repose-moi.

Il la posa à terre, en gardant les mains sur ses bras afin de la stabiliser. Ses yeux de jais brillaient dans l'obscurité.

— Lâche-moi ! siffla-t-elle. Ne me touche pas ! hurla-t-elle d'une voix soudain stridente. Va-t'en !

Il recula, surpris.

Une lumière aveuglante jaillit, une torche rugissante, géante, de flammes blanches qui lui brûlèrent le visage et les mains.

C'était pire que les autres fois. Les flammes la léchaient de toute part, la dévoraient. Elle se mit à hurler, à donner des coups de griffes dans le vide, à se débattre.

Puis l'obscurité, et le silence, revinrent.

Blaine se laissa brutalement tomber sur les fesses. Il eut l'impression que sa raison l'abandonnait. Lorsqu'il retrouva ses esprits, il ne savait pas si l'obscurité était physique, ou si c'était le résultat de sa perte de conscience. Il se sentait pris de vertige, incapable de se lever.

Il entendit un sanglot, à quelques mètres de là. Il rampa dans la direction du bruit, et ses mains effleurèrent la manche de brocart de la robe de mariée de Buthaïna.

— Ne me touche pas, dit-elle doucement, dans un sanglot.

— Est-ce que… ça va ?

— Il faut que je brûle, tu ne comprends pas ? Il faut que je brûle.

Elle sanglotait sans bruit. Son corps, sa robe, à l'endroit où il les palpait n'avaient pas l'air d'avoir souffert.

L'Image était tellement puissante, à présent, qu'elle était consensuelle en temps réel, se dit vaguement Blaine. L'inconscient collectif projetait des flammes qui embrasaient Buthaïna, et Blaine voyait les flammes, et elle les sentait.

Soudain, elles recommencèrent à rugir. Elle se mit à hurler, poussa le rire dément, agonisant, qu'il avait entendu dans le jardin, la première fois qu'il avait rêvé d'elle, et son corps inerte brûlait, brûlait comme un corps qu'on incinère. Blaine se colla les mains sur les oreilles, ferma les yeux de toutes ses forces, détourna la tête, mais qu'il la regarde ou non, les yeux clos ou grands ouverts, il la voyait brûler, et il entendait ses cris horribles.

Enfin, les ténèbres revinrent. Elle cessa de crier, mais lentement, cette fois, comme si les flammes l'avaient détraquée.

— Buthaïna ? demanda-t-il d'un ton implorant.

— *C'était réel*, murmura-t-elle dans un sanglot. *C'était la réalité*, mes rêves, toutes ces nuits, et la vie que je croyais réelle n'était qu'un rêve. Je ne savais pas… j'entendais rire Satan quand je prenais les drogues, mais ils me disaient que ce n'était pas vrai. Et maintenant, il est trop tard.

Il se rapprocha à nouveau, à tâtons. Elle était roulée en boule, ses cheveux noirs répandus autour d'elle. Il la retourna sur le dos, la prit dans ses bras. Sa robe était trempée de sueur.

— Ça ne peut pas vraiment te faire de mal, dit-il d'un ton pressant, frémissant. Ce n'est pas vraiment, matériellement réel, ce n'est qu'une scène de l'inconscient collectif. Je sais que ça a l'air vrai, mais quand ça se dissipera, ça disparaîtra, je te le promets…

Elle le regarda comme si elle prenait lentement conscience de son existence.

— Je pensais que Dieu aurait peut-être pitié d'une jeune épouse, pendant sa nuit de noces, hoqueta-t-elle. Mais je suis trop mauvaise. Il faut que je brûle.

— Enlève-toi ça de la tête, dit-il d'une voix hachée,

sifflante. Ça ne fera qu'aggraver les choses. Il n'y a plus de prophètes, aujourd'hui. Personne ne peut plus sauver les gens ; ils ont déjà tout entendu. Les savants les ont déjà prévenus.

Il la souleva. Le clair de lune semblait venir de quelque part, sur sa droite. Il la porta dans cette direction.

Le clair de lune déversait sa clarté par une porte-fenêtre en arcade, dans une somptueuse salle de séjour. Elle s'anima dans ses bras ; il la reposa à terre. Elle s'approcha de la porte, l'ouvrit, sortit sur une magnifique terrasse de pierre polie comme un miroir, ornée de colonnes, où le sable soufflé par le vent dessinait des vagues. Elle passa par-dessus la balustrade de pierre et s'éloigna, pieds nus, dans le désert.

Blaine la suivit à quelque distance. Le vent du désert, la lueur de la lune jouaient dans ses cheveux tandis qu'elle s'enfonçait dans ce vide immense, sa robe de mariée flottant légèrement derrière elle. Elle finit par s'arrêter et leva lentement les bras, comme si elle était sur une grande plage asséchée et faisait des signes à un bateau voguant vers le large.

Et puis il y eut le rugissement des flammes, et elle s'embrasa comme une torche. Il entendit son rire strident, agonisant, et c'était la voix de la Buthaïna de son rêve. Il courut follement vers elle.

Mais cette fois, ça la tuait, il le voyait, le feu la calcinait, la ratatinait, la fondait en une caricature grotesque d'être humain pendant que sa bouche balbutiante hurlait…

— Ce n'est pas réel ! hurla-t-il désespérément pour qu'elle l'entende.

Il referma ses bras sur elle, et toute pensée disparut,

se dissipa dans une souffrance si intense, si mortelle qu'il n'aurait jamais cru que ce soit possible.

Il s'éloigna en titubant dans les ténèbres, consumé de souffrance.

Il vit une vierge enterrée dans le sol, en ce qui lui sembla un lointain passé, lors d'une cérémonie païenne. Pendant trois jours et trois nuits elle restait là, et puis la terre bougeait, et quand elle ressortait, elle n'était plus humaine ; quelque chose était entré en elle, du noyau en fusion de la Terre.

Il vit le peuple de la Terre, il vit la crasse, la faim, le chagrin, la maladie et la douleur des enfants.

Il vit, penché sur un trou dans le sol de la palmeraie, penché sur la cité tourmentée du Caire, et sur la Terre torturée, un grand ange livide, tête basse, les ailes repliées…

La première chose dont il eut conscience, ce fut le murmure du vent. Cela dura longtemps. Il savait qu'il venait du désert. Il regarda l'immense étendue dans son rêve, et le vent soufflait vers lui, par-delà un interminable corridor de sable sous le clair de lune, soufflait de la terre d'où venait le monde entier, loin de l'autre côté d'un désert et d'un océan, d'une côte verdoyante à peine visible, que Blaine avait déjà vue dans ses rêves.

Il s'éveilla lentement. Le vent du désert murmurait à ses oreilles. Il était allongé sur le sable frais.

Soudain, il se souvint des flammes et se redressa d'un bond. Il se palpa, affolé, mais il n'était pas brûlé. Son esprit était calciné, mais son corps était intact. Il s'interrogea sur le soulagement que lui procura cette constatation.

Il chercha Buthaïna du regard. Elle n'était plus là. Il essaya vainement de l'appeler. Il ne pouvait plus parler, apparemment.

Il se releva tant bien que mal, en proie à une soudaine appréhension. La maison de pierre était à une cinquantaine de mètres, sous le clair de lune. Il y retourna en courant. Après la clarté du dehors, l'intérieur paraissait très sombre. Il erra dans les pièces, à sa recherche. La maison était vide. Mais sur une coiffeuse surchargée d'ornementations, une paire de ciseaux brillait dans une mare de lune et des mèches de cheveux soyeux, épais, noirs comme la nuit, étaient répandues sur le sol.

Il ressortit en titubant par la porte de devant, descendit l'escalier de pierre, franchit la grille. La lune était très bas sur l'horizon, maintenant. L'oasis était plongée dans une ombre verdâtre, épaisse. Il descendit la crête, paniqué, le sable glissant sous ses pieds ralentissait ses pas.

Le tremblement survint alors qu'il était presque en bas. Ce fut d'abord un grondement lointain, pareil à l'écho d'un immense orage d'été dans le désert. Et puis le sol explosa.

Il fut projeté dans le vide, retomba cul par-dessus tête au milieu d'un immense glissement de terrain, dans un sifflement de terre en furie. Il se débattit, le corps en proie à une panique absolue, griffant le sol pour maintenir sa tête au-dessus du sable qui coulait comme de l'eau. Une autre explosion le projeta en l'air. Voyant que le sable se ruait vers lui, sur l'à-plat où il était retombé, il se releva tant bien que mal, s'écroula, s'enlisa, se débattit désespérément, et réussit à s'échapper en rampant sur la vaste plaine qui se cabrait. Ce fut alors comme si la foudre frappait le sol : avec un vacarme assourdissant, une crevasse déchiquetée s'ouvrit à cinq mètres de lui. Il essaya de s'en éloigner, puis se rendit compte qu'il ne pouvait rien faire, que se cramponner de son mieux. Il enfonça ses doigts dans le sol.

Après des minutes interminables, il se rendit compte qu'il était allongé, immobile ou presque. Il sentait des vibrations sous son corps, sans pouvoir dire si ce frémissement était celui de la terre qui bougeait encore, ou si c'était une conséquence du traumatisme. Le tonnerre grondait toujours, mais plus faiblement. On aurait dit l'écho d'un orage lointain.

Il s'assit en tremblant comme une feuille, s'agenouilla, se leva péniblement. Il était tout engourdi, enfiévré par l'adrénaline. Il remarqua comme dans un vertige qu'un affaissement de terrain catastrophique avait fait glisser l'immense crête de sable presque jusqu'à l'endroit où il se trouvait, à mi-chemin de l'à-plat. Le rude sifflement du sable en montait toujours alors que les mouvements résiduels se communiquaient jusqu'au fond. Il n'y avait plus trace de la maison qui s'était dressée au sommet. Il se rendit compte alors qu'il ne voyait plus tout cela en ombre chinoise mais dans la calme lumière de l'aube qui teintait d'un bleu opalescent la poussière en suspension dans l'air. Le grondement s'était estompé dans le lointain, laissant place à un incroyable silence. Toutes les créatures vivantes, tous les oiseaux, semblaient frappés de mutisme. Même le vent se taisait.

Il n'était qu'à quelques centaines de mètres de la palmeraie, où la moitié des arbres étaient penchés ou abattus. Le crissement du sable sous ses pieds, le choc sourd lorsqu'il trébuchait sur une pierre, faisaient un bruit impressionnant dans le silence. Il contourna une crevasse fumante d'où montait une drôle d'odeur, comme si une bombe avait explosé au fond, il franchit des bosses et des crêtes nouvellement apparues sur la plaine. Dans le dédale de palmiers abattus, ébranlés ou encore debout, la terre était tout aussi plissée, déchirée, et il passa un interminable moment à chercher, escaladant les troncs massifs, se frayant un chemin dans le chaos, avant de la trouver.

La pelle qu'elle avait dû utiliser pour creuser le trou gisait abandonnée non loin de là. Il ne sut jamais si elle s'en était servie pour ramener la terre sur elle, ou si le séisme l'avait recouverte, mais seule sa tête dépassait du sol, entre deux arbres restés debout. Ses cheveux étaient coupés n'importe comment, en courtes mèches. Elle était morte. La lumière de l'aube faisait briller ses yeux, entre ses paupières mi-closes. Un filet de sang coulait de la commissure de ses lèvres. La terre en transe l'avait broyée.

17

Il apprit par la suite que l'épicentre du tremblement de terre — de magnitude 8,5 sur l'échelle de Richter — se trouvait dans le Désert de l'Ouest, à une centaine de kilomètres du Caire. Le séisme avait été aussi violent que celui de Tang Shan, en Chine, qui avait fait 750 000 morts en 1976, mais il y avait eu cinq fois plus de victimes au Caire, et il en était mort encore autant de faim, du choléra, de la typhoïde ou de dysenterie au cours des semaines suivantes. Un million de gens avaient fui dans le désert, autour de la ville, et des années plus tard, les organisations caritatives s'évertuaient encore à venir en aide aux réfugiés dans des campements de fortune. Les quartiers chics et les taudis avaient été pareillement détruits, et dans les eaux stagnantes du Nil, qui avaient envahi les rues, on observait des tourbillons à l'endroit des bâtiments effondrés, engloutis, au-dessus du magma de béton et de poutrelles d'acier entremêlées.

Blaine apprit tout cela dans le service psychiatrique de l'hôpital militaire américain de Wiesbaden, en Allemagne, où il avait été admis après avoir été récupéré par une équipe de sauvetage mobilisée pour évacuer les Américains d'Égypte. Les villageois de Wadi Sel l'avaient trouvé, deux jours après le tremblement de terre, assis dans la palmeraie, en train de contempler la tête putréfiée d'une femme. Le Service juridique de l'Ikôn avait fait des pieds et des mains pour l'expédier dans une certaine clinique suisse, à ses frais, mais comme il n'était plus sous contrat avec sa boîte, qui l'avait limogé, l'Armée avait refusé de le lâcher. On avait diagnostiqué chez lui un syndrome de stress post-traumatique et on lui avait donné des médicaments, dont on avait peu à peu allégé les doses, si bien qu'il s'était retrouvé, deux semaines plus tard, assis dans une véranda vitrée donnant sur une pelouse, un bouquet d'arbres et un quai de chargement, sous un de ces soleils allemands plein de flotte. Il se demandait ce qu'il ferait quand on le relâcherait lorsqu'un infirmier lui avait annoncé qu'il avait une visite. C'était une surprise, parce qu'il ne connaissait personne en Allemagne, ni à Wiesbaden, ni ailleurs. Le visiteur était un grand gaillard au portrait sombre : peau noire, barbiche noire, longs cheveux noirs et regard de braise, dont il foudroyait le militaire américain assis sous la véranda, à qui il en aurait fallu un peu plus pour se laisser impressionner.

— Haseeb !

Haseeb tira une chaise et ils se mirent à bavarder, tête contre tête pour que personne ne puisse surprendre leurs paroles, ignorant les regards curieux des autres patients et de l'infirmier. Blaine ne se souvenait pas d'avoir jamais été aussi heureux.

Haseeb braqua sur lui un regard douloureux.

— Quand est-ce qu'ils te laissent sortir de cette

maison de fous ? demanda-t-il avec son accent pakistanais.

— D'ici deux, trois jours. Oh, mec ! je croyais que je ne te reverrais jamais ! Ils m'ont dit que tu avais été viré, tu te rends compte ?

— Chhut, pas si fort. Ils m'ont bel et bien viré, nhh ? Mais le pire, c'est que les toubibs de cette putain de clinique de l'Ikôn ont essayé de m'envaper. Notrc ex-employeur ne voulait pas qu'on sache ce qui nous était arrivé, de peur que quelqu'un n'essaye de réglementer leur précieuse prospection d'Images. J'ai dû faire semblant d'avaler je ne sais combien de pilules et réciter encore plus de mantras avant de retrouver mes esprits. Et ils ne voulaient toujours pas me lâcher. Pour finir, j'ai réussi à faire prévenir ma famille, à Karachi, et ils ont débarqué avec des avocats et des gardes du corps. Le personnel de la clinique s'est demandé un moment s'ils allaient plutôt faire sauter la casbah ou leur coller un procès, alors ils m'ont laissé partir.

— J'ai tout fait pour essayer de te retrouver ! J'ai dû subir les discours de ce percolateur à hublot qui répond à ton téléphone…

— Tu me raconteras ça plus tard, nhh ? Je suis venu ici pour parler boulot. J'ai un job pour toi.

— Je le prends.

— Tope-là. Tu veux savoir de quoi il s'agit ?

— Tout sauf bosser pour l'Ikôn.

— Il n'y aura plus d'Ikôn après le putain de méga-procès qu'on va leur foutre au cul. Je te parle d'un boulot honnête. Tu as entendu parler de l'Indonésie ?

— C'est un pays d'Asie du Sud-Est.

— Un pays musulman. Le plus fort taux de croissance économique du monde, depuis quatre ou cinq ans. Le plus gros excédent budgétaire *per capita* du monde. Un taux de capitalisation à tout péter, un revenu par habitant qui grimpe en flèche. Ils ont tout, sauf une aristocratie présentable, mais ils sont en train de s'en payer une aussi. L'Université de Jogjakarta attire les têtes pensantes du monde entier à coups de gros billets, et ils voudraient s'offrir un programme d'études religieuses top niveau. Histoire de montrer à l'Europe qui c'est le patron.

— Des études religieuses ? Mais comment ?…

— Tu as entendu parler d'un dénommé Chaim Maddox ?

Blaine marqua une pause.

— Ne me dis pas que tu crois à ces conneries ?

— Pas toi ? Même maintenant ?

Il regardait Blaine droit dans les yeux, et la lumière se fit. Mais en même temps que la vérité lui apparaissait, il se rappelait… et son cœur, qui battait d'allégresse, se serra, se referma sur un trou noir.

— Haseeb, bonhomme, dit-il d'une voix étranglée, il faut que je te raconte ce qui s'est passé.

— Nhh, je sais ce qui s'est passé, répondit Haseeb en le regardant avec intensité. Quand ça m'est arrivé, j'étais connecté à l'ancre neurale et je me shootais aux herbes depuis un mois, alors ça m'a fauché en plein vol. Tu comprends ? C'est l'une des raisons pour lesquelles il faut que nous le fassions. J'ai enrôlé Maddox, Boyle, et une douzaine des meilleurs prospecteurs du monde. Nous ne pouvons pas en rester là. Nous ne pouvons pas permettre que la religion ne soit qu'un truc qu'ils exploitent pour vendre de l'alcool aux ados du Tiers-Monde. Tu piges ?

Il avait pigé.

Cela dit, Jogjakarta, c'était bien joli, mais à peu près

aux antipodes de son bien-aimé Moyen-Orient. Le climat était tropical, les gens ressemblaient aux Polynésiens, on mangeait chinois et, bien sûr, personne ne parlait arabe. D'un autre côté, il était trop occupé pour avoir le mal du pays. Ils montaient un programme d'études et de recherches qui les aurait fait lourder, une main devant, une main derrière, de la plupart des universités, mais plus ils demandaient de subsides, plus les responsables de l'Université de Jogjakarta avaient l'air ravis, comme si ça prouvait qu'ils avaient tiré le bon numéro : de vrais chercheurs occidentaux portés sur la dépense et les projets irréalistes. Une partie des fonds — des millions de dollars — avait été investie dans des avocats américains retors, car ils s'étaient lancés dans un marathon judiciaire afin de faire rendre gorge à l'Ikôn. Ils avaient déjà intenté une bordée de procès à tout casser, ficelés de main de maître, pleins de pièges et de chausse-trappes. Mais le reste était consacré à la recherche, et une recherche qui, si elle portait ses fruits, changerait la façon dont les gens voyaient la religion, la publicité, la psychologie et les géosciences.

C'était donc très excitant, et il était aussi heureux qu'il pouvait l'être pour le moment. Il habitait un bungalow dans un jardin méticuleusement entretenu, d'un vert luxuriant, au bord du campus universitaire. Tous les jours, il tombait des cordes, et il regardait par la petite fenêtre de son bureau la petite cour se remplir lentement d'eau comme un bac de douche. Il n'avait plus jamais retouché aux herbes et il ne prospectait plus d'Images : ils n'étaient pas encore vraiment prêts à entreprendre leurs recherches, et d'ailleurs, certains d'entre eux avaient été en Égypte, ou dans la région, et avaient besoin de coincer la bulle un moment. Chacun avait ses mots pour décrire ce qui lui était arrivé, mais personne n'arrivait encore à en parler.

Blaine pas plus que les autres, mais il y pensait souvent. Il faisait les cent pas dans son bungalow, aux petites heures du matin, jetant sporadiquement des notes sur le papier, essayant d'échafauder une explication, une rationalisation, une interprétation pour se protéger contre les souvenirs de sa tête pourrissante, des mouches. Il se demandait, par exemple, à quoi il aurait bien pu servir que l'inconscient collectif — ou une strate d'un Esprit encore plus profond, si les théories de Maddox étaient avérées —, envoie, au début du vingt et unième siècle, un prophète — une prophétesse, en l'occurrence —, pour les avertir d'un tremblement de terre que les savants avaient déjà prévu depuis des années ? Pouvait-on dire que cette sibylle avait échoué si elle ne délivrait pas l'avertissement ? Ou n'était-ce qu'une erreur, un réflexe primitif de l'inconscient collectif local qui avait investi une malheureuse humaine d'une compulsion sans objet, d'un pouvoir ingérable, et l'avait déchiquetée lorsqu'elle n'en avait rien fait, oubliant que ça n'avait pas de sens dans le monde moderne ?

Maintenant, se pouvait-il qu'elle n'ait pas été envoyée pour sauver les gens du tremblement de terre, mais pour sauver leur âme ? Pour les avertir de changer de mœurs et de se préoccuper des souffrances de leurs frères et de leurs sœurs sous peine de châtiment ? Peut-être chaque fois qu'elle s'égarait dans la drogue y avait-il vraiment un démon dont le rire saluait ses écarts. Dans ce cas, de là à dire qu'elle était vouée à l'échec, comme la plupart des autres prophètes qui avaient délivré ce message en hurlant dans le désert, il n'y avait pas loin.

D'un autre côté, l'inconscient collectif pouvait fantasmer des diables et le feu comme symboles de son énergie. Peut-être les flammes qui l'avaient engloutie et apparemment amenée à se tuer n'étaient-elles pas le châtiment de son échec, loin de là, mais juste une énergie imaginale qui s'était accumulée en elle afin d'attirer l'attention des masses sur ses prophéties — la même énergie qui avait empli le Caire de visions d'elle, et qui devait finir par se dissiper d'une façon ou d'une autre puisqu'elle n'en faisait rien…

Mais ni ces théories, ni aucune autre, ne paraissaient en mesure d'apaiser son esprit.

Et puis, un matin, il fut réveillé juste avant l'aube par le chant méditatif, comme suspendu, d'un rossignol. Il était de nouveau dans la petite maison de la Vallée du Jourdain. L'air doux et frais entrant par la fenêtre à barreaux de sa petite chambre au sol carrelé lui apportait une bouffée de jasmin. Il se leva, en essayant de tempérer son angoisse et son espoir, de crainte qu'ils ne l'éveillent. La porte à moustiquaire de la cuisine claqua derrière lui. La lumière bleu foncé, légèrement violacée, coulait comme une eau fraîche sur le jardin. Il s'arrêta près des figuiers et des orangers qui poussaient le long du mur de ciment, au fond du jardin.

Du jardin voisin lui parvint un claquement de sandales en plastique. Blaine avait le cœur qui battait à tout rompre, les paumes humides de sueur. Avant qu'il ait pu décider s'il devait parler ou non, il y eut un raclement, comme si on traînait quelque chose près du mur, puis il entendit grimper quelqu'un et des mains apparurent en haut du mur. Elle se hissa par-dessus et s'assit à califourchon sur le faîte, dans sa longue robe noire.

Il leva les yeux vers elle, vers son épaisse chevelure noire, ses épaules rondes, fortes, sous la robe, ses longues mains gracieuses. Elle n'avait plus ce regard hanté, cette farouche torpeur, ces yeux vitrifiés par la drogue — ou plutôt, rien de tout cela n'avait jamais existé. C'était la petite paysanne qui était montée sur son mur à Kraïma.

— Buthaïna, murmura-t-il.

Faites, je vous en prie, qu'il ne lui arrive rien, implora-t-il. *Faites, je vous en prie, qu'on ne la frappe pas…*

Mais la fille se retourna, passa l'autre jambe pardessus le mur, sauta légèrement à terre.

Il tremblait, incapable de faire un geste.

Elle alla, pieds nus, dans les herbes folles, vers l'allée de pierre. Elle s'arrêta devant lui et lui sourit, d'un sourire heureux, plein de joie.

Il s'agenouilla. Il s'agenouilla devant elle, en sanglotant.

Elle lui prit la tête entre ses mains, passa ses doigts dans ses cheveux et dit doucement :

Il est des Jardins
Au fond desquels coulent des rivières.
Ombres profondes, toujours plus fraîches.
Et de belles maisons,
Où l'on vivrait bien…

Il sut alors qu'il vivait encore avec sa femme, dans l'autre monde, où nous entraînent la mort et les rêves.

Achevé d'imprimer sur les presses de

BUSSIÈRE

GROUPE CPI

à Saint-Amand-Montrond (Cher)
en octobre 2001

POCKET - 12, avenue d'Italie - 75627 Paris Cedex 13
Tél. : 01-44-16-05-00

— N° d'imp. 16193. —
Dépôt légal : novembre 2001.

Imprimé en France